没有路，岸上才有路

付朗尘，他给了她一条生路

山中竹，竹上蝉，

蝉生一对有情人

北有宴秋山，灵物齐聚，山神为首，
常以天地为庐，共话平生，
道不尽世间魑魅魍魉，斩不断浮萍贪嗔痴爱，
俯仰哉，等闲哉，嗟叹哉，执念哉，逆旅哉，
是为山神说。

——《山神说》

吾玉 著

山神蝉梦

贵州出版集团
贵州人民出版社

图书在版编目（CIP）数据

山神蝉梦 / 吾玉著. -- 贵阳 : 贵州人民出版社,
2017.6（2020.3重印）
ISBN 978-7-221-14152-1

Ⅰ.①山… Ⅱ.①吾… Ⅲ.①长篇小说－中国－当代
Ⅳ.①I247.5

中国版本图书馆CIP数据核字(2017)第120296号

山神蝉梦

吾玉 著

出 版 人　苏　桦
出版统筹　陈继光
选题策划　杜莉萍
责任编辑　潘　媛
特约编辑　廖　妍
封面设计　颜小曼
内页设计　米　籽
封面绘画　山人辰露
出版发行　贵州人民出版社（贵阳市观山湖区会展东路SOHO办公区A座
　　　　　邮编：550081）
印　　刷　三河市华东印刷有限公司
开　　本　880×1230毫米　1/32
字　　数　205千字
印　　张　8.5
版　　次　2017年8月第1版
印　　次　2017年8月第1次印刷
　　　　　2020年3月第2次印刷
书　　号　ISBN 978-7-221-14152-1
定　　价　45.00元

目录
Contents

目 录
Contents

一山神蝉梦一

第一章

宴秋山神
SHANSHEN
CHANMENG

她曾在万人中，仰望他在万人上，
想过无数次靠近他的可能，却没有一种是在蝉梦馆里——

1、棺材里的付朗尘坐了起来

付朗尘的棺材送到蝉梦馆时，孟蝉对着他的尸体足足愣了有一炷香的时间。

来送棺材的小厮余欢哭哭啼啼："我家少爷太倒霉了，上个山也能被雷劈死，他都快和表小姐成亲了，这都只差一个月了，老天真是不长眼……"

孟蝉怔怔地听着，裹在黑斗篷下的那张脸看不清是什么神情，倒是余欢主动凑上来，红肿着眼对她道："孟蝉姑娘，你说这事多蹊跷，我和少爷好端端地去宴秋山给表小姐采千萱草，谁知突然就打雷下雨了，少爷被雷劈中直接就没气了，可你看，他身上却是好好的，一点事都没有，衣服都完完整整的呢……"

孟蝉眨了眨眼，有些回过神来，顺着余欢的手指望去。果然，月光下，棺材里的付朗尘白皙俊秀，唇色红润，长睫根根分明，身上无一处伤口，就像睡着一般，除了没有呼吸没有心跳，一切都与活人无异，哪像具被雷劈死的"焦尸"？

她心下微动，那边余欢却已经又说开了："付家上下也奇怪着呢，老太太特意请了青云观的道士上门，你猜怎么说？"

孟蝉摇了摇头，余欢又凑近她一点，瞪大了一双红肿的泪眼，带着三分神秘六分悲痛，还有一分愤慨："山神，说是冲撞了山神！"

一道闪电划过夜空，"哗啦"一声，孟蝉退后一步，斗篷与棺材发出窸窣的摩擦声，在夜间格外明显。

她心跳得很快，眼神不由得就望向身侧的案台。那古旧的香炉下面，压着一本书，一本已经很多年没有翻过的书了，如果她没记错的话，书里似乎提到过山神……

风拍窗棂，外头电闪雷鸣，一场暴雨似乎就要不期而至。

余欢还在说着，原来那青云观的道士算出，付朗尘意外殒命是因为——

是夜乃宴秋山神寿辰，他带人无意进入山神的地盘，扰了宴秋一众山灵贺寿，惹山神不悦，这才对他施以惩戒。

道士说得玄而又玄，能挺过当夜就没事了，挺不过就赶紧入土为安，免生事端了。

很显然，付朗尘并没有挺过，所以才会被付家火急火燎地送到蝉梦馆，只等入殓后便办丧事。

"孟蝉姑娘，我家少爷生前可是城里有名的美男子，如今尸身也保存完好，想来妆容不会太难，还请姑娘多多费心，让我家少爷体体面面地下去……"

送余欢出门时，孟蝉提着灯，垂首应下："余大哥放心，我一定会尽力的，让付大人……走好。"

最后两个字有些艰涩，孟蝉鼻头酸酸的，余欢显然也注意到了，见她在风中那瘦弱伶仃的身影，不由得生出几分好感，真心实意道："孟蝉姑娘当真好心肠，叫我欢子就行，那就拜托姑娘了，时间紧迫，明日我还会来的。"

当付家的马车绝尘而去后，孟蝉进到馆内，偌大的前厅就只剩下她和付朗尘……的尸体了。

外头风雨交加，馆内窄幔飞扬，她坐在棺材旁，半天没有动弹。

许久，有泪水落在付朗尘双眸紧闭的脸上，哽咽的声音在他头顶响起："你这样无所不能的人……怎么也会死呢？"

孟蝉眼前一片水雾，水雾间的付朗尘越发模糊，几乎都快看不清了。

她曾在万人中，仰望他在万人上，想过无数次靠近他的可能，却没有一种是在蝉梦馆里——

他是冷冰冰的尸体，而她是为他化妆的入殓师，生前毫不相干，死后亲密接触，说来就像个玩笑。

他还那样年轻，他有非凡的本事，他马上就要成亲了，可如今，他却孤零零地躺在了这儿，人生像曲未完的折子戏，戛然而止。

"你曾劝我不要轻易寻死，人生还有很长，我记住了，可我怎么也不会想到，你竟然……竟然会……"

雨幕倾盆，不知过了多久孟蝉才平复情绪，她拭干泪，深吸口气，颤抖着手去摸脚边的妆盒，准备为付朗尘整理仪容了。

裹在黑斗篷下的那张脸苍白不堪，她到底要亲手送他最后一路了。

孟蝉起身凑上前，在电闪雷鸣中，怀着难言的心情，一点点伸向付朗尘的脸……

天地间昏沉沉的，风雨声愈来愈大。

孟蝉的手蓦然停住，在不到一寸之间，因为，她听见了一个声音——扑通，扑通，扑通！

是心跳，付朗尘的心跳。

孟蝉第一反应是听错了，第二反应是低下头，直接贴在了付朗尘胸口。

这一回，她脸色终于变了。

没听错，她没有听错，衣裳上带着微微凉意，紧挨耳边的心跳更加强劲有力了，每一下都击打在她心弦上。

手边的妆盒坠落在地，孟蝉浑身颤抖着，望向付朗尘宛如熟睡的脸，难以置信。

难道……难道是付家弄错了？人没死，或者是没"死透"？

孟蝉呼吸急促，风雨声拍打着窗棂，事关重大，她一刻也不敢耽误，径直搭向付朗尘的手腕，探寻他理应不会有的脉搏。

这一探，孟蝉整个倒吸口冷气，神情越来越惊恐，再三确认后，她踉跄后退，摇头间几乎是一屁股坐到了地上。

雷声轰隆，一划而过的闪电瞬间映亮她的容颜，那是种推翻生平所闻的震惊，就在刚刚，她发现了一件事，一件极其恐怖的事。

她居然……居然摸到了付朗尘的喜脉！

像是回应她一般，棺木微动，骇人的一幕发生了，有蓝光一阵阵闪烁，飘飘洒洒融入夜色，那发出光源的地方不是别处，正是付朗尘的腹部。

天地昏沉，风雨倾盆，孟蝉就那样瞪大双眼，胸膛起伏着，手心满是冷汗。她常年跟尸体打交道，从没有一刻像现在这样想要尖叫。

然而下一瞬，她也的确是尖叫了出来，因为——

棺材里的付朗尘坐了起来！

2、付大人怀了山神

"你是说，我怀了……山神？"

蝉梦馆里，付朗尘又问了一遍。

他的声音很好听，作为东穆一代祈音师，他无论说什么都极富画面感，但唯独这一次，孟蝉很希望他失去这项本事。

她捧着从香炉底下翻出的古籍，不敢看付朗尘那古怪的神情，把头埋进书里，小心翼翼地点了点头。

雷声轰隆，大雨瓢泼，偌大的蝉梦馆忽然诡异地静了下来，静得比任何一次都要久。

如果不是付朗尘亲手给自己把了脉，确认孟蝉所言非虚后，他一定会以为这是哪个仇家派来整他的，还是血海深仇那种。

古籍是孟蝉爷爷留下的，泛黄的书页有些年头了，上面记载了各种奇闻异录，其中就有山神一节。

孟蝉小时候经常被爷爷抱在腿上，听他说书里的故事，对"山胎"那段印象尤其深刻。

说是盘古开天辟地之后，每一座山都有专门的山神庇佑，但偶有山神触犯天条，或是做错了什么事，便会受罚为凡夫俗子，历尽人世，功德圆满后方能归位，也算作一种特殊的涅槃修行。

而山神降生需借凡胎肉体，也称宿主，寄生宿主体内的，便叫山胎。

那青云观的道士约莫是个半斤八两，算到付朗尘的"死"与山神有关，却算错了具体原因，不是他胡诌的什么山神寿辰，而是山神降生。

付朗尘好巧不巧地赶上天机，阴错阳差地成了那宿主，而他腹中的便是那山胎。

在得知山胎无法用任何方式打掉，只能一日挨一日等他降生时，付朗尘终于绝望了。

"为什么……是我？"

蝉梦馆里，他不知在帘幔间枯坐了多久，终是嘶哑开口。

他大概已经接受这"山胎"说辞，却还是难以接受是发生在自己身上，找一个男人做宿主，宴秋山的那位是天生目盲吗？还是饥不择食？为什么会是他？他从没有一刻像此刻这般希望自己是直接被雷劈死的。

见付朗尘一副如丧考妣之样，孟蝉抿了抿唇，尝试着开口安慰："书上……书上说，山神找的一般都是灵气充沛之人，这……这说明付大人是福泽之体，才会得山神眷顾……"

心虚的一番话还没结巴完，已被付朗尘一声打断："需要我把这个眷顾的机会让给你吗？"他幽幽地望了眼孟蝉。

孟蝉立刻闭紧了嘴，馆内一时又静了下来。

付朗尘坐在榻上，背对着孟蝉，半天没有说话，很显然，他在思考。

孟蝉想，自己绝不能打扰，但她在憋了许久后，还是忍不住开口道："付……付大人。"

榻上帘幔飞扬，传来付朗尘不耐烦的声音："怎么了？"

孟蝉微微踮起脚，伸出一根手指："你……你的肚子又发光了。"

那边静默了许久，付朗尘道："谢谢提醒。"他咬牙切齿，"我知道，可我在忽视，你看不出来吗？"

感受到付朗尘的坏心情，孟蝉乖乖闭了嘴，一声也不再吭，终于，她等到了付朗尘主动开口。

"离天亮还有几个时辰？"

"大约不到三个时辰。"

"付家明早会派人来对吗？"

"是。"

"好了，你有事情要做了。"付朗尘长叹口气，转过身来，按了按太阳穴，认命般望向孟蝉。

"听着，时间紧迫，现在你有三件事要做。

"第一，给我弄套干净衣服，要新的，不要人穿过。当然，更不要尸体穿过的，我知道你这是什么地方，千万别拿那种衣服来糊弄我。

"第二，找具和我身形相似的尸体过来，待会儿把我换下的衣服给他换上，李代桃僵，明日付家会来人，该怎么说你懂的。

"第三，据我所知，蝉梦馆的要价向来是盛都城里最高的，那么，能否如实相告……"付朗尘抬起头，表情略严肃，"你化死人妆的手艺究竟怎么样？能瞒天过海吗？"

一连串的吩咐让孟蝉蒙了蒙，紧接着她明白过来，心思急转间，拣最近的回答道："如果要做到滴水不漏，平常的化妆恐怕不行，需要用上易容术。"

"易容术？你还会这个？"

"我……大概会一点吧。"孟蝉莫名心虚，她的手上技艺全是爷爷教的，可惜爷爷去得早，她只学到些皮毛，但这次付家的丧事办得匆忙，许多环节都省了，应该能对付过去吧。

得到肯定回答后，付朗尘像宽心不少，却又按向额角，叹了口气，神情郁悒道："我想，我要在你这儿待上十个月了。"

虽然猜到是这么回事，但亲口听付朗尘说出来，孟蝉的心跳还是漏了一拍："付大人，你……你要在蝉梦馆里养胎？"

付朗尘的脸色一下变得很难看："不妨收起你吃惊的表情，顺便把那两个字也给我一起咽下去。"

孟蝉立马缄默不语。

付朗尘握紧手心，深吸口气，低头望向自己时不时发光的腹部，声音几乎从唇齿间溢出："要是被人发现这件事，我宁肯死上一千遍，当然，一定先把这瞎眼的山神弄死来垫背！"

他抬头，俊秀的一张脸望向孟蝉："所以，你不希望一尸两命吧？"

孟蝉听得心惊肉跳，赶紧摇头如拨浪鼓，转身欲走："付大人好生休息，我先去做事了。"

"等等。"

付朗尘一声将她叫住，坐在榻上，不知何时松了腰带，衣襟半散。

"如果方便，新衣服送来的同时，希望能看见一桶热水。"

孟蝉脸有些红，点头。

付朗尘又接着道："还有件事，这十个月……估计有劳你了，事成之后，我必重金酬谢。"

"好。"孟蝉依旧点头，"多谢付大人。"

付朗尘似笑非笑："从一开始，你温顺得就让我觉得像在使唤家里的仆人。"

孟蝉一愣，付朗尘找了个舒服的姿势躺了下去："其实常伺候我的下人背地里都会说我脾气不好，我们也才第一次见面，我就这样使唤你，毫不客气，你是不是也觉得我很怪？"

"不怪。"孟蝉摇头，一想答得太快，怕付朗尘疑心自己在敷衍，赶紧又补充了句，"你是个好人。"

"好人？"付朗尘挑眉。

孟蝉笑了笑，企图增加自己的可信度，却让付朗尘的神情更古怪了："你知道坊间怎么说我吗？"

"知道。"孟蝉笑意不减，如数家珍，"天纵奇才、救人无数、国之栋梁……"

"别光拣好听的，我要的是那些难听的，你放心，老实说，我不会生气的。"付朗尘打断道。

孟蝉笑意凝滞，与他对视了许久，才抿了抿唇，慢吞吞地开口："言语刻薄、嚣张跋扈、目中无人、高高在上、不可一世……"

"停停，行了。"付朗尘轻咳两声，暗自嘀咕，"叫你老实说，还真拣得一字不漏。"

孟蝉装作没听见，紧了紧斗篷，欠身离去。

直到走出房门后，她才扬起嘴角，在心里小声加了句："但你还是个好人。"

现在虽然脾气确实不大温和，但怀了孕的……那个，情绪难免有些波动，完全可以理解的，丝毫不影响许多年前留在她心底的那个印象。

房里榻上闭眸假寐的付朗尘，忽然打了个喷嚏，睁眼又看见腹部在闪光，一时不由得心烦意乱，伸手作势要狠抽："闪，再闪，再闪本大人和你同归于尽！"

3、灵堂送别

余欢第二天来"验货"的时候，说的第一句话就是："这妆够浓的啊，都快看不清我家少爷原本的模样了。"

孟蝉站在一边，露出笑脸，睁眼说瞎话："余大……欢子哥，因为付大人身份特殊，所以妆容也便隆重点，他为国为民，我自然也希望他走得风光体面些。"

这一声"欢子哥"瞬间拉近了同余欢的距离，余欢煞有介事地点头赞同："不错不错，孟蝉妹子有心了，这是蝉梦馆里顶级的服务了吧？"

孟蝉一愣，紧接着脸不红心不跳："是啊，本不想同欢子哥说的，超出的部分就当我单独为付大人敬的一份心意吧，不过欢子哥真是慧眼如炬，什么都瞒不过你……"

"那是当然，我一眼就瞧出来了！"余欢豪气地一挥手，"我就说孟蝉妹子你心地好吧，哪能让你贴呢，付氏家大业大，不差这点钱，说说，超出了多少？"

孟蝉故作为难，低下头："不多，欢子哥别问了。"

余欢更加紧追不舍了："哎呀，你就说实话吧，一个小姑娘开家入殓馆也不容易。"

孟蝉叹了口气，这才晃悠悠伸出两根手指。

"双倍？"余欢上前，一口否定，"肯定不止！"

孟蝉依旧低头，像极其为难："真的不能再多了，欢子哥让我尽点心意吧。"

余欢着急，更加坚定自己的判断了："什么话，绝对不能让你贴，快说快说！"

几番推来复去，在余欢的步步紧逼，孟蝉的纠结无奈，以及里间付朗尘的白眼猛翻下，两根手指慢慢变成了三根、四根……直到孟蝉眼含热泪，抬头报出"六倍"这个终极价格后，余欢才终于满意大叹，心里放下一块石头般。

"这才像话嘛，亲兄弟都明算账呢，孟蝉妹子，你放心，到时我会打好招呼，派人来跟你结算。"

里间的付朗尘听到这儿，终于难以抑制吐血的冲动："余欢你个猪脑子，家大业大就是被你这么败光的！"

他想到昨晚孟蝉的种种温顺，有种直呼上当的感觉，看起来老实巴交的，居然是个扮猪吃老虎的。

当余欢如释重负，终于功德圆满地离去后，里间的付朗尘幽幽地飘出一句——

"小财迷，生意做得不错哦，不去唱大戏真可惜了。"

孟蝉装作没听懂，眼观鼻，鼻观心："欢子哥太热忱，我怕露出破绽，只好顺着他的话说了。"

"那怎么不干脆把十个手指头都伸出来呢，小财迷？"付朗尘哼了一声。

"太夸张了也不好。"孟蝉摇摇头，不再吭声。

许久，付朗尘听到外头传来算盘滚珠的声响，伴随着一个自顾自的呢喃："其实羊毛终究要回到羊身上的，付大人养胎是要花很多钱的，毕竟这是蝉梦馆近期最后一单生意了，接下来有将近十个月不能进账了，除了日常的柴米油盐，还得置办各种安胎的营养品……"

付朗尘眼前一黑，气急攻心道："你一个人在碎碎念些什么？"

孟蝉仿佛受惊般："没，没有念什么，在核对蝉梦馆的账目呢。"

付朗尘咬牙切齿："好，你慢慢对，千万别对错，安胎时我可是要吃人参鲍肚、燕窝鱼翅的。"

最后几个字加重了音，孟蝉忍不住笑了，一本正经地纠正："安胎时吃太油腻据说不好，付大人放心，我会搭配着来的，绝对让母子……父子好吃好睡，营养到位。"

余欢走后，叶书来是蝉梦馆的第二个访客，那时孟蝉抱着算盘，守在棺材旁，正昏昏欲睡。

她整个人罩在斗篷里，眼下一团乌青，不知道的还以为被人打了。

事实上，她昨晚忙到脚不沾地，几乎是彻夜未眠。

尸体是从后山的乱葬岗里拖回来的，动手前她念念有词，就差念段《金刚经》超度了，付朗尘却在她身后幽幽来了一句："如果你不把他带回来，他的下场就是在荒郊野岭里被饿狼分食，你现在是在为他这份万中挑一的幸运内疚吗？"

孟蝉被一噎，不再吭声，心里却念得更快了："有怪勿怪，有怪勿怪，请把付大人的话当个屁放了吧，他现在是特殊时期，情绪不稳，不是故意的……"

付朗尘在她身后连打几个喷嚏，左顾右盼寻找源头，最终望向腹部，一脸郁悒。

解决完了尸体，化妆易容前，孟蝉将手洗了千百遍，才终于在付朗尘不情不愿的目光下，摸上了……他的脸。

她得摸清他的骨骼肌肉走向，才能更准确地去为尸体做易容化妆，对此付朗尘的第一反应就是："你不是在诓我吧？"

孟蝉眨眼，满脸童叟无欺："爷爷教我的就是这样，还望付大人忍耐片刻。"

事实上，不仅付朗尘别扭，孟蝉的心也跳得很快。

她指尖微凉，一寸寸抚过付朗尘的额头、眉骨、鼻梁……才沐浴完的付朗尘，身上有股很清新的味道，常年锦衣玉食，又使得他皮肤白皙嫩滑，倒衬得孟蝉指尖略显粗糙。在风拍窗棂的声响中，这的确是件很"秀色可餐"的活儿，孟蝉不由得喉头发干。

鼻息以间，付朗尘完全没察觉到她的心思，只是没好气地哼哼："我长这么大，还是第一次被一个姑娘这么摸。"

孟蝉手下一顿，抿抿唇，赔笑着道："我长这么大，也还是第一次这么摸一个……活人。"

付朗尘有些被呛住，许久，在帘幔飞扬间磨牙："那你觉得是你吃亏了，还是我吃亏了？"

孟蝉对上他的眼，识时务地一笑："付大人吃亏了。"

如今，靠付朗尘这百般牺牲，万般吃亏下做出的易容效果，果然瞒天过海，连他的"狐朋狗友一号"——叶书来都没能认出，左看右看也只说了一句："付七你这家伙到底是不一般，死也比别人死得难看些。"

　　孟蝉嘴角略抽，努力面不改色，却见叶书来忽然趴在棺木上，一张脸凑得很近，都快挨到里面浓墨重彩的"付朗尘"了。

　　"兄弟一场，怎么也想不到你会被雷劈死，还说要闹你的洞房呢……"他叹口气，"你也知道，我叶五别无长物，人称纨绔，除了一手妙笔丹青拿得出来外，还真没什么能送你一程，本来今日我是想来为你画幅遗容，哪曾想雷没把你劈焦，却把你劈丑了，莫怪兄弟直言，当真丑得下不了笔呀，你也不想一世英名毁于灵前吧……"

　　絮絮叨叨中，孟蝉悄悄望了眼里间，几乎可以想见付朗尘的神情。

　　"这样吧，我去趟宴秋山，你不是在那儿出事的嘛，我就在那儿为你描幅丹青。放心，一定使尽我生平所学，把你付七最神采飞扬的样子留下来，到时烧在你坟前。怎么样，兄弟够意思吧，不用太感动，逢年过节到兄弟梦里来做做客就行。"

　　末了，他修长的手指敲了敲棺木，声音低了下去，呢喃出一句最终的告别："话到这儿了，兄弟，走好。"

　　叶书来支起身，深吸口气，背对着孟蝉。孟蝉明显看到他用衣袖拭了拭眼角。

　　风过堂前，气氛一时有些凝滞，孟蝉抿抿唇，正欲说些什么时，隔老远便传来一个声音——

　　"孟蝉，瞧我给你带什么来了，我娘最新腌制的酱牛肉，你可有口福了……"

　　那从门口一路走来，穿堂而过的人，一身红澄澄的捕快服，腰间别着把大长刀，手里提着坛酱牛肉，满脸笑意，阳光下英姿飒爽——

　　竟是个姑娘。

孟蝉眼前一亮："纤纤。"

来的不是别人，正是住在蝉梦馆附近，时不时来串门，孟蝉为数不多的邻舍兼好友——苗纤纤。

她正好与叶书来打了个照面，两人在几步之距间就同时愣住，紧接着发出响彻屋顶的惊呼："啊，怎么是你？！"

孟蝉一怔，苗纤纤直接将那坛酱牛肉隔空抛给她，紧接着唰地就拔出腰间长刀，以迅雷不及掩耳之势砍向叶书来，一声大吼："淫魔，你居然还敢出来！"

多亏叶书来闪得快，堪堪躲过后，抬头指向苗纤纤就破口大骂："你有病啊，见人就砍，谁是淫魔？是你自己跳进我浴桶来的好不好，我至今还有阴影呢，你这色女还好意思说，你都敢出来我为什么不敢出来？"

苗纤纤满脸通红，看了眼震愕的孟蝉，一跺脚，没头没脑地继续朝叶书来砍去："淫魔，你还说，我要撕了你的嘴，把你大卸八块，我现在就拘捕你，关你进大牢！"

叶书来左闪右躲，上蹿下跳，奈何拿笔的手一生只画过无数丹青，连一招半式也使不出来，避得颇为狼狈，还好嘴上功夫了得，骂人不带脏字，引经据典，博古通今，上天入地，句句羞辱得人无力招架，把在他身后紧追不舍，向来能武不能文的苗纤纤气得肺都要炸了。

还好孟蝉反应过来，赶紧挡在了两人之间，举起那坛还没开封的酱牛肉，"哐当"一声，替叶书来挡了一刀。

刀锋嗡嗡作响，孟蝉双手发疼。

苗纤纤瞪大了眼，许久倒吸口冷气，一下把刀扔了，上前满脸焦急："孟蝉，孟蝉你没事吧？你疯了吗，干吗突然冲上来，要是我没收住势，直接把你砍死了多不划算！"

声音大得孟蝉脑袋疼，放下牛肉坛的双臂发麻不已。

苗纤纤紧张地围着孟蝉，上上下下地检查了好几遍，所幸没什么事，她拍了拍胸口，如释重负。

而一旁的叶书来确认孟蝉无碍后，三步并作两步地就撤到门边，折扇一打，冲孟蝉遥遥喊道："姑娘大恩大德，没齿难忘，奈何疯狗横行，在下先走一步，免得狗咬上身了，日后再来答谢姑娘！"说完，他一溜烟就不见了人影。

苗纤纤热血冲上头，捡起地上的长刀就想再追，却被孟蝉赶忙拉住，得了口喘气的机会问她："纤纤冷静，别冲动，究竟怎么回事？你们怎么认识的？"

4、叶书来与女采花贼

叶书来衣裳狼狈地走在街上，以扇遮脸，从没觉得自己这么倒霉过。

"该死的色女，居然还是个捕快，简直知法犯法，都不去打听打听我叶五的名号！付七死了，我可是盛都城里第一纨绔了，我绝不会跟你就这么算了的，色女你给我等着，以后有你好果子吃！"

他阅人无数，秦楼楚馆挨个逛遍，还真没见过这么蛮横的女人！

说来荒唐，半月前他带上笔墨去淮城赏花，住进了江边一家客栈，打算画下那江上牡丹的盛景，谁知到了夜深人静时，他叫了桶热水，正在房里舒舒服服地泡澡时，门突然被推开了。

走进来的是个陌生女人，穿着单薄的亵衣，像刚从床上爬起，披头散发，双臂向前，眼神呆滞。

他张大了嘴，在水里有些措手不及："喂，你是谁？怎么随便进别人房间，出去，快出去，没看见我在洗澡吗？"

可不管他说什么，那女人都没有任何反应，如入无人之境，伸着双臂缓慢向前走着，一步又一步。

他看呆了，猛地一拍脑袋，终于意识到，他遇上个有病的女人了，她在夜游——

她有夜游症，刚爬起床夜游到他房里来了！

在叶书来的印象中，夜游症的人似乎是不能被轻易吵醒的，否则后果严重，所以他那时立即噤声，缩在桶里，想着大不了就让这女人在他房里走一圈，走完出去就好了，反正夜游症的人醒来什么也不会记得了。

但他料中开头，没料中结尾！

那女人居然停在他浴桶前，在水雾氤氲间，诡异地笑了下，然后开始脱衣服——

脱、衣、服、了！

那一刹那，叶书来如五雷轰顶，几乎来不及阻止，那女人已经赤条条地坐进了浴桶，还发出了一声舒服的叹息。

他脸一下烧了起来，简直要怀疑这色女是故意装夜游，来占他便宜的！

"你猜怎么着，我迷迷糊糊一睁眼，居然看见那淫魔的脸近在咫尺，两只手还搭在我双臂上，就要对我欲行不轨！"

蝉梦馆里，苗纤纤愤慨不已，喝了口水，一拍桌子，把孟蝉吓了一跳。

"可我哪是那么好占便宜的？我当即就一拳挥去，把他打得哎哟一声，捂住脸直接沉入了水底，我更趁这机会，赶紧跳出去穿好衣服。但就在我想把这淫魔揪出来，狠揍一顿逮捕时，外面突然传来头儿的哨子声……"

走在街上的叶书来，想到痛处，摸了摸脸。

那时他被打得沉入桶底，在心里骂了一千遍娘。

他不过识破这色女奸计，伸手想把她推出浴桶，却哪想她恼羞成怒，也不再装了，一拳直接打向他俊俏的脸蛋，得不到便欲毁之！

该死，他在水底痛得眼泪直流，还不知道毁容了没有，他发誓，等他出来一定要让她好看！

可谁知外头突然乱糟糟的，有声音绺绺传入桶里。

"大鱼落网，神捕营行动，快，通通起来！"

等他好不容易破水而出时，房里已经没有人了，窗户破了个大洞，他从大洞里看见外头一片狼藉，那色女早已不见踪影，一群捕快模样的人齐齐追入了夜色中。

原来……他遇到了女采花贼，还是条大鱼惯犯。

那一刻，风从窗口灌入，他打了个战栗，抱住身子，竟觉一阵后怕。

"你是不知道，要不是忽然紧急行动，我肯定当时就把那淫魔抓起来了！等我办完案回去时，人早就逃得没影了，房间都退掉了，这是心虚到何等地步啊，真是气人！"

蝉梦馆里，苗纤纤猛拍桌子，连喝几大壶水都无法浇熄怒火。孟蝉伸手一个劲地给她扇着风，见她脸色稍缓，这才小心翼翼地开口："可我瞧……那叶公子不像这种人啊？是不是有什么误会？"

"误会？"苗纤纤的声音一下高了八度，拍得手边的长刀啪啪作响，"怎么可能有误会？都人赃俱获了好不好，难道我会自己跳进他桶里吗？"

孟蝉心惊肉跳，替她把手边那把无辜的大刀拿开点。

"也不是……没这个可能啊。"她瞥了眼怒气未平的苗纤纤，尽量斟酌着语句，"纤纤，那个，你不是有夜游症吗？以前半夜还跑到蝉梦馆，和尸体挤在一副棺材里睡过觉，我天亮才发现呢……"

"啪"的一声，苗纤纤又是猛地一拍桌子，脸上红白不定："那不一样！"

她话虽然脱口而出，但到底没之前那样硬气，心思也急转起来，思来想去，她忽然猛地站起，拿起桌边长刀。

"不行，无论如何，我得去找那淫魔问个清楚！"

说着她风风火火向外走去，却才走几步，又忽然像想到什么，打道回来，望着孟蝉欲言又止，神情有些扭捏："对了，孟蝉，这件事得替我保密，谁也不许说，尤其……尤其是……徐大哥。"

最后三个字带了些小女人的娇羞，还刻意压低了声音，但孟蝉以及里间的付朗尘，仍是听得清清楚楚。

孟蝉怎么会不知道苗纤纤的心意，当下表态："放心，徐大哥那儿我保准一丝风声也不漏。"

末了，她促狭眨眼，唇边笑意渐浓："毕竟某人还要做我徐大嫂的，说好的喜糖我还等着吃呢。"

苗纤纤被说得面红耳赤，上前掐了把孟蝉："死丫头真讨厌，嘴巴就是这么甜！"

两人一阵笑闹后，苗纤纤捂住脸傻乐离去，走到门边还不忘回头，冲孟蝉飞了个吻："乖，再叫声'徐大嫂'来听听。"

孟蝉眉眼含笑，伸手配合地接住吻，软软糯糯地开口："徐大嫂。"

门边的苗纤纤像被电了下，通体舒畅，按住长刀娇羞地一跺脚，又飞了个吻出去："孟蝉，我好爱你哟！"

孟蝉笑吟吟地又接住，面不改色道："纤纤，我也好爱你。"

里间的付朗尘打了个哆嗦，鸡皮疙瘩掉了一地。

5、蝉梦馆的第三位访客

继叶书来走后，袁沁芳成了蝉梦馆的第三位访客，自此，付朗尘昨天夜里对孟蝉说的预料，一一全中。

首先是余欢，一大早来"验货"；然后大概至晌午，叶书来会到，还会提着两壶醉仙楼的酒；最后，就是临近黄昏时，袁沁芳会不带婢女，只身一人，从后巷悄悄进来。

孟蝉听完后，曾好奇问过："为什么只是这三个人？"

她还记得付朗尘沉默了许久，忽然抬头笑着问她："还要几个人？"

她一愣，付朗尘摊手："忠仆、知己、爱侣，人之一生，得此三人，难道还不够吗？"

孟蝉被反问得哑口无言，好半天才讷讷道："不是，我不是这个意思，我只是想问……为什么付大人的母亲不会来？或是付家什么亲人不会来？"

"我母亲早逝世了，怎么来？"付朗尘不在意地回答，顿了顿，他补充道，"是生母逝世了，嫡母还在。"

孟蝉有些愣住，付朗尘却已经懒懒翻了个身，不去看她，许久，才似笑了。

"他们为什么要来看我？你也知道我脾气差，坊间怎么说来着，对了，嚣张跋扈、目下无尘，生前他们都厌我惧我，死后不偷着乐就算好了，干吗还要巴巴地跑来看我最后一眼？没事给自个儿添堵吗？"

孟蝉一愣，无言以对，久久地望着付朗尘的背影出神，不知在想什么，直到付朗尘再次开口。

这一次，却带了丝甜蜜，一丝说到心爱之人时才会有的甜蜜。

"事实上，那群牛鬼蛇神我也不想见，整个付家，除了表妹，我还真没什么留恋……"

表妹，付朗尘的表妹，也是他还差一个月就要成亲的未婚妻。

她叫袁沁芳，正是那第三个访客。

孟蝉在见到她的那一眼，心头莫名有些欣慰，还好付大人没估计错，还好不管怎么样，人世间起起伏伏，他身边仍有挚爱不弃。

忠仆、知己、爱侣，的确是够了，不过，如果不嫌弃的话……还可以加上她。

蝉梦馆里，袁沁芳按照付朗尘说的，果然是踏着晚霞，来得悄然，一袭长裙逶迤及地，一进门便塞了银钱给孟蝉，叫她不要声张。

孟蝉默默收下，退到一边，望了眼里间，知道现在里面的付朗尘，一定听得比任何时候都要专注。

风过堂前，袁沁芳伏在棺木上，泪如珍珠，满腔深情却是对着棺中那个"付朗尘"。

"表哥，爹爹把婚约收回去了，还不准我来看你，说是要避嫌，怕我以后不好嫁人，可我哪管得上那么多……"

"我一想到你冷冰冰地躺在这儿，心里便痛得不行，都是我不好，是我一定要你去那宴秋山，亲手替我采千萱草的。我错了，我不该任性的，我只是听了传说，采到千萱草的有情人能够白头到老，我想在成亲前得到这个祝福……"

长裙摇曳，泣不成声中，孟蝉有些意外地望了眼里间。

原来，付朗尘是因为这个缘故……才出事的吗？

棺木上的袁沁芳还在泣诉，竟不知不觉说到让孟蝉更意外的地方。

"表哥，你放心，虽然我们还未正式拜堂成亲，但我心里只有你，我已经说服爹爹，为你守节一年，但一年后，也许我就要身不由己了，我实在无法忤逆爹爹，请你在地下有知，千万要原谅我……"

送袁沁芳从后巷离开时，孟蝉几番欲言又止，终于还是一声叫住了她。孟蝉在袁沁芳惊诧的眼神中，跑到她跟前，把先前收下的银钱塞回她手心，然后抿抿唇，真心实意道："请沁芳小姐务必保重身体，天无绝人之路，希望说不定哪一天就降临了，沁芳小姐不要灰心，一定要等待啊！"

没头没脑的一番话在巷道里响起，袁沁芳愣了愣，看了孟蝉许久，终是红了眼眶，握住她的手，柔声带泪："谢谢，谢谢你。"

她没有想太多，只以为是蝉梦馆这个好心肠的姑娘，追出来对她的一点慰藉与同情，她唯有收下与感激，但却不会发现，后门那里一道身影已悄悄站了许久。

从她要离开时，他的目光便一直追随着她，更是在听到她们的对话时，背靠着墙壁，苦涩地闭上了眼。

孟蝉带着难以言喻的心情回到了蝉梦馆，一进内堂，便看见"活着"的付朗尘坐在棺材旁，凝望着里头"死了"的付朗尘。

这画面莫名有些诡异。

　　孟蝉轻咳两声，付朗尘却没有动弹，他发着呆，于是她也只好坐到他旁边，跟着发起呆来。

　　夜幕一点点降临，两个发呆的人不知枯坐了多久，孟蝉耳边才忽然传来付朗尘幽幽的声音。

　　"你有什么想说的吗？"

　　她一愣，付朗尘扭头望向她，不给她思索的时间，直截了当："眼见一对苦命鸳鸯被上天捉弄，你大抵不善言辞吧，让我来问问你吧。"

　　"感动吗？"

　　"感动。"虽然不知道付朗尘为什么这么问，但孟蝉还是看着他的眼睛，如实回答。

　　"惋惜吗？"

　　"惋惜。"

　　"恨天意弄人吗？"

　　"恨。"孟蝉眼皮眨也不眨，内心的小人却是双手合十，"老天爷勿怪勿怪，您这次是过分了点。"

　　"既然又感动，又惋惜，又恨天意弄人……"付朗尘眼眸漆黑，唇边有笑意泛起，"那你是不是很想为这对苦命鸳鸯尽点绵薄之力呢？"

　　"很想。"孟蝉痛快地一口答道，紧接着却是抬头，奇怪地"啊"了一声。

　　但付朗尘已经快速地接话，眉眼含笑，不留一点缝隙："既然你这么坚持，那我也只好勉为其难地成全你了，这件事不交给你去做都不安心了。"

　　孟蝉又"啊"了一声，在月亮升起，映亮付朗尘脸的那一瞬间，她仿佛有种错觉，从他眼中看到了一种光芒，一种类似狐狸捕到了猎物的光芒……

"你也听到了，知道千萱草对沁芳意味着什么，你不是很想给她希望，叫她不要灰心吗？"

付朗尘双眼炯炯放光，抓起孟蝉的手："那正好有件事需要你去做，相信你这么冰雪聪明，一定已经猜到了。"

孟蝉低头看了眼被抓住的手，这回没有"啊"，只是咽了咽口水，慢慢抬起头，望着付朗尘白玉无瑕般的笑脸，一个字一个字地蹦了出来："付、大、人、是、要、我、去、宴、秋、山、采、千、萱、草？"

付朗尘打了个响指，重重点头，双眼在月下光芒更盛，甚至摸了摸孟蝉的脑袋："你果然这么冰雪聪明。"

6、被迫同居

付朗尘在蝉梦馆住下的第二个夜晚，孟蝉失眠了，不是因为天亮就要出发，孤身一人去宴秋山采千萱草，而是因为——

她竟然和他睡在了一个房间。

当然，她睡地上，他睡床上。

孕妇……孕父，总是要多点优待的。

因为第一夜孟蝉几乎没合眼，全部在忙活易容化妆，所以就不存在睡哪儿的问题。

但第二夜，这个问题来了。

蝉梦馆说大不大，说小不小，放棺材的地方很多，睡人的地方却很少。

自从爷爷离世后，孟蝉又将蝉梦馆"改造"了一下，现在的蝉梦馆，只有一间睡人的房，一张睡人的床。

榻上，付朗尘撑着脑袋，苦口婆心地教育孟蝉："所以说，凡事要留一手，不能太见钱眼开，你看当年如果不是你硬要改造，多放棺材多赚钱，现在也不会没地方睡，打个地铺凑合了，对不对？"

孟蝉没有回应，付朗尘把脑袋伸出一点："怎么，你难道觉得我说的没有道理？"

孟蝉仰面朝上，眨了眨眼："没有，我在思索，付大人的话很有道理。"

付朗尘这才满意地笑了，事实上，他根本不知道，孟蝉现在很紧张，抓住被角的两个手心全是汗。

月光透过窗棂洒入屋内，帘幔飞扬，付朗尘又把脑袋探了出来："喂，你怎么不脱衣服啊？穿这么厚的斗篷睡觉，不闷吗？"

孟蝉手心一颤，许久，答道："闷。"

"闷就脱啊，你放心，我不会看你的，再说你底下总还会穿点什么。"

风声飒飒，孟蝉慢慢"哦"了一声，付朗尘又催促了几遍，她终于坐起，深吸口气，动作迟缓地一点点脱下斗篷。

月光正对着她的身子，榻上的付朗尘好整以暇，撑着脑袋，这是他在进入蝉梦馆后，第一次清清楚楚地看见了孟蝉的脸，不，或者说是，半边脸。

朝向他那边的左半张脸，居然意外地很是清秀，白皙温婉，虽不是什么大家闺秀的姿色，却也有小家碧玉的味道，看得付朗尘一愣。

他先前总见她把脸罩在斗篷里，还以为她是个丑八怪呢，没想到居然还不赖。

但他很快就发现不对了，因为她不躺下去，一直都不躺下去。

"你为什么……不躺下？"

夜色静谧，月光中，孟蝉纤秀的身子坐得端正，直愣愣地望着前方，像是要这样坐一整夜，付朗尘终于忍不住开口了。

孟蝉眨了眨眼，仿佛回过神来，慢吞吞道："哦，我这就躺下。"

她一点点向后靠，双手抓紧被角，微微颤抖着，仿佛极其紧张，让付朗尘都不由得屏住呼吸，眼睛一眨不眨地望着，当她终于完全躺下，整张脸都露在了月光中时，付朗尘才知道她紧张的原因——

她那右半边脸上居然有一块极大的伤疤，颜色暗红，像是有些年头了，蜿蜒下倍添狰狞，瞬间破坏了整张脸的美感。

房里霎时静了下来，月光寂寂地洒着，一时间谁都没有说话，只能听到各自压抑的呼吸声。

孟蝉就那样睁着眼，仰面朝上，一动不动，只抓紧被角的手仍在微微颤动着，仿佛并不习惯这般袒露于人前。

终于，还是付朗尘打破了凝滞的气氛，有些犹豫地开了口："你那右半边脸……是怎么回事？"

孟蝉长睫微颤，老实回答："小时候爷爷制作药水来保存尸体，我跟在一边学，不小心跌了进去，腐蚀了右半边脸。"

她声音很轻也很平静，脸色却白了几分，看得付朗尘心头一紧，好半天才皱眉开口："你爷爷怎么回事，都不照看好你吗？"

孟蝉摇头："不关爷爷的事，他当时进去拿样东西，是我自己没听嘱咐，挨得太近了……"

付朗尘没说话了，许久，才瓮声瓮气道："他后来没给你治吗？都这么多年了，不知道还祛不祛得掉……"

孟蝉眨眼，略微失神："爷爷……后来就不见了。"

在她痛彻心扉的那段日子，整个人躺在病床上，陷入一片昏天暗地中，爷爷衣不解带地照顾她，却就在她慢慢好起来，即将能拆开绷带的时候，消失了。

那是毫无预兆的一天，爷爷喂她吃完粥，在她渐渐睡着时，紧握住她的手，她睁不开眼，只迷迷糊糊地听见他在耳边道：

"爷爷要走了，小孟蝉，你要好好照顾自己，要坚强地活下去……"

她不知道爷爷要去哪儿，也不知道爷爷为什么忽然对她说这些，她只是觉得心里莫名有些慌，她想叫住爷爷，但她想睁也睁不开眼，想喊也喊不出声，就像陷入一场深不见底的噩梦中……

等到她醒来时，爷爷已经不见了，偌大的蝉梦馆空空如也。

她找了好几天，里里外外，嗓子都喊嘶了，但就是找不到爷爷，他就像凭空消失了一般，再也没有出现在她的生命里。

后来，她自己拆开绷带，对着镜子中那张落下伤疤的脸，怔怔地掉眼泪，生平第一次体会到了绝望的感觉。

爷爷没了，脸也毁了，她在世间无依无靠，一无所有了。

那一年，她才十二岁，却已经觉得走不下去，甚至想要去寻死。

"还好那时遇到一位贵人，才没有死成……"月光下，孟蝉笑了笑，榻上的付朗尘静静听着，俊秀的脸上投下一片光晕。

对于那位贵人，孟蝉一句带过，没有多提，付朗尘也便没有多问。

"过了几年我才渐渐想通，爷爷大概是岁数大了，像我小时候听他讲的故事一样，在那本记满奇闻趣事的手札里说，预感到自身死亡的大象，会独自悄悄离开象群，前往象冢，奔赴自己最终的归宿。"

"他也许……是不想让我伤心吧。"孟蝉眨了眨眼，漆黑的眸中有亮光闪烁，在月下显得柔和动人，"可我其实已经很满足了，从被爷爷收养的那天起，我就已经很幸运了……"

付朗尘听到这儿，终于忍不住打断："你，你是被收养的？"

"是啊。"孟蝉顿了顿，扭头望向付朗尘，许久，下定决心般，"说出来付大人不要害怕，我……我其实是个……棺材子。"

那时这里还不是什么蝉梦馆，只是一座荒废的义庄，在一个大雨倾盆的夜里，来了一位大肚妇人，她衣裳带血，像刚经历过一场生死浩劫，来到义庄时已经再也支撑不住，奄奄一息地倒了下去。

电闪雷鸣中，她连一句话也来不及交代便撒手而去，好心的义庄老人将她的尸体收殓入棺中，却在半夜时，忽然听到棺材里面传出响亮的啼哭声……

"爷爷把我从棺材里抱出来后，既不嫌弃也不害怕，他抚养我长大，还拿出毕生积蓄，把荒废的义庄改造成蝉梦馆，开门营生，好给我一个像样点的家……"

说到这儿，孟蝉猛然回过神般，扭头望向付朗尘："大半夜的没瘆着付大人吧？"

她有些忐忑不安，毕竟棺材子不是什么好事，奇诡又晦气，爷爷从来都不许她和别人提起，怕她会被人看不起，会受欺负。

但今夜不知道为什么，她居然会对付朗尘开口，还情不自禁地说了这么多。

真是……不该呀，孟蝉有些后知后觉地懊恼，抬眼悄悄望了眼付朗尘，万一……万一他当她是怪物怎么办？

她内心正七上八下时，付朗尘却在久久的沉默中，忽然笑了："这也能瘆着我？"

孟蝉抬头，见他把肚子微微一挺，扬眉道："你不觉得在我面前是小巫见大巫吗？我现在可是怀了山神的人，你个区区棺材子敢在我面前炫耀？"

调侃的声音在房里回荡着，孟蝉一愣，紧接着忍俊不禁，心口一块石头无声地放下，屋里的气氛也活络起来。

付朗尘依旧撑着脑袋，见孟蝉笑了，几根修长的手指敲了下腹部，不由得微眯了眼："话说你还记得你爷爷的长相吗？我免费为你溯一次世好了，算作你明天替我去采千萱草的谢礼，怎么样？"

顿了顿，他长眉微挑，对上孟蝉的眼睛，意味深长："我最近一次替人溯世，地点在东宫，对方是当朝太子。"

孟蝉怔了怔，立刻反应过来，做出一副受宠若惊的模样："付大人的声音价值连城，小民实在是太荣幸了，没想到这辈子还能离太子这么近。"

她的狗腿之迅速把付朗尘都逗笑了，故作嫌弃地挥手："戏太假了，重来重来。"

两人一上一下地对视着，绷不住齐齐笑出声来。

7、一举成名祈音师

付朗尘有个很特殊的身份，祈音师。

全凭一张嘴，一副嗓，走到今时今日之地位，在东穆大概也算个传奇。

早年间哪里有人跳河哪里就有他，那时他刚脱离付家不久，带着一点微薄的积蓄，自立门户，开了家溯世堂，专门用声音为世人回溯过往，排忧解难。

是的，他的声音有"魔力"，描述什么都像真的一般，能让人身临其境，再次梦回到那些念念不忘的往昔。

这项天赋不仅用于"溯世"，还能让人打消轻生的念头，简而言之，就是劝人不要去死。

那时盛都城里但凡有个跳河坠楼，都会有人跑去溯世堂通知付朗尘，为此他特意买下一匹极其昂贵的千里马，那些年每隔不久城里就会出现如下奇观——

"让让，让让，有人要死了，快闪开！"

脚下生风的千里马在街道上横冲直撞，马上的少年十万火急，一张俊秀的脸兴奋不已，衣袂飞扬，声掠长空。

等他一赶到，家属就会立刻将写好的信息递上去，他扫过一眼，了然于心后，便会开始进行劝导工作。

劝导因人而异，因事而异，但不外乎都是对症下药，以最令人无法抗拒的声音直击事主的心底。

付朗尘做过最有名的一起"劝阻"，是当朝太子服五食散自尽一事，哦不，确切地说，是殉情。

那时皇后秘密处死了太子身边一位宫女，太子痛不欲生，在一个平常的午后爬上屋顶，披发赤足，一边吞咽五食散，一边乱踩砖瓦，疯癫唱歌。

当时正逢下朝，群臣百官大惊失色，同赶来的帝后围在下面，无论怎样劝说太子也不肯下来。

他情绪很是激动，抓着酒壶，不停吞咽着手里的一包五食散，时而大笑，时而恸哭，神志已渐不清，但只要有人稍一靠近，他就作势要跳下去，叫所有人吓个半死，通通都不敢轻举妄动。

就在一片僵持中，不知是谁喊了句："对了，找溯世堂，找付朗尘！"

付朗尘在一路赶来的途中，听了带路公公的详细叙述，那公公是皇后身边的人，按照指示，不敢隐瞒，将原委毫无保留，包括皇后的赐死，都一五一十地告诉了他。

于是当付朗尘站在那个高高的屋顶下时，他已经知道了这是一场殉情，一场不可思议，宫闱里百年难得一见的殉情。

黄昏中，所有人都将灼灼目光定在他身上，他们为他让出一片地，焦急地站在他身后，祈盼他能不负虚名，成功劝下太子。

但当太子的酒壶猛地砸下来时，满场惊呼中，众人的心都凉了一半。

"滚！别过来！"

酒壶不偏不倚砸在了付朗尘头上，碎裂的声响中，他额头漫出汩汩鲜血，身后哗然，他却一挥手，仰头目视太子，笑着说了进宫以来的第一句话。

"绿微死的时候，应当也是流了这么多血。"

声音不急不缓，却让画面瞬间浮现在所有人眼前，皇后更是一下煞白了脸。

风掠长空，付朗尘不在意地摸了下额头，将那血递到唇边，笑意不减地舔了一下："不对，应当比这血还要多，多很多很多……"

满场尽皆失色，屋顶上的太子终于崩溃："闭嘴，不要说了，你给我闭嘴！"

但付朗尘还在说，孑然一人站在晚霞中，说的内容却是温柔往事。

"太子认识绿微是在十三岁，那天也是个黄昏，和现在一样的黄昏，风里飘着桂花香，绿微穿了件杏色的宫装，在湖边唱歌，唱的是她家乡的小曲……"

仿佛一轴画卷徐徐铺开，一草一木跃然纸上，鼻尖都似乎能嗅到风里传来的桂花香。

后来经历过此事的官员虽不敢声张，但私下却是感慨非常，神奇，当真神奇，他们在场所有人都被付朗尘的声音"蛊惑"了，在那样一个寻常的黄昏，被一只无形的手牵引着，走入了太子的十三岁。

"绿微一生最是善解人意，跟了太子十年，从没求过什么，最大的心愿不过是希望太子好好的，每天读好书，睡好觉，做个勤政爱民的好太子，她不怎么会说话，但太子一定能知道，她说的每一句话都是真心的……

"太子服下五食散，纵身一跃的确很容易，但也就此辜负了绿微在人世最后的心愿。绿微这辈子都没人为她做过什么，她活得那样卑微，现在这是太子仅能为她做的了，难道也要亲手放弃吗？绿微如果在这里，一定会哭得很伤心，再也不愿意理太子了，因为太子不讲信用，没有遵守对她的承诺，她多可怜，太子听到她的哭声了吗？"

付朗尘至今还记得，他说完这些话后，太子叫着"绿微"的名字跌跪下去，掩面恸哭。

残阳如血，风掠屋顶，那一刻，他忽然什么也不想说了。

他不知道他做了一件好事，还是一件坏事。

那些之前在他示意下，悄悄从太子背面上了屋顶的侍卫趁机拥上，一把围住了太子。

满场高呼，喜极而泣。

这场震惊朝野的太子事件让付朗尘一举成名。

后来他在帝后的钦点下参加了祭天大典，于高高的祭台上宣读檄文，祈告上苍，造成了满场痛哭流涕的壮观场面，一度在皇城中传为奇谈。

昭帝将他封为"祈音师"，认为他的声音能上达天听，为东穆祈来风调雨顺，国泰民安。

他也成为太子唯一不排斥的人，时常进宫，为太子回溯过往，在梦中寻找绿微的身影，解开心结。

付朗尘由此摇身一变，等同于东穆朝堂二品官员。付家原本嫌这个庶子没出息，开溯世堂丢人，走的是偏门左道，但在这之后态度陡变，整个家族出动，千拜万拜地将付朗尘请回了付家，当尊大佛供了起来。

付朗尘一下成了盛都最风光的新贵红人，他将付家的声望推到了顶点，让这个没落的贵族再次焕发活力，付家从此视他为说一不二的家主。

但从前那个衣袂飞扬，策马横冲直撞在大街小巷，十万火急赶去各处救人的少年却渐渐消失了……

有关于付朗尘各种各样的流言在坊间传出——

他说，我的声音是为天地立命的，平常百姓听得起吗？

他说，要死死远点，千万别脏了付家门前的那片地。

他甚至在马车经过街道，听到有人寻死觅活，众人苦苦哀求他时都见死不救，自始至终连车帘都没掀开过。

所以对于付朗尘的意外殒命，盛都城里议论纷纷，有人扼腕叹息，有人却是幸灾乐祸。

解忧消愁，救人无数是他；高高在上，不可一世也是他。

"你问我坊间的流言是不是真的？"

蝉梦馆里，付朗尘撑着脑袋，修长的手指无意识地敲在腹部，月光在他俊秀的脸上投下一片光晕，他浓密的长睫微微颤动着，一头墨发随意披散在榻上，衣襟半敞，帘幔飞扬间，整个人像发着光，白玉无瑕，宛如谪仙。

"怎么和你说呢，半真半假吧。"

他仿佛在回忆坊间的流言，脸上露出嗤笑的表情："那些什么'为天地立命''要死死远点'的无聊话我没说过，编得实在不怎样，连回应都懒得回应，但最后一件——'见死不救'是真的。"

孟蝉抬头，有些吃惊。

还记得那时街头巷尾个个义愤填膺，都在控诉付朗尘的铁石心肠，说要不是最后那人自己想开了不寻死，他付朗尘就酿下大错，是间接害死一条人命的刽子手！

但她却从人群里默默走开，心里认为不是那样的。旁人不管怎样议论，她始终都觉得，付大人一定是个好人，一定不会见死不救。

可就在今夜，付朗尘却当着她的面，清清楚楚、明明白白地告诉她，事实就是那样，他就是"见死不救"！

孟蝉忽然觉得自己有些呼吸不过来了，望着眼前那张似笑非笑的俊脸。

付朗尘却哼了一声："莫要这样看我，真要想死，谁还能拦着不成？"

他扭头望向窗棂，语气不屑一顾："那从头到尾，根本就是个陷阱。"

孟蝉本来心正往下沉，忽然听付朗尘这么一说，抬眼愣了愣："陷、陷阱？"

"对，一群看我不顺眼，智商却又岌岌可危，挖了个蹩脚陷阱想给我跳的笨蛋，他们不过是想毁掉我'祈音师'的这块招牌，便请了个不合格的戏子，在那屋顶上惺惺作态，寻死觅活。可惜我一眼就看出了混在人群里的家丁，还有那几个坐在酒楼喝茶的笨蛋——"

"拜托，他们看戏也跑远点，不要那么容易让我发现好不好，还特意穿得人模狗样，专门挑了靠窗的位置，打眼得不能再打眼是几个意思？是想等我出丑时，下楼围过来，耀武扬威地把我奚落一番吗？简直不能更蠢，害我连下车应付一下的心都没有……"

一番毫不客气的数落下，孟蝉越听越心惊，彻底明白过来，脱口而出："他们……是谁？"

付朗尘一顿，眉间鄙夷更盛："孙丞相家的肥猪、李尚书家的麻子、周将军府的蛮牛，外加他们那个自以为是的老大，一肚子坏水的慕容小侯爷。"

末了，他冷冷一笑："可惜肥猪、麻子、蛮牛、坏胚全凑齐了，还差一样——军师。"

还不待孟蝉开口，他已经俊眉一扬，意味深长："因为军师在我这儿。"

他唇角缓缓勾起，这一回，略带得意，孟蝉在电光石火间捕捉到了什么："是……叶公子？"

付朗尘看了她一眼，意外中带了些欣赏："不错，就是叶五。"

当年他一夜之间红遍东穆时，多少世家子弟看不惯他，他不过是个庶子，却得到了比任何名门显族都要高的待遇，其中尤其以慕容小侯爷为甚，他不仅召集他那群跟班，还想拉拢皇亲国戚，叶家最聪明的老五，叶书来。

"简直笑话，叶五那家伙那么精明，能是和他们为伍的人吗？"

付朗尘得意扬扬，又刻薄见血："他压根看不上那群乌合之众，当即作了幅讽刺的画送去回应，然后果断投入了光明与希望的怀抱。"

最后几个字特意加重了音，孟蝉憋笑憋得辛苦，头一回听到有人这样形容自己，既大言不惭，又喜感莫名，当然，对她而言，还有些微妙的……可爱。

付朗尘见她这样，也觉得好笑："算了算了，不和你扯了……喂，小财迷，你到底还要不要溯世？要不要在梦里看到你爷爷？"

孟蝉赶紧抻长脖子，点头如啄米："要要要！"

为表诚意，她立刻认真回忆起来："爷爷的样子嘛……他离开时我还小，又过去多年，现在一下子只记得他的眼睛了，很明亮，很好看的，就像……就像徐大哥那样……"

"徐大哥？"付朗尘打断，"白日里你和那女捕快说起的徐大哥？"

"是啊。"孟蝉点点头，语气不自觉就放柔了，"徐大哥的眼睛真的很好看，爷爷年轻时一定就是那样，亮得像天上的星星……"

8、阿竹和阿九

第一次见到徐清宴时，孟蝉就觉得很亲切，虽然他出场得很离谱，离谱到换作任何女人都会尖叫。

因为比他先一步映入她眼帘的，是一个血淋淋的人头，人头骨碌骨碌地滚着，直接从门口一路滚到了她脚下。

紧跟而来的是袭青衫，手里还抓着个破了洞的袋子，事态虽然很荒唐，整个人却并不见多慌乱，反而对着孟蝉温声解释道："姑娘别怕，我是神捕营新来的仵作，正在办一桩分尸案，这是关键证据，刚才不小心被人撞了出来，我这就把它捡回去……"

说着他几步上前，一把捞起那个人头，又用布袋包住了，起身时孟蝉仍盯着他看，他却望向她手边的棺材，失声一笑："难怪姑娘不害怕，原来是'同行'。"

那时孟蝉正在为尸体化妆入殓，平白滚出个血淋淋的人头一点也不会引起她注意，真正引起她注意的是那双眼睛。

"你的眼睛很像我爷爷，笑起来更像了。"这是她对他说的第一句话，直愣愣的，说完后才发觉失礼，怎么能对一个陌生又年轻，并且尚算好看的男子说这种话呢？他一定以为她在嘲讽他。

但徐清宴只是想了想，并没有生气，反而做了一个孟蝉怎么也料不到的举动——

他伸手把自己的眼皮扯下来，凑近她，又露出温和的一笑："这样呢？是不是更像了？"

蝉梦馆里，忆起往事的孟蝉忍俊不禁，听得付朗尘却打起了呵欠："还要不要我给你溯世了？既然想不起你爷爷的脸，那就算了。"

孟蝉回过神来，赶紧道："不行，你溯一次世价值千金，我可不能错过……这样吧，付大人，能不能给我讲个故事？就像爷爷以前讲的一样……"她眼神满是期待，"爷爷走后，那本手札我就再也没有翻过了，上面有个故事我特别喜欢，爷爷讲过很多遍，付大人能用爷爷的口吻再给我讲一遍吗？"

想到那本记载了山神一事的手札，付朗尘的头便隐隐作痛，却到底禁不住孟蝉饱含期待的目光，无奈开口道："好啦好啦，怕了你了，把那破书给我拿来吧。"

月光如水，风拍窗棂。

孟蝉喜欢的故事叫《九线冰蝉》，那应该也是爷爷印象深刻的一节，因为他给她取名"孟蝉"，给他们的栖身之所取名"蝉梦馆"。

　　那是在一座山里，关于一只蝉与一根竹子的故事。

　　蝉不是普通的蝉，是九线冰蝉，生来就有半仙的修为，是天地间极其稀罕的灵物，彻体冰寒，蝉翼透明中泛着丝丝蓝色，很是漂亮。

　　那些蓝色每天会汇成一条线，当积少成多，九条蓝线都在蝉翼中形成后，就到了九线冰蝉至关重要的时刻了——

　　成则飞天化仙，败则灰飞烟灭。

　　就像鲤鱼跃龙门一样，跃过去了就能飞身成龙，跃不过去便被打回原形，但九线冰蝉比之更残酷的是，它若无法成功，便会彻底消失于天地间。

　　所以自盘古开天辟地以来，数目本就罕见的九线冰蝉，大部分都只活了九天，九天后，无法张开双翼飞起来，便会直接化为一缕青烟。

　　"阿竹，谢谢你每天都鼓励我，但我还是觉得，我应该是成不了仙的。"

　　山里，郁郁葱葱，依附在一根翠竹上的九线冰蝉，扑了扑双翼，一声叹息。

　　那翠竹迎风而立，抖下漫天竹叶，飒飒作响间，传出一个温润好听的声音："阿九，你不要气馁，即使成功的机会很渺茫，但我也相信，你一定就是那个万中挑一。"

　　这样的对话持续了很多天，九线冰蝉与翠竹相识的日子虽然短，情谊却很是深厚。

　　山中无岁月，寒暑不知年，翠竹寂寞了太久，有九线冰蝉的陪伴，他觉得很开心，他不想失去这个朋友，所以他一直鼓励着她。

　　他说："今天是第四天了，你的蓝线有四根了，真漂亮，你一定能成功的。"

　　他说："今天是第五天了，风和日丽的，你看空中的云多美，你别愁眉苦脸了，我唱歌给你听好不好？"

他说："今天是第六天了，你快动动双翼，虽然我知道你现在还飞不起来，但多练习一下，第九天一定能成的。"

……

日子一天天过去，等到第八天的夜晚，阿竹与阿九相互依靠着，谁都没有合眼。

因为这很有可能是他们的最后一夜，当天快亮时，九条蓝线就会汇集，决定阿九命运的时刻就将来临。

这一夜，他们不停地说着话，甚至还定下了未来不知能否实现的约定。

阿竹说："你成仙后记得时常来看我，我也会努力修行，日后去九重天上寻你。"

阿九重重点头，不去设想那最坏的结果，只是语带哽咽："阿竹你真好，我永远也不会忘记你的。"

在谁也不知道的角落，山里的两个灵物相互依偎着，就这样，渐渐说到了天亮，当第一缕晨光照入林间时，阿九身上蓝光闪烁，第九条线一点点汇成——

她尝试着扑动双翼，居然有无数灵力贯入体内，她感觉自己能够飞起来了！

那一定是最激动人心的时刻，可他们却不知道，一场灾难正悄然蔓延。

赤焰星君奉天帝之命，去人间送火种，腾云驾雾，在经过这片大山时，装有火种的玲珑盒里，却不小心掉了一簇火苗下去，很快，山里便燃起熊熊大火……

那是震惊九重天的一场灾难，闯下大祸的赤焰星君火速回到天庭，请下水泽星君前来救火，但火势蔓延得太快，根本来不及了。

山灵凄唤，遍地哀嚎，一片火光中，两位星君心急如焚地站在云端，却忽然看见大山深处，有阵阵蓝光闪烁，那里没有着火，反而冒着冰寒之气——

那是阿九正在损耗全部灵力，奋不顾身地为阿竹遮蔽出一片天！

阿竹浑身都在颤抖着，有眼泪落入泥土："阿九你快飞升吧，不要管我了，你再这样会死掉的！"

阿九不吭声，依旧源源不断地损耗灵力，以冰寒之气来抵御那不断靠近的火势。

她听到阿竹在她耳边哭泣，她心如刀割，却咬咬牙，更加坚定了。

她不能走，她不能扔下阿竹，那是她的阿竹啊，是陪她说话、给她鼓励、为她唱歌、与她定下约定的阿竹啊，她怎么可能弃他而去？

九线冰蝉的生命是那样短暂，无法飞升就只有九天，稍纵即逝得仿佛都不曾在世上存在过。

但她不同，阿竹的出现证明了她的存在，让她的生命有了别样的意义，即便现在和阿竹一起葬身火海，她也觉得这一生很好很长了。

如果阿竹不在了，她一个人飞升又有什么意思？仙宫孤清百年，不如人间相伴九天。

"这个故事也太扯了……"付朗尘念到这儿，忍不住嘀咕了句，却又翻了页，"但我还是挺想知道结局的。"

月光静悄悄地洒下，不一会儿，榻上传来他的大呼小叫："喂，为什么后面没有了？结局是什么？那傻虫子和傻竹子死了没？"

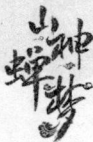

　　他探出脑袋，在望见孟蝉的那一瞬，声音戛然而止——

　　因为，孟蝉已经睡着了。

　　他叹了口气，许久，自认倒霉地扔了那本破书，伸手将孟蝉的被子往上拉了拉，然后百无聊赖地向后一靠。

　　星夜风凉，他仰头望着窗口那里透进的月光，手指又无意识地敲上了腹部，脑海中渐渐浮现出一抹倩影。

　　"虫子和竹子虽然傻，但情真意切，我们也能做到那样……生死不弃吗？"

　　他自言自语着，倦意上涌，俊秀的眉目一点点合上："你为我守节一年，我不会让你白等的，一定来得及……"

第二章

人面桃花

SHANSHEN
CHANMENG

海里没有路，岸上才有路，
她坐在夜风中呢喃着，从此深深记住了一个人的名字。
他叫付朗尘，他给了她一条生路。

1、宴秋山

天蒙蒙亮，万物苏醒，风掠长空。

"付朗尘"的棺材一大早就运到了付家，将按付家规矩，在祠堂里摆放七天，然后正式下葬。

棺材已经钉好，不用担心会被识破，倒是时间有点紧，这意味着，孟蝉只有七天时间往返宴秋山，采来千萱草，赶在下葬当日亲手交给沁芳小姐。

深吸口气，她锁好蝉梦馆的大门，纤秀的身子裹在斗篷里，准备出发。

蝉梦馆里已经留了足够的食物给付朗尘，除了无聊些，他大概也能将就对付过去，就是不知道他腹中的山胎会不会闹腾，希望是个脾气好点的山神，乖乖听话，毕竟孕妇……孕父的日子总是不好过，时刻需要人照顾……

正胡思乱想着，孟蝉冷不防迎面撞进了一个人怀里，她抬头一看，结巴了："徐……徐大哥。"

晨曦的薄雾中，那个一袭青衫、眉眼温润的人，不是徐清宴，还是谁？

他仿佛没有注意到孟蝉的异样，只是伸手替她揉了揉额头，好笑道："走这么急作甚？风风火火的，一大早准备去哪里？"

孟蝉心虚，不敢望他。

她可以对着余欢睁眼说瞎话，为付朗尘骗点"安胎费"，却一时无法对着有"爷爷双眼"的徐大哥撒谎，好半天才支支吾吾道："城北，城北有桩生意，主顾叫我过去看看，大概……大概要过些天才能回来。"

徐清宴点点头，有些遗憾道："今晚城里有场烟火盛会，我在酒楼订了座，本来还想叫上你和纤纤一起去看，但昨晚她就被派出去办案了，没想到今天你也不能去了……"

孟蝉听得脸上发烫，更不敢看徐清宴的眼睛了，徐清宴却拍拍她的脑袋，温和笑道："没事，以后还有的是机会，快去吧，别让雇主等急了。"

当孟蝉终于万分抱歉地离去后，徐清宴在她身后负手而立，微眯了眼。

清晨第一缕阳光划破薄雾，照在他温润的眉目上，那是不同于付朗尘的另一种风华，青衫落拓，长发飞扬，很是隽秀出尘，还带丝不易察觉的冷静。

他上前推了推蝉梦馆的大门，望着门前的锁若有所思，而后转身，对着孟蝉背影离去的方向，低低一笑："慌成这样，手上妆盒都没带，也敢瞎掰说是去做生意，真是傻丫头。"

他几乎没有多想，一拂袖，悄悄跟了上去。

宴秋山风景秀丽，物产丰富，早年山脚下布满了村落市集，很是繁荣，只是近数十年来，山里头出过好些怪事，把山脚下的村民都吓跑了，渐渐地，这里便人迹罕至，沦为一座荒芜的"怪山"，连车夫都不愿多靠近一步。

所以孟蝉在三天后下了船，雇不到车，便只能自己一步一步走进来。

她并不知道，有道身影一直不远不近地跟在她后面。

"怎么会……到这宴秋山来？"

眼前的风景愈来愈熟悉，徐清宴眉头微皱，望向前方孟蝉的一身黑斗篷，不得其解。

眼见她快步消失在山道拐角处，他定了定心神，赶紧跟了上去，却才走几步，忽然停住，余光一瞥。

暖阳笼罩着宴秋山，风声飒飒，树影斑驳。

仿佛只是一个眨眼的工夫，苗纤纤便已看不见徐清宴了。

她握住腰间长刀，一身鲜红的捕快服从石头后走出，面带焦急，四处张望："徐大哥人呢？"

前一瞬明明还在这里，后一瞬她居然就跟丢了，真是太大意了！

可她更奇怪的是，为什么徐大哥会出现在这里？

几天前她连夜赶来办案，地点就距宴秋山不远，早上她见阳光极好，便想来这山里四处逛逛，却没有想到，走走停停间，冷不防会撞上一道熟悉的身影。

气就气在她才跟上来，人却已经不见踪影了，身为神捕营第一女捕快，她只觉脸上实在无光。

因为孟蝉走在太前面，苗纤纤并没有看见，所以四处寻找徐清宴下，她脑海里忽然冒出一个念头。

"难道……徐大哥是来找我的？"

他前几天才邀她共看烟花，只是不巧她要出来办案，两人都觉遗憾满满，因此他特意前来，想悄悄给她个惊喜？

那为什么要往山里走呢？山里有奇花异果，难道他想摘给她，当作礼物亲手送给她？

对，一定是这样，徐大哥那样温柔心细的人，有这种想法也不足为奇。

苗纤纤脸上露出笑意，真是越想越有这个可能，蓝天白云下，她心里美滋滋的，只恨自己一时大意跟丢了人。

这般胡思乱想着，等到再抬眼时，她已不知不觉走到了一处湖边。

微风掠过湖面，湖水泛起涟漪，暖阳下波光粼粼，令人心旷神怡。

宴秋山的风景当真不错，苗纤纤蹲到湖边，以水为镜，满面绯红，心里想着，如果能和徐大哥一起坐在这儿，吹吹风，说说话，那该有多好。

正想着，她耳边忽然传来一阵声响，扭头望去，不远处居然有一人，她心神一振，想也不想便起身奔过去，兴奋挥手："徐大哥，徐大哥我在这儿！"

那人回首，他们的目光在空中交汇，两人遥遥打了个照面，同时愣住。

那一瞬，苗纤纤笑容蓦僵，握刀的手一紧，湖面上几乎同时响起两声——

"淫魔！"

"色女！"

那支起画架，坐在湖边，满脸惊愕的白衣公子，不是叶书来，还能是谁？

他画笔一摔，双手下意识地就护到胸前，眼神既愤慨又惊恐："你跟踪我？！"

苗纤纤上前就想一巴掌扇过去："跟踪你个脑袋，我在找人好不好？"

满腔欢喜瞬间化作泡沫，她恶声恶气："倒是你，你怎么在这儿？你是不是打听到我在这附近办案，所以特意跑来接近我，是不是？"

这回轮到叶书来一声"呸"了，他做了个呕吐的表情，把画架直接举给苗纤纤看。

"大姐，拜托用你那双色中饿鬼的眼睛看清楚点，我在画像，画付老七的遗像，比你早来不是一时半会儿！"

苗纤纤定睛看了眼，脸色微变，紧接着却反应过来，怒道："你说谁是色中饿鬼？"

叶书来翻了个白眼，伶牙俐齿："谁不要脸脱光光跳进我浴桶，谁就是色中饿鬼！"

苗纤纤脸上滚烫，更加怒不可遏："我要撕了你这张淫魔的嘴！"

叶书来反应奇快，抱着画架就向后撤："哪哪哪，色女，你可别过来啊，死者为大，再过来小心付老七晚上去找你！"

苗纤纤握紧腰间长刀，怒火中烧："不用等到晚上了，我现在就送你和他一起去做伴！"

湖边很快响起一片鸡飞狗跳的追逐声，苗纤纤铁了心要把这淫魔抓入大牢，一追一赶间，直到叶书来忍无可忍地吼了出来——

"你这疯婆子，明明是你自己跑到我房里，还故意装夜游症，现在被我拆穿了恼羞成怒，居然还想杀人灭口！"

轰隆一声，如遭五雷，苗纤纤身子猛然僵住，手里的长刀高高举在头顶。

整个世界忽然安静了。

她呼吸急促，目视着躲在树后的叶书来，几乎是咬牙切齿，一字一句："你给我把话说清楚，那晚究竟是怎么回事？"

湖边不远处，徐清宴衣袂飞扬，眼见苗纤纤二人在树下对峙，他眸光深深，手下灌注真气，一拂袖，暗暗发力，几块屹立的湖石被暗中推动，悄悄转移着位置。

等到阵法布好后，他额上已漫出细汗，而树下那两人还在争执着。

"不可能，我再怎么夜游也不会做出那种事！"

"怎么不可能，你这么彪悍的女人谁还能搬动不成？"

……

徐清宴摇头转身，将那些争执声渐渐抛诸脑后，他心中一叹。

一个两个真是疯了，居然全跑到这宴秋山来，当真是不识凶险，当这里岂是吵架好玩的地方吗？

山上情况复杂，一个孟蝉他尚能勉强护住，再多两个可就没办法了，只能临时布下这奇门遁甲之术，虽然简陋，却也能将人暂且困在里面，不至于随处乱跑，招来横祸。

抬头看了看天色，徐清宴眉头微皱，他得赶紧去追山上的孟蝉了，不然天黑了可就麻烦了。

青衫一拂，择山道而上，瞬间消失在了拐角处。

2、惊现穷奇

听到孟蝉的尖叫声时，徐清宴心头一紧，循声掠去，被眼前的一幕惊呆了——

孟蝉跌倒在地，满脸惊恐，面前是一只巨大的白虎，背生两翼，骇人不已，正向她步步紧逼。

徐清宴几乎一眼认出这凶兽，瞳孔骤缩："不妙，是穷奇！"

一声虎啸地动山摇，他还来不及多想，便飞身扑了上去，一把抱住孟蝉，向后疾掠几步，险险避开那一口利牙。

转瞬间已是在生死关前走了一遭。

孟蝉浑身颤抖着，满脸血污地睁开眼，惊呼中险些哭了出来："徐……徐大哥！"

她被徐清宴护在怀里，腿上有鲜血汩汩流出，徐清宴来不及向她解释那么多，只一把将她的脑袋按在胸口，回头向身后的穷奇一瞪。

一人一虎，几步之距，就那样僵持下来。

四野里有风掠过，萧瑟肃杀。

孟蝉浑身颤抖着，整个世界黑压压的一片，看不见，听不清，只紧紧贴在那个温热的胸口，手心抓住他的衣袖不放，泪水混杂着鲜血。

徐清宴依旧保持着扭头的姿势，与那双凶狠的虎目久久对视，口中念念有词，却没发出一点声响，只有那穷奇越听越愤怒，又是几声虎啸响彻天际。

徐清宴面不改色，眸光却一厉，嘴里念得更快了。

"我再说最后一遍，这个人我要了，你休想动她一根汗毛，要果腹滚去别处，我数三声，你掉头离开，否则休怪我不念旧情。"

山风猎猎中，穷奇听得万分暴躁，背上的双翅不住扑打着，张开血盆大口，挑衅般又上前一步，整片林子瞬间地动山摇。

孟蝉抖得更厉害了，徐清宴紧紧按住她的头，依然面不改色地与穷奇对视，只是眉眼冷了一分。

"一。"

穷奇仰头长啸，双翅猛挥，仿佛万般不甘心，暴躁地又继续上前一步。

"二。"

徐清宴动也不动，眉眼更冷，长发飞扬。

穷奇像是犹豫了一下，凶狠的虎目久久望着徐清宴，却依然缓慢地上前一步。

"三。"

徐清宴与那个巨大的兽头几乎近在咫尺了，大风猎猎，只要穷奇一张口就能将他的脑袋咬断，他却依旧面不改色，只是两手将怀里的孟蝉按得更紧了。

那是一场比想象中还要漫长的对视，空气都仿佛凝固了，草木森然。

随着一声破天虎啸，穷奇转身扑翅，头也不回地跃入了山林深处。

徐清宴紧紧盯着它，直至彻底消失后，他才长睫微颤，低头去看怀里的孟蝉。

"好了，没事了，小蝉别怕，老虎跑了……"

孟蝉全身都在抖，脸色白得可怕，抬眼对上徐清宴的目光，有热流夺眶而出："徐大哥……"

风掠长空，两人从没有一刻像这样紧紧相贴过，他们在弥漫的血腥气中，心跳挨着心跳，生死与共。

孟蝉的腿受了伤，徐清宴就近找了些草药，为她敷上后，随手撕下衣角替她包扎起来。

他说还好自己瞧出她不对劲，放心不下，悄悄跟了一路，否则她就得舍身喂虎了。

孟蝉脸一红，轻声道："这山上的确古怪，我还从没见过长翅膀的老虎呢……可那老虎为什么又忽然走了？"

徐清宴手一顿，许久，抬头做了个夸张的鬼脸："谁知道呢，大概恶虎怕恶人，被我吓跑了吧。"

玩笑的语气让人忍俊不禁，孟蝉紧张的情绪放松不少，抬头望了望远空，也不再多想，只当侥幸，死里逃生。

"因为付大人夜夜托梦，一定要我完成他的遗愿，采来千萱草交给沁芳小姐，我被他与沁芳小姐的真情感动，实在不忍心拒绝，也不便声张，这才一个人上了宴秋山……"

树下，孟蝉按照付朗尘教她的说辞，对着为她包扎的徐清宴解释起来，末了，眸含歉意："徐大哥，我不是有意骗你的……"

事实上，她现在真的非常内疚，但一想到付朗尘那轻敲腹部的哀怨模样，又只能把所有话都憋回去。

还好徐清宴并不在意，反而抬头笑了笑："你一向是心软的，我能理解，倒是那付大人，成亲前一月被雷劈死，的确可怜了点。"

他目光扫过四野："所以说这宴秋山尽出些荒诞离奇的事，我们虽然幸运一次，却不见得有第二次，得赶紧趁着日头还在，快点下山了。"

说完，他伸出手："来吧，孟蝉，我背你走。"

那只手白皙修长，在斑驳树影间显得那样宽大有力，给人无限的安全感，孟蝉却怔怔望了许久，一直没有动弹。

她抬头，声如蚊蚋："可还没采到千萱草……"

徐清宴一愣，旋即道："明天我可以一大早上山替你采。"

孟蝉抿唇，仿佛万般不好意思，却还是细声细气地坚持着："付大人马上就要下葬了，我们坐船回去都要三天，时间有限，这次不采就没有机会了……"

她内心忐忑不安，有些不敢看徐清宴的眼睛，风掠四野，不知过了多久，徐清宴才依旧把手向她伸了伸。

"上来。"

她心头一沉，几乎就想愧疚地开口："徐大哥你走吧，别管我了……"

哪知徐清宴不由分说，一把拉住她，直接往背上一带，她惊呼扭动间，他却回头冲她一笑："别乱动，我背你去采千萱草。"

那一瞬，山间像霎时静了下来，静得只能听见彼此紧挨的心跳。

孟蝉久久地愣住了，直到徐清宴背着她向山中深处走去时，她才回过神来，暖流涌遍全身，眨了眨眼，有水雾升起。

她钩住徐清宴的脖颈，那宽广的肩膀像方小小天地，独有的气息笼罩着她，熟悉又安心，她贴在他耳畔，深吸口气。

"徐大哥，谢谢，谢谢你。"

徐清宴一笑，头也未回："我还想吃你做的酒酿丸子呢，当预定好了。"

孟蝉笑了笑："没问题，想吃多少都可以！"

两人说话间，并没有注意到，身后的密林里，缓缓走近一抹雪白，双翅微动的穷奇目露凶光，漆黑的瞳孔深不见底。

一望无际的湖边，暮色四合，风掠长空。

苗纤纤满头大汗，衣袖卷得高高的，一身鲜红的捕快服沾满泥土，撑在一块湖石旁大口喘气。

"想好了没，接下来挪动哪一块？"她冲身后的叶书来喊道。

叶书来双手抱肩，沉思不语，直到苗纤纤又催促了好几遍，他才皱眉抬头："别吵，没看见我在算吗？"

苗纤纤被一噎，没好气地道："那你倒是快点，天都要黑了，我可不想留在这里和你过夜！"

叶书来冷笑一声："彼此彼此。"

天知道是怎么回事，这宴秋山当真邪门，他们先前好不容易把旧账一一算清，正准备各自离去，桥归桥，路归路，再也不要有任何瓜葛时，却发现了一件恐怖的事情——

他们居然走不出去了！

明明才这么点大的一块地方，居然任凭他们怎么走都出不去，始终在原地打转，邪门得不能再邪门。

苗纤纤当即就道："是不是鬼打墙？都怪你，非要在这儿画什么遗像，这回要被你害死了！"

叶书来左右环视，反唇相讥："你怎么不说是你查凶杀案，身上怨气太深，引了小鬼来拖累我？"

两人你一言我一语间，叶书来四处察看，这儿敲敲那儿敲敲，忽然将目光落在四处林立的几块湖石上面。

湖石像棋盘上散落的棋子，看似随意，却是悄然成北斗七星之势，将他们团团包围其中。

叶书来皱眉看了许久，脑中飞速运算着，终于恍然大悟："我明白了，是……是奇门遁甲之术！"

另一边的苗纤纤正在用大刀挖土，碰运气似的找密道，闻言随口接道："那是什么？"

叶书来却没回答，只是不知何时已走到她跟前，按捺不住激动，一脚踢上她屁股："快，恶女，去推推那块石头！"

苗纤纤差点忍不住发飙："别碰我！"

当叶书来解释完何谓"奇门遁甲之术"后，苗纤纤将信将疑："你确定？可这荒郊野岭的，谁会给我们设下阵法呢？"

　　叶书来指了指自己的脑袋："我不像某些人只是四肢发达，我是靠这里吃饭的，当然确定，至于是谁设下的，你不如去问问老天爷。"

　　末了，他脚尖又想去踹苗纤纤的屁股。

　　"问那么多废话干什么，还不去推石头，你还想不想出去了？"

　　苗纤纤闪身避过，握紧了手中大刀，却强压怒火，冲叶书来道："你不和我一起推？"

　　叶书来夸张地仰天一笑："我能是和你一起干力气活的吗？大姐拜托，我还要不停算呢，奇门遁甲何其精准，算错一丝一毫都不行，你乖乖去推石头吧！"

　　苗纤纤被堵得怒火中烧，却又无言以对，只能恨恨瞪眼。

　　叶书来又指了指脑袋："别瞪我了，我用这里，你用那里，公平得很，快去吧！"

　　"知道了知道了，你厉害行了吧，臭嘚瑟！"

　　就这样，一个在旁测算，一个咬牙挪动，等到千辛万苦推好三块湖石后，苗纤纤的衣裳都已经湿透了。

　　她在叶书来冥思苦想，终于开口指点第四块石头的一刹那，体会到了身心崩溃的感觉。

　　因为叶书来说的是："不对，重来，全部重来！"

　　苗纤纤一口气没喘上来，身子摇摇欲坠，伸手就想去摸刀："叶书来你是不是在耍我？！"

　　叶书来却管都不管她的反应，径直走到两块湖石间，左右遥望，叹为观止："哪儿来的高人，真是好狡猾的阵法，居然阵中有阵，把我都骗了进去！"

3、山洪倾泻

天色一点点暗了下来，当终于找到开满一片的千萱草后，孟蝉兴奋地从徐清宴背上下来，迫不及待地一瘸一拐上前，取出布袋就想要采摘。

徐清宴将她护在身后，目光扫过周围，心里却莫名感到一丝隐隐不安。

千萱草散发着迷人的馨香，弥漫过山林间，山头却有一抹白影一闪而过，徐清宴手疾眼快："是穷奇？！"

他正皱眉间，脚下的大地却微不可察地晃动起来，有股奇异的香气从很远的地方传来，夹杂在千萱草的芬芳中，那是——

龙鳞？

徐清宴眸光骤紧，电光石火间明白过来："孟蝉，快走！"

孟蝉一下没听清，还在一瘸一拐地往前走，没有回头："徐大哥等等，就差一点点了，我马上就能采到千萱草了！"

她话音未落，徐清宴已经携风扑来，伸手去扯她："快走，山洪要来了！"

孟蝉吃惊，抬头四望间却看不到一点预兆，她回首望向徐清宴，面带犹豫："不……不会吧？可是千萱草还没采到……"

见她仍要执拗，徐清宴眸含焦急，来不及解释那么多，索性一记手刀挥去，接住应声倒下的孟蝉，俯身一把背起她，拂袖踏入空中。

脚下是越来越明显的地动山摇，远处有闪闪发光的鳞片一点点拱出，伴随着地下隐隐的低喘，那是来自最远古的力量——

电闪雷鸣，狂风大作，转眼间风云变色，一场山洪随着巨龙破土而出，昂首嘶吼的那一刹，一触即发。

徐清宴脚不停当，背着孟蝉在山野间穿梭，大雨滂沱，身后是呼啸而来的山洪，带着吞噬万物的排山倒海。

他一边飞掠，脑海一边闪过穷奇的身影。

"畜生，不过与我逞一时意气，竟去吵醒地龙，引发山洪，简直罪无可恕！"

滚滚山洪倾泻而下，天崩地裂间，扰了清修的上古地龙摇头摆尾，在身后穷追不舍。

徐清宴浑身被大雨浇透，湿漉漉的长发贴在脸上，还要时时留意背上的孟蝉，从没如此狼狈过，他在风雨中极力瞪大眼，辨清方向，直朝西边而去。

西边有一处地势奇高的山崖，崖上长着一棵硕大无比的桃树，那是他与孟蝉生死一线的关键。

雷声轰隆，大雨倾盆，徐清宴提起全部真气，很快飞掠至山崖边，他背着孟蝉在半空中喊道："桃翁开门，速速来救！"

那棵桃树盘根纵横，枝繁叶茂，参天而立，瞧来有近千年的来头。

里面的老桃儿估计又在睡觉，还不知外头发生了这么大的事情，任凭徐清宴怎样呼喊，都一点动静也没有。

大雨滂沱中，徐清宴向身后又看了看，不远处已隐现龙角，他几乎是对着桃树厉声喊了出来："桃翁开门，速速来救！桃翁开门，速速来救！"

但那参天而立的桃树依旧没有任何动静，龙啸逼近，山洪滚滚而来，徐清宴终于脸色大变，使尽浑身力气吼了出来："开门啊，你个老家伙快开门啊！"

就在山洪袭来，骇人的吞噬近在咫尺，那龙鳞异香即将扑入鼻尖的一刹那——

吱呀一声，门开了。

温暖明亮的树洞里，宽敞无比，别有洞天，床铺衣柜一应俱全。

徐清宴接过擦头发的帕子，对着老桃儿皮笑肉不笑。

"桃翁你要是再晚点开门，我大概会拉你一起陪葬。"

睡眼惺忪的老桃儿打了个呵欠，脑袋上枝丫交错，挂满了又大又红的桃子，煞是可人。

他身形矮小，白花花的一把大胡子都拖到了地上，嘿嘿一笑："竹君不会的，竹君还要和老翁下棋呢，舍不得拉老翁一起陪葬。"

徐清宴一边擦拭着湿漉漉的长发，一边似笑非笑："命都没了还要棋友作甚？桃翁大可试试，看本君究竟会不会。"

他语气半真半假，却让老桃儿终于知道这次玩过火了，赶紧讪讪一笑，扭动着白胡子花花的身子，凑到床边去看昏迷不醒的孟蝉。

"这小姑娘是谁呀？长得怪清秀的，竹君的品位就是卓尔不凡，委实好艳福，有佳人相伴，赴汤蹈火也小意思了……"

他讨好般地向徐清宴开口，徐清宴却冷冷一笑，也不多说，径直上前一翻，露出孟蝉伤疤狰狞的右半边脸。

老桃儿叫了一声，后退一步，再抬头时，便笑得更尴尬了。

真是马屁拍到了马肚子上，失败失败。

他尝试从别的方面下手："竹君走后，老翁天天揣着一副棋盘，下遍宴秋山无敌手，实在是不堪寂寞，如今总算又盼来了竹君，拣时不如撞日，不如咱们来杀一盘？"

徐清宴将头发擦干净后，随手把帕子丢给了老桃儿，来到桌边，为自己倒了杯茶，一饮而尽。

"先不忙着下棋，我有件事要你去办。"

他回头看了眼床上昏迷的孟蝉，长睫微颤，若有所思。

"待山洪退去，地龙再度沉睡后，你去给我采些千萱草回来。"

"千萱草？"老桃儿不解，亦步亦趋地跟上，"要那不值钱的玩意儿做什么？"他伸手往头上一摘，摘下个红澄澄的大桃子，满脸堆笑地递给徐清宴，"不如我请你吃桃。"

徐清宴低下头，目光在那递来的桃子上转了几圈，最终伸手接过，微笑："多谢。"

"多谢你提醒我计时。"他随意用袖子擦了擦，一口咬去，汁多味甜。

老桃儿愣住了，徐清宴却比了比桃子大小，愉快地低头望向他："你现在大概还有十口的时间，我尽量吃得秀气点，多给你匀两口，你觉得怎么样？"

顶灯摇曳，风拍树身，外头山洪呼啸。

老桃儿在徐清宴的目光下，缓缓伸出大拇指："老夫觉得妙极了！"

他说着又摘下一个桃，速度极快地往徐清宴怀里一塞，不由分说："竹君不忙，再多吃一个吧，老夫去也！"

老桃儿做事一向是温暾，要快起来却也快得很，望着他一溜烟就不见的身影，徐清宴笑了笑，又咬了口蜜桃，故意遥遥喊道："九口了。"

那边仿佛传来跌了一跤的声响，老桃儿慌里慌张："竹君耍赖，不是说多匀两口给老翁吗？"

徐清宴笑意更浓了，又咬了下："八口。"

这下彻底没声了，老桃儿风一般消失在门边。

偌大的树洞里仿佛瞬间静了下来，灯火摇曳，草木清香，一片安谧。

徐清宴回头望向昏迷的孟蝉，想了想，轻手轻脚地走过去，把另外一个蜜桃放在了她枕边。

许久，他微扬了唇角。

4、他给了她一条生路

孟蝉做了个很长的梦。

梦里又回到了最孤寂无助的十二岁，爷爷不见了，脸也毁了，她在世间无依无靠，一无所有。

她浑浑噩噩地走到海边，月光洒在她身上，风吹得很冷很冷，但她却一点感觉都没有，只是无意识地踏入水中，想让海水包裹住孤零零的身子……

如果那个时候身后没有经过一匹飞奔的骏马，马上的人没有叫住她，她可能已经沉入海底了吧。

那样清朗动听的一个声音，不管过了多久都记忆犹新，始终盘旋在她心底，将她拉出了绝望的浪潮。

他站在海边大声喊着："快上来，不要轻易寻死，有什么可想不开的，一辈子还那样长，就这样死了多不划算，还会变成海鬼的，吐着舌头，蓬着头发，双腿也跟条蛇尾巴一样，要多丑有多丑，永远都在海上漂荡着……"

他的声音像有魔力一般，在月下清清楚楚地传来，为她勾勒出一幅海鬼惨死图，她望着无边无际的漆黑浪潮，心头一颤，就像海里忽然会钻出什么怪物一般，吓得她下意识地就后退了几步。

而身后已经有股温热气息扑了上来，少年一把将她抱住，海水四溅，他跟跟跄跄地将她拽上了岸，累得往岸边一倒。

"我还真是个多管闲事的命，怎么到哪儿都能碰到寻死的，小丫头，你晚点死成不成，我还得去赶下一单生意呢，等我回来再好好地开导开导你……"

她浑身湿透，在风中瑟瑟发抖着，却忽然被一件衣服从后面裹住，他的手修长而温暖，她却不敢回头，埋在衣服里，害怕脸上丑陋的伤疤吓到他。

海浪翻涌着，月下他的气息就萦绕在她耳边："我叫付朗尘，开了家溯世堂，你要再想不开就去找我，我大不了不收你银子就是了……"

他似乎真的很赶时间，说了一大通后，一翻身上了马，才要急切而去，却又忽然回过头来对她道："喂，你可千万别寻死了，海里没有路，岸上才有路，一条走不通就走另一条，总之天无绝人之路，记住了。"说着一扬鞭，骏马长鸣远去。

她这才从衣服里颤颤巍巍地抬起头，一张脸湿漉漉的，遥望月下那道渐渐模糊的背影……

海里没有路，岸上才有路，她坐在夜风中呢喃着，从此深深记住了一个人的名字。

他叫付朗尘，他给了她一条生路。

梦境又开始纷乱起来，闻不到海风腥烈的味道，却闻到了蝉梦馆里药水刺鼻的味道。

右半边脸火辣辣作痛，她被包扎好后，搂入一个温暖的怀抱。

"好了，没事了，小蝉别怕，爷爷在呢……"

她抬头，看到爷爷一双星子般的眼，忍不住伸出手想去触摸，却是水雾一荡，再散开时，已在一片古木参天的树林里，俊挺的青衫护在她身前，吓退猛虎后，低头不住对她道："好了，没事了，小蝉别怕，老虎跑了……"

熟悉的语气与保护的姿态，有多少年没人这样叫过她了，两双眼睛似乎重叠起来，藏了一条荧荧银河般，摇曳过春夏秋冬，飞闪过岁月轮转，她盯着那双眼睛出了神。

桃花树洞里，徐清宴坐在床边，见孟蝉闭眸呓语，额上冷汗涔流，似是深陷梦中。

他取来素巾正想为她擦拭一下，床上那张苍白的脸却已微微一动，迷迷糊糊睁开眼，尚未完全清醒般，不知是梦是真，是昨是今，只是向他一点点伸出了手，虚软的声音从唇齿间溢出。

"爷爷，爷爷是你吗……"

他身子一僵，长睫微颤，灯火下一双眼清亮沉静，蕴满星光银河。

山脚下，天色渐晚，苗纤纤大汗淋漓，好不容易重来一遍，将最后一块湖石挪归位后，叶书来一拍折扇："行了，大功告成，咱们能出去了！"

苗纤纤撑着石头大口喘息，冲叶书来摆摆手，连说话的力气都没了："你……你得背我走才行，我力气都用光了，你可一点力都没出，干吃白食呢……"

"你出蛮力，我出巧力，你好意思说我吃白食？"叶书来哼了声，像听到天大的笑话一般，"背我走？做梦吧你，你爱走不走，总之我先走了……跟你这恶女待久了，回去我得好好洗个澡，去去晦气才是真的。"

"你……你这浑蛋！"

两人正斗着嘴，耳边忽然传来一阵异样声响，回头望去，滚滚山洪呼啸而来，携狂风肆虐逼近，像一条吞吐天地的巨龙般，骇人不已。

"不好，是山洪，山洪来了！"

这山洪实在来得太猝不及防，未给人一丝思考的时间，几乎瞬间就昏天暗地般。

叶书来反应奇快，捞起自己的画架就欲狂奔，却是奔出几步，才发现苗纤纤还傻愣愣地撑在石头那儿，像是一下蒙了，又像是腿麻了挪不动。

"想什么呢，快跑啊！"他大吼了声，满脸烦躁急切，苗纤纤却依旧跟个傻子似的杵在那儿，他一声哀号，自认倒霉，扔了画架，猛地上前一把扛起她，拔腿就跑。

苗纤纤好一阵儿才反应过来，忽然在叶书来背上一个激灵，大叫道："徐大哥，徐大哥还在上面呢！"

这就是她刚才挪不动脚的原因，她总觉得自己漏了些什么，走不得。

可叶书来却哪管那么多，头也不回，依旧是狂奔保命的姿势。

"什么徐大哥李大哥，也是跟你来查案的吧？你们神捕营就是一堆晦气的人，你这时候还有心情管别人呢，你嫌自己命太长了吗？"

"不，不行，徐大哥还没下山，我要去找徐大哥……"

"你别动了，你知道自己有多重吗？"叶书来憋红着脸，自小养尊处优的身子在山洪面前发挥到了极限，他从来没有一刻觉得自己这样倒霉过，尤其是背上的女人还在挣扎乱动时，他简直有一口血要从胸膛里喷出了。

"你别动了，老子不想和你死一块啊！"

5、你的命更重要

马车在盛都城里飞奔疾驰，车里的苗纤纤还嫌不够快，一个劲地催着车夫，可怜车里的叶书来被颠簸得七荤八素，一张俊脸都快扭曲了。

"投胎都没你这么赶，大姐你至于吗？"

他揪紧车帘，好不容易顺口气下来："左右宴秋山没找到尸体，一定是你看错了，或者人根本就不在山上，早就回城了。我都跟你打了一千次包票人准没事，你至于这么急地回来确认吗？"

“不，你不懂的，徐大哥是我心里认准的未来夫婿，他要是死了我就得守寡了。”苗纤纤难得没有露出凶悍之色，而是一派哀楚的小可怜样，真跟个痴情的未亡人似的。

叶书来翻了个白眼，只觉此人脑子有病，却又听到她拉着他衣袖，神情恳切：“你再忍忍，神捕营就在前面了，这趟的车马费我全包了。”

“什么车马费你全包了，这是我家的车好吗！大姐你别逗我行吗！”叶书来这下按捺不住了，一跃而起，甩开那只拉他衣袖的手。

苗纤纤难得没与他针锋相对，居然双手合十，头一回伏低做小起来：“是是是，是你家的车，这回多亏了你，我感恩不尽，以后若有用得着我的地方，不管是上刀山，还是下火海，我眉头都不皱一下！”

叶书来嘴角略抽，折扇一打：“得了吧，就请你以后千万不要再出现在我面前了，我遇到你就从来没啥好事，这次帮了你，你以后见了我都拜托绕道走，我不想和你再有任何瓜葛！”

苗纤纤热脸贴了冷屁股，被噎得一口气没上来，却还是拼命从牙齿缝里挤出了一个笑：“叶公子放心，以后你走的那条街，哪怕有十条狗在打架，我都不会凑上去看一眼热闹的。”

蝉梦馆里，月光透过窗棂洒入，将徐清宴的影子拉得很长很长，挺拔如竹。

他坐在桌边，正低头为孟蝉受伤的腿上药，手法极尽温柔，生怕弄疼了她般。

孟蝉脸上绯红，很不好意思，裹在斗篷里的身子还不时往里间瞧一瞧，心里七上八下的。

“这回宴秋山之行实在太险了，以后你要去哪儿一定和我先说一声，要做什么也最好先告诉我，就像这回，要不是我跟着你，你岂不是真要为了那所谓的梦中相托，为了几片千萱草，把命都搭进去了，多不值？"

孟蝉心头一跳，下意识地扭头看了眼里间，希望这些话没被付朗尘听到，她没打算告诉他宴秋山上发生的事情，不想让他有什么负担。

徐清宴也跟着余光一瞥，里间似有身影闪过，他却不动神色，什么也没说，只是继续为孟蝉轻柔上药。

孟蝉正胡思乱想着，门口忽然传来一个熟悉的急声："孟蝉，孟蝉，你看见徐大哥了吗？我去神捕营找过他，他不在……"

满脸焦急的苗纤纤甫一走进，声音戛然而止，被眼前一幕惊得目瞪口呆，跟在她身后的叶书来反应比她还快，在瞧见孟蝉露出的那一截细白小腿时，就赶紧一打折扇，转过身去，君子得不能再君子。

徐清宴赶紧放下裙角遮住了孟蝉的腿，神色自若地站起身来，看向苗纤纤，语气再自然不过："孟蝉不小心摔伤了，我在给她上药呢，纤纤你这么着急地来找我，是有什么事吗？"

苗纤纤这才傻愣愣地反应过来，却是几步上前，先去看孟蝉的腿："怎么摔伤了呀，严不严重？"

孟蝉讪讪一笑，按住裙角不让她看见那被猛虎抓出的伤势："不严重，就是磕到棺材上了，很快就能好的。"

苗纤纤这才略微松了口气，又看向徐清宴，想起自己的来意，有些扭捏道："徐大哥，你……你前几天没有去过宴秋山吗？"

徐清宴笑了笑，目光坦然："没有啊，我去宴秋山做什么？"

苗纤纤一怔，还来不及开口，背对着的叶书来已经一敲折扇，啧啧道："看吧，果然是你看错了吧，你这人马马虎虎，就没靠谱过。"

苗纤纤眨了眨眼，看着徐清宴温和的笑脸，一时也对自己产生了怀疑，难道真是自己思念过甚……出现了幻觉？

她正百思不得其解着，叶书来已经挥挥折扇，径直往门外走去："行了，行了，人没事就好，我还赶着回家洗洗一身的晦气呢。"

徐清宴闻言也步入月下，看向苗纤纤："我们也走吧，时候不早了，让孟蝉好好休息，你顺便同我说说那宴秋山是怎么回事？"

苗纤纤怔怔地点点头，才走几步，又猛地想起什么，回头叮嘱了孟蝉几句伤口不能沾水之类的话，这才同徐清宴向门外走去，恢复了活力一般："徐大哥你都不知道多神奇，我在宴秋山看到一个跟你长得特别像的人……"

等到几人消失，偌大的蝉梦馆终于安静下来后，孟蝉才深深松了口气，却有一只修长的手忽然搭上她的肩膀，若不是她常年跟尸体打交道早已练出了胆识，恐怕此刻已经失声惊叫。

不知何时走出的付朗尘低头看她，俊眉微皱。

"你的腿受伤了？宴秋山上究竟发生了什么？你那位徐大哥和那女捕快，还有叶五那家伙，怎么都搁宴秋山凑一块了？你们约好去宴秋山打马吊吗？"

天色清亮，风掠长空，棺木在所有付家人的注视下，一点点葬入土中，人群中有道倩影忽然捂住嘴，泪眼蒙眬，正是一脸伤心的袁沁芳。

孟蝉站在远处不打眼的角落里，瞧见袁沁芳那伤心的模样，心中担忧叹息，不由得伸手摸向了怀中一个香囊，那里面装着几片来之不易的千萱草，就等着一会儿亲自交到沁芳小姐手上，希望能让她纾解好过一些。

抬棺下葬前孟蝉就已经悄悄同沁芳小姐说了，让她一会儿独自留在墓园，自己有东西要交给她。沁芳小姐显然还记得她，虽然有点惊讶，但也还是点头答允下来了。现在只等仪式完成，所有人都离去后，她就能把千萱草交给沁芳小姐了。

一想到马上就能完成付朗尘的心愿，孟蝉默默站在人群里，觉得腿上的伤一时都没那么疼了，等待的过程也不那么难熬了。

只是脑袋里不时会想起昨晚夜半时分，付朗尘在蝉梦馆里同她说的话。

她瞒不过他，到底把宴秋山的事一五一十都说了，他在那边沉默许久，末了，问她："你的腿是不是很疼？"

她心虚摇头："不怎么疼，徐大哥的药很管用。"

那边又默了默，叹了口气："我没有想到那宴秋山会有这么危险……这回是我欠了你一个恩情，我不会忘记的。"可惜才叹完，他又拔高声音，似乎有些生气，"但你那徐大哥也没骂错，你的命当然比千萱草重要了，知道那鬼地方不对劲就赶紧走啊，干吗执着一时，要是你真出了什么事……你存心害我内疚是不是？"

她一个激灵，赶紧摆手："不，不是的……只是我答应了付大人，一定要办到才行。"

"蠢！"那个声音斥得更厉害了，"不知变通，榆木脑袋，你以为这样我就会感谢你吗？你要真这样死了，我保准眼泪都不会掉一颗，因为你死得太蠢了，比我被雷劈死还蠢。"

她被凶得老实不吭声，可能那边也觉得语气太严厉了，不知过了多久，才幽幽一叹："以后多看重自己一些，别那么傻了，自个儿都不在乎自个儿的命，谁来替你珍惜？"

这话像一言戳中人心底，孟蝉在黑暗中呼吸一颤，好像又回到了很多年前，少年骑在马上，回头对她道："海里没有路，岸上才有路。"似一碗热汤，跨过岁月经年，久违地再次熨帖了整颗心。

她按捺下胸膛起伏，在黑暗中静了许久，才望着头顶洒入的月光，微扬了唇角："我记住了，不过，我还是觉得……被雷劈死蠢一些。"

"哎，你……"

那边直接探出脑袋，瞪大眼瞧她，她一脸温顺无害，再坦诚不过的模样，一上一下的对视间，两人倒又绷不住，齐齐笑了。

"孟蝉姑娘，孟蝉姑娘？"

袁沁芳纤秀的手指在孟蝉眼前晃了晃，晃得那袭漆黑斗篷一个激灵，陡然回过神来，这才发现葬礼已经结束，墓园空无一人了。

孟蝉长睫微颤间，赶紧去掏怀里的香囊："沁芳小姐，我……我有东西给你。"

那东西自然是千辛万苦才采来的千萱草，她用的也还是付朗尘教的那套"梦中相托"的说辞，袁沁芳一接过香囊，打开后果然就震住了。

有泪水从她眼中漫出，孟蝉抿了抿唇，轻声劝道："付大人梦中都在声声记挂沁芳小姐，这千萱草就代表付大人的一片心，还请沁芳小姐一定要保重身体，切勿伤神伤身，付大人只希望用这千萱草让沁芳小姐笑一笑，开心一些。"

袁沁芳低着头，柔美的脸上满是泪痕："你都能梦到他，为什么我却梦不到呢？"

孟蝉一怔，试探性地开口，带着些许"透露"安慰道："也许……付大人日后会有别的方式与沁芳小姐相见呢，天无绝人之路，古往今来多少不渝传奇，沁芳小姐可能也会碰到呢。不管怎样，都一定要相信，有情人终能眷属的……"

她话还未落音，远处已有人拊掌而笑，玉冠华服，一步步走来。

"好个有情人终能眷属，我给支个招儿，直接开了棺跳进去，我在上头撒把土一起给埋了，不就天长地久永不分离了嘛，在这儿哭哭啼啼管什么用？"

孟蝉与袁沁芳同时一惊，霍然向那人看去，竟是个唇红齿白，相貌颇为俊美的公子哥儿，身后还领着三个同伴，俱是一副锦衣华服，世家子弟的派头。

袁沁芳还在那儿辨认着，孟蝉脑袋里已经鬼使神差，倏地响起付朗尘曾说过的一句话——

"孙丞相家的肥猪、李尚书家的麻子、周将军府的蛮牛，外加他们那个自以为是的老大，一肚子坏水的慕容小侯爷。"

实在不能怪孟蝉思维跳跃，只能说付朗尘形容得太精准了，因为一眼扫过去，一一打个照面，每人都能迅速而鲜明地对应上。

孟蝉几乎下意识地就在心里默念出来：

"肥猪。"

"麻子。"

"蛮牛。"

最后将目光定在那领头的俊美"小白脸"身上，念出最后两个字："坏胚！"

行了，齐全了。

当下墓园里阳光正好，慕容坏胚上前，一身金光闪闪，笑得很符合付朗尘的评价。

"沁芳小姐这么快就将小侯忘了吗？我可是前天才上你家提亲来着，你爹收聘礼的时候笑得脸上都要开朵花了，你居然不记得了吗？"

6、坏胚小侯爷

慕容钰与付朗尘交恶已久，这在盛都的纨绔子弟圈里是尽人皆知的事，生前就斗个不停，死后慕容钰也送了份大礼给付朗尘。

付朗尘前脚才一死，慕容钰后脚就赶紧登门，求娶他的未婚妻，这一行径简直与"鞭尸"无异，圈中个个听了都不得不竖起拇指，叹一声慕容小侯做得出。

此刻墓园里，当着"付朗尘"才立好的墓碑，慕容钰笑得好不得意，才使了个眼神，几个同伴便立刻心领神会，将花容失色的袁沁芳团团围了起来。

"沁芳小姐，彩礼你爹可都收了，却听说你要为付朗尘那个短命鬼守节一年，我是不信你这么一个水灵灵的大美人，脑子会轴到这地步，所以才上了墓园，想当面亲自来问一问你，你是真傻呢，还是假惺惺地故扮痴情呢？"

袁沁芳何曾见过这种架势，揪紧孟蝉的斗篷，躲在她身后瑟瑟发抖。

那周将军家的蛮牛却将孟蝉一拉，露出她身后惊慌失措的袁沁芳，大手粗暴地就把袁沁芳往慕容钰那边一推。

"沁芳小姐，小侯爷在同你说话呢，你躲什么啊？"

袁沁芳猝不及防，几步踉跄地就摔到了那慕容钰怀里，慕容钰往她发间一嗅，发出夸张的叹声："你身上好香啊。"

美人投怀送抱，他自然乐得笑纳。

几个"为虎作伥"的同伴也跟着哈哈大笑起来。

袁沁芳涨红了脸，拼命挣扎着："不，放开我，小侯爷请你自重……"

她一双美眸已噙满了泪水，更显得模样楚楚可怜，让慕容钰也愈发心痒难耐，就在他搂紧佳人，想在她脸颊上轻啄一口时，一块小石子却横空飞来，下一瞬，一袭漆黑斗篷莫名地挤到跟前，手上递来一物，硬生生插在了慕容钰和袁沁芳中间。

"这个，这个也很香呢，要不小侯爷你闻闻？"

竟是一个打开的小巧妆盒，香粉扑鼻而来，令慕容钰冷不防间打了个喷嚏："这什么玩意儿？"

一旁李尚书家的瘦麻子格外眼尖，一瞅就瞅到了妆盒上"蝉梦馆"几个字，立刻鬼喊鬼叫起来："这不是城里那间入殓馆吗？专给死人化妆的地方，付朗尘就是在那儿收棺的！"

他一喊，慕容钰的脸登时一变，差点一袖子打翻那妆盒："你这贱人活腻了吗，竟敢拿给死人用的脂粉往我面前凑？！"

手捧妆盒的孟蝉却趁这点空当，赶紧一推愣住的袁沁芳，疾声道："沁芳小姐快走啊，快走！"

袁沁芳猛地醒过神来，提着裙角跟跄逃去。慕容钰大怒，伸手正要抓住她，却又被那袭斗篷挡在了身前，映入眼帘的依旧是那个香喷喷的妆盒。

"小侯爷你误会了，这原料来自锦红斋，是好不容易才磨出来的最上等的香粉，一钱银子才一点儿，珍贵得很，不信你再闻闻……"

慕容钰更怒，狠狠推开那袭斗篷，斗篷里的人却像牛皮糖似的，举着妆盒又缠上来，甚至动作更大了，手一抖，不少香粉倾洒而出，竟然纷纷扬扬地落在他身上，叫他毛发都竖了起来，一瞬间恶心得快要吐了。

"你们还愣着干什么，快按住这个贱人！"

怒不可遏的喝声中，孙、李、周三家的公子才赶紧赶上前，却正要动手，又被那空中飘洒的香粉阻了回去，一时迟疑不前。

毕竟个个都是供在云上的世家子弟，哪碰过这种晦气东西？

那袁沁芳也赶紧趁机跑得更远了，还是李家的瘦麻子反应快，立刻自告奋勇："阿钰，我去帮你逮她！"

他话音才落，孟蝉已经急着回头，手中妆盒往他那儿一转，撒出一圈无形的墙，叫他那张长满麻子的脸怪叫一声，瘦不拉唧的小身板躲都躲不及。

"沁芳小姐快跑啊！"孟蝉攥紧妆盒，一边大喊着，一边天女散花般，撒出一波波香粉，让慕容钰几人不仅近身不得，还个个躲闪不及，狼狈不堪。

终于，香粉撒完了，袁沁芳也跑出墓园了。孟蝉身子一软，后背已全是冷汗，她盒子一扔，也赶紧裹紧斗篷，刚想趁乱逃跑时，却被周蛮牛忍无可忍地一声大吼，上前一步就将她像只小鸡似的拎了起来，狠狠往地上一摔。

孟蝉痛得眼冒金星，抬眼时已经看到四张围上来的恶魔脸，她赶紧往后挪，顾不上隐隐作痛的腿，声音都抖了起来："对不起，对不起，几位爷不喜欢这种香，那我回去再调一种出来，绝对会让你们满意的……"

她说着转身就想逃，却是手脚并用地才爬几步，就被慕容钰一把扣住肩头："你不用回去了，地上的香给你用正好！"

"不好，不好，我不配用这么好的香……"她失声惊叫着，挣扎间，半边斗篷被忽然扯开。

慕容钰倒吸口冷气："我天，居然是个丑八怪！"

孟蝉伤疤狰狞的右半边脸暴露在阳光下，其他几人也同时惊呼出声，她心中一动，索性自己将斗篷一把全部掀开，扭头对向围着的四人。

其他几人还好说，受到最大冲击的就是慕容钰，他自己生得美，素来也爱美丽之物，甫一看到孟蝉灼伤的脸，几乎是怪叫着一下弹开。

"有没有搞错，生得跟鬼一样，就不要出来吓人了！"

孟蝉更加振奋了，直接从地上爬起往慕容钰跟前凑，右脸的伤疤在阳光下更显狰狞了。

慕容钰退后不及，俊美的面孔险些吐出来："别再过来了，丑八怪，离我远点！"

孟蝉继续往前凑，慕容钰终于扛不住，拉着几个同伴逃也似的就想离开墓园："走走走，多看一眼都会折寿，我刚刚还碰到了她，不知道手会不会烂掉呢！"

其余几人也骂骂咧咧的，跟着慕容钰撤去，那周家的蛮牛尤其不甘，走之前还狠狠推了一把孟蝉："真是晦气！"

孟蝉冷不防，重重栽倒在地，一只手恰好撞到一块尖锐的石头，顿时鲜血汩汩流出，她疼得喊都喊不出来了。

却是不远处，一道身影携画踏入墓园，正好迎面撞上慕容钰一行人。

他惊讶挑眉："你们来这儿干吗？这太阳打西边出来了，你们居然也来拜祭付七？"

正是连夜画了付朗尘遗容，赶来想烧在他坟前，聊以送别的叶书来。

慕容钰几人一见是他，脸又黑了几分。叶书来是付朗尘那边的，两拨人素来最不对头，付朗尘还在的时候，叶书来没少给他出主意，各种明里暗里地整他们。

可此刻"仇敌相见"，慕容钰却根本没心情搭理了，只恶狠狠地扔了一句："我们来刨他的坟，挫骨扬灰呢！"

几人煞气冲冲地离去，叶书来送了他们一道"病得不轻"的目光，却回头才发现，孟蝉摔在地上一摊血泊里，神情痛苦。

"孟姑娘？是你吗？你这是怎么了……"

叶书来赶紧上前，扯了衣角包住孟蝉的手，扶她起来，却也在同时看见那右边脸上醒目的疤痕，他一怔，却未露出多大反应，只是目光又扫见了扔在旁边的斗篷，心念倏动间，明白过来。

"是慕容钰那帮龟孙子干的？"

送孟蝉回去的一路上，叶书来坐在马车里，起码骂了慕容钰八百次"不要脸"。

"人才刚下葬呢，当着付七的墓就敢调戏他未婚妻，也不怕付七从地里爬出来诈尸，'慕容坏胚'这名字果然不是白叫的，真是何等的不要脸！"

骂完后，他又看见孟蝉裹在斗篷里的身子，语气不由得软了下来："孟姑娘，这回多亏有你，付七在天之灵一定感谢你……那帮龟孙子会有报应的，他们说什么你也别放心上，慕容钰那家伙就是个骚胚，我和付七都笑他娘们来着，成天揣面镜子在身上，臭美得不行，嫌这个嫌那个，也不看看自己身边都带着一群什么奇形怪状的东西……"

孟蝉扑哧笑出声来，抬头看叶书来，一字一句道："肥猪、麻子、蛮牛。"

叶书来愣了愣，望着她认真的眼睛，忽然哈哈大笑："对对对，付七也是这么形容的，果然特征够明显，人人见一面都能说出来！"

孟蝉又笑了笑，马车里的气氛一时活络起来。

"不过那个慕容小侯爷……其实长得还挺好的，叶公子你说他格外爱美，那为什么还会同身边几人交好？"

叶书来折扇一打，"喊"了声："圈子就那么大，哪有那么多好看的跟他玩呀，他还挑出身呢，那几个来头都不小，还死心塌地跟他做坏事，自然就离不开了呗……"

说到这儿，他看了眼孟蝉，有意调笑道："至于真长得好看的嘛，谁稀罕跟他为伍呀，就比如我和付七。"

这话倒是耳熟得很，同付朗尘曾经的口气如出一辙，深得他"王婆卖瓜"的真传，孟蝉又被逗笑了，手上的伤一时都不觉疼了。

叶书来也摇着折扇，跟着笑了起来："你别看慕容坏胚人模狗样的，他其实就是沾了那副皮囊的光，本质上跟那帮奇形怪状的家伙没点区别，内心一样丑陋……不，还要更丑陋，那家伙一肚子坏水，满朝子弟就找不出第二个了。"

一路说说笑笑，马车很快就到了，在蝉梦馆门口停下，叶书来才扶着孟蝉下车，就听到一声熟悉的惊呼：

"姓叶的，怎么是你？你怎么老阴魂不散的？"

抬头一看，叶书来的白眼都想翻上天了："大姐，还记得你答应过我什么吗？我在的地方你绝对不能出现，还请你迅速离我三尺之外，别吓着我的马。"

7、一盒桃花酥

苗纤纤是来给孟蝉送药的，她一直惦记孟蝉腿上的伤，却谁知旧伤还未好，孟蝉又新添了一道伤，叫她见了心疼得不行。

而这回又与叶书来避无可避地"巧遇"了，孟蝉生怕他俩吵起来，赶紧一手挽一个，插在了中间，可惜两人仍是斗鸡一般，一路吵闹互讽着，争着把孟蝉送进院中。

两人好心是好心，可如此一来，墓园发生的事情自然就瞒不掉了，孟蝉看着里间，只觉得头隐隐作痛。

是夜，蝉梦馆内一片静寂，帘幔飞扬间，榻上的付朗尘仰面朝上，忽然幽幽发出一句：

“如果我现在手里有把刀，真想立刻就把慕容钰那家伙阉了。”

孟蝉躺在地铺上，一直就没睡着过，始终担心“孕父”的情绪来着，此刻果然听到付朗尘恨恨磨牙的声音，她赶紧睁开眼："付大人，你别冲动，千万别气坏了身子，沁芳小姐心里只有你，不会答应嫁给那小侯爷的，你放心……"

付朗尘哼了声："你懂什么，烈女怕缠郎，不怕心不坚，就怕狗惦记。"

孟蝉没话说了，付朗尘过了会儿，又一声叹息："你上回替我采千萱草，伤了腿，这回又为沁芳伤了手，我怎么觉得欠你的越来越多了，什么时候能还清啊？"

孟蝉心一跳，连忙摆手："没有，付大人没有欠我很多，这些都是小事，不用放在心上的，不用……"

付朗尘用手撑头，探出身子来看孟蝉："你这丫头真是古怪啊，世人都贪，偏你太不贪，上回坑余欢那点钱都净给我买补品了，你是祖上有遗训，必须要日行一善，积福积德吗？说真的，你还是贪点好，我心安些。"

他修长的手指轻敲着腹部，眼眸微眯慵懒，若有所思地道："这样吧，不然以后我帮你寻门好亲事，你看余欢怎么样？生得还算俊俏吧，人也机灵吧？"

一听到这个，孟蝉就不吭声了，默默扯过被子盖住脑袋，在付朗尘又提了好几遍后，她才从被子里闷声闷气地发出一句："付大人，我暂时……还不想嫁人。"

“为什么？”

付朗尘一愣，转而又道："你看起来年纪的确还小，多大了，还未及笄是吗？"

孟蝉依旧蒙着被子，声音里听不出情绪："十七了。"

"十七？"付朗尘略吃惊，"看不出啊，都没比沁芳小多少，那为什么还不想嫁人？"

"也没有为什么，就是暂时还不想……"

"你是有中意的人了吗？是那个徐大哥吗？"

"……不是，徐大哥人很好，拿我当妹妹照顾的，是纤纤很喜欢他，我也希望他们能在一起。"

"那是为什么？难道……你是担心脸上的伤吗？"

付朗尘说到这儿，语气小心顾及起来，带了些许宽慰："你别瞎担心了，等我回去后，一定找个最好的妙手神医，替你把脸上的疤祛掉……"

他自顾自地设想了一大堆，结果孟蝉那边半天没回应，他终于忍不住了："喂，你有没有在听我说话？"

他探出脑袋，一手掀开孟蝉的被子，才发现她双眸紧闭，呼吸均匀，竟是已经睡着了。

"怎么……睡这么快？"

付朗尘有些挫败，又有些无奈好笑，摇摇头，就着月光打量起孟蝉来。

他瞧了会儿后，心念一动，伸出手，遮住孟蝉右半边脸上的疤，又望了一阵，自言自语道："其实哪里丑了，比盛都好几家的小姐都顺眼多了……"说着，顺手替孟蝉掖好被角，露出口鼻，嘀咕了声，"哪能蒙着睡觉呢，就不担心喘不过气来吗？"

他似乎也渐渐倦意上涌，身子翻了回去，好半天总算没了动静，终是也沉沉睡去。

不知过了多久，一片静寂中的孟蝉才睁开眼，长睫微颤，盯着窗棂洒进的月光，久久未动。

她不知在想些什么，只是无意识地伸手扯上被子，又将脸蒙住了。

心里空空的，似乎这样才能填满一点点。

蝉梦馆在第二天收到了一份谢礼，是袁沁芳身边的丫鬟亲自来送的，一盒桃花酥，盒里还夹了张字条，笔迹娟秀，一如其人。

"萱草之心，护佑之情，一并多谢。"

署名"沁芳"，字里行间洋溢的感激不言而喻。

孟蝉捧着字条，闻着清香四溢的桃花酥，不由得感慨："沁芳小姐，真的是个很温柔的人呢。"

付朗尘轻轻拈了一块，尝到那熟悉的味道后，笑了笑："是她亲手做的没错。"

他细细品味，眉眼都舒展开来，似是忆起往事："我小的时候被大夫人关在柴房里，不给吃不给喝，就是沁芳做了桃花酥偷偷给我送来，我一辈子都忘不了这个味道。"

他说得轻快，却让正在吃桃花酥的孟蝉一愣，抬头迟疑道："大夫人……怎么会把付大人关到柴房去？"

付朗尘继续拈了一块桃花酥塞入嘴中，轻描淡写地道："冤枉我偷她儿子东西呗，我说没有，他们非不信，后面把我关了三天才找到那东西，放我出来，说是误会一场，让我别往心里去。"

他语气依旧轻快，但孟蝉却是吃不下去了，抬头愣愣地望着他。

付朗尘哼了哼："别用这种眼神瞧我，这种事在我小时候多了去了。一个娘亲早死的庶子，能有什么好待遇，能让我活到成人就已经不错了，所以我后来脱离付家，自立门户了。"

这段孟蝉倒是听说过，也就是付朗尘开的那家溯世堂，开始付家嫌他丢人，与他断绝关系，后面他一夜成名，做了东穆的祈音师，付家又将他请了回去，菩萨似的供了起来。只是孟蝉不知道，原来这中间还有这么多曲折缘由，原来他小时候过得那么苦，难怪……

耳边仿佛又响起不久前，付朗尘意味深长对她说的话——"整个付家，除了表妹，我还真没什么留恋。"

年少孤苦无依，屡遭欺辱，倍感绝望的时候，只有袁沁芳出现在他身边，关怀温暖，一定给他带去了全部活下去的希望吧？

见孟蝉陷入沉思，半天没说话。

付朗尘摆摆手，也不再同她扯小时候的事，只又吃了一块桃花酥，微眯了眼，满意地叹道："若能天天吃到就好了，也不知道什么时候才能再见表妹一面……"

兴许是老天爷听到了付朗尘的心声，没过几天，还真让袁沁芳出现在了蝉梦馆——

却不是来圆梦的，而是来"避难"的。

8、丑八怪又是你

见到孟蝉时，袁沁芳急得都要哭出来了："怎么办，小侯爷他们就要追来了，孟姑娘求求你帮帮我……"

她惊慌失措，不时回头看后面，孟蝉想也未想地将她一拉："快进来！"

自从上回墓园一事后，袁沁芳就在家待了许多天，足不出户，好不容易等风头小了点，她才小心翼翼地出了趟门，却未想到，不知是谁在府前安插了人盯着还是什么，她才一上街，那慕容钰就带着那几个同伴跟来了。手下的人还拖住了她的丫鬟，她吓得慌不择路，还好看见了蝉梦馆的牌子，这才急急上门来"避难"。

孟蝉领着袁沁芳，正要把她带到里间藏起，猛地想起付朗尘还在里面，脚步一顿，目光瞥到了西边的偏堂。

黑压压的空棺材摆了一屋子，付朗尘住下后，孟蝉就没接过生意，所有棺材都空了许久，也得空清洗了一遍。

此刻孟蝉来不及解释更多，奋力推开最里面的一口，拉着袁沁芳就要让她躲进去。

"沁芳小姐，麻烦你委屈点，实在没地方可藏了，这里他们一定找不到。"

袁沁芳吓得脸色苍白，望着棺材犹豫不决，却忽然听到外面传来猛烈的拍门声，她身子一哆嗦，赶紧咬牙一闭眼滑进了棺材里。

才将棺材盖好，孟蝉匆匆奔到院中，那门却已经被狠狠一脚踹开，她与当先的慕容钰正打了个照面。

"丑八怪，又是你？"

慕容钰拔高语调，瞪大了眼表情古怪，孟蝉裹了裹斗篷，讪讪一笑："这是我开的蝉梦馆，我自然在这儿，不知几位爷上门是有什么事吗？"

几人这才留意到门前的牌匾，纷纷啐了一口，颇觉晦气。

慕容钰捂住口鼻，不情愿地踏入院中，扫了一圈："你少啰唆，袁沁芳呢？你快把她交出来！"

"沁芳小姐？"孟蝉愣住了，"沁芳小姐没来过呀，我不知道她在哪儿，我没有瞧见她，几位爷是不是找错地方了？"

慕容钰冷冷一笑："装得还挺像……上回就没跟你计较了，这回最好别给我们搜出来，不然有你好果子吃！"

他说着眼神一使，身后几个同伴立刻心领神会，满院子各处各屋地找了起来。

孟蝉看着他们一顿乱搜乱翻，着急无措地跟在后头，真情实感地心疼着："轻点，各位爷别把东西都砸坏了，沁芳小姐真的没有来过这儿，民女本本分分做生意，是万万不敢欺瞒几位爷的……"

她话音才落，里间的李麻子已经一声喊道："阿钰，这里有个人！"

孟蝉心里咯噔一下，惨了，是付朗尘，他怀了山神后就有些嗜睡，此刻正是他午休的时候，事情来得太过突然，她都还没来得及叫醒他呢……

心里七上八下的，孟蝉也赶紧跟着慕容钰他们跨入里间，却是看到帘幔飞扬间，一道身影以背相对，长发如瀑，看不清模样。

显然，付朗尘应该是被动静惊醒的，仓促间只披了件衣服，头发都还散着，却也是这样，令他一眼望去难辨雌雄，只看见轻纱间微微隆起的肚子。

"这怎么还有个孕妇啊？"

周蛮牛粗声粗气地开口了，慕容钰看向孟蝉："你这里怎么什么乱七八糟的人都有，叫'她'转过来给我瞧瞧。"

那背影一僵。

孟蝉心跳如雷，赶紧上前，捡过床头一件披风罩住了付朗尘，先发制人地嚷了起来："瞧不得，瞧不得，几位爷怎么搜到这里来了，这要是惊了胎气如何是好？"

她牢牢裹住付朗尘的脑袋，挡在他身前，只将他那个肚子露得更明显了，冲屋里的慕容钰几人急切开口，满脸煞有介事："几位爷有所不知，这位'夫人'的丈夫才过世不久，尚未出头七，'她'肚中是个遗腹子，按照'她'家乡那边的风俗，头七期间必须避人耳目，为亡夫戴孝守棺，才能保孩子平安降生，若给外人瞧见了，尤其是给陌生男子瞧见，那就是对亡夫的大不敬，肚中的遗腹子也会受到牵连……"

她说完这一串，气都不带喘一口，像是事态真的很严重，都到了指天发誓的地步："民女所说句句属实，绝不敢有任何欺瞒，蝉梦馆里向来死者为大，还请几位爷高抬贵手，放过这位夫人与'她'肚中的遗腹子。"

几个人一下被孟蝉说蒙了，未料到会有这样一出，面面相觑。

站在最前头的慕容钰皱了眉头，依旧半信半疑："说得这么玄乎其玄的，你蒙谁呢？"

孟蝉正要开口再道，孙家胖乎乎的二公子已经上前，凑到了慕容钰耳边，带了些不安："也不是啊，阿钰，我是听我家下人说过，头七什么的是很讲究的，更何况还是个遗腹子……"

他身宽体胖，付朗尘送外号美其名曰"肥猪"，但相对而言，他也是这几个人里面最憨厚的，脑子里没那么多弯弯绕绕的。

孟蝉耳尖，心下一喜，立刻接道："可不是嘛，还是这位爷有见识，头七自然诸多讲究，若真冲撞了亡灵，还不知道会出什么后果呢……"

得亏老天爷都想帮孟蝉一把，适时正有一阵幽风穿堂而过，拍得窗棂呼呼作响，帘幔飞扬间，屋子里忽然就凉飕飕的了，连心眼最多的李麻子都忍不住上前，拉了拉慕容钰。

"我看，阿钰还是算了吧，这娘们都挺了个肚子，肯定不是那袁家小姐，有些事情，还是宁可信其有，不可信其无……"

慕容钰深吸口气，到底不甘心，狠狠瞪着孟蝉："那你叫她站起来给我看看，我不瞧她的脸，只看看她的高矮胖瘦总行了吧？"

孟蝉按紧付朗尘脑袋上的披风，似乎为难地想了想，才故作勉强道："那好吧，我这便扶夫人起来，还望小侯爷看过后说话算数，切莫再为难夫人了。"说着她挽起付朗尘。

他长发披散着，按住腰身做孕妇状，与她默契互明，当着慕容钰几人的面，小心翼翼地下了床。

这一下床，慕容钰几人就惊了一惊。

因为即使付朗尘罩在披风里，低头故意弯了背，却仍是比旁边瘦小的孟蝉高出一大截。

周蛮牛立刻就粗声粗气道："这位小娘子够高的啊……"

付朗尘一僵，伸手不经意地拂过长发，把自己的肚子又往外露了露，做尽纤柔姿态。

孟蝉也赶紧道："可不是嘛，这位夫人是漠北那边的，骨架子大，跟咱们盛都的小姐们都不一样……"

她长了一张善良无害的脸，撒起谎来别提多真材实料了，当下孙家的胖胖就开口道："是啊，阿钰你看，这个肯定不是袁家小姐，比袁家小姐都高出一个头呢。"

慕容钰又皱眉看了几眼，冷冷一哼，总算不再说什么，转身领着几人出了屋子。

孟蝉挽住付朗尘的手一动，绷紧的脊背软了下去，两人都同时感觉到对方暗暗松了口气。

又在蝉梦馆里搜了一阵后，慕容钰几人依旧一无所获，孟蝉眼瞅着他们就要悻悻放弃，无功而返时，却是慕容钰的脚步一顿，余光瞥见了西边的偏堂。

站在一大片黑压压的棺材前，孙、李、周三家的公子眸含嫌恶，真真切切地流露出一刻也不想多待的情绪，但还是不幸地听到了慕容钰的吩咐。

"你们，上去搜搜，没准人藏在棺材里呢？"

带着十二万分的不情愿，肥猪、麻子、蛮牛齐齐上去，哭丧着脸推起了棺材，慕容钰站在他们身后，捂住口鼻，一具具地仔细望去。

　　这样一桩晦气的差事，再多点孟蝉在旁边的"添油加醋"，简直与酷刑无异。

　　她几乎是紧跟着三个人，在他们奋力推开的同时，发出啧啧感叹，情真意切地追忆一番。

　　什么这副棺材装过李员外家的三姨太，是被捉奸打死的，送来的时候七窍流血，眼睛瞪得老大了。

　　那副棺材装过东街书院的一位穷酸书生，考了十年都一直没考上功名，最后一根绳子吊死在了书院的枣树下，眼睛倒是睁得不大，就是舌头伸得老长了。

　　还有那边那副，是位难产的孕妇，一尸两命，孩子的头都卡在下面，血肉模糊……

　　三家的公子终于都忍不住了，煞白着脸齐齐撒手："闭嘴，你能不能消停会儿，你不说话没人拿你当哑巴！"

　　吼了一通后，却是个个都不肯再推，叫慕容钰气急败坏："没用，这也能被唬到，我自己来！"

　　他扫了一眼，直接挑中最里面的一口，挽起袖子就要发力推开。

　　孟蝉的心一下跳到嗓子眼来了，坏胚就是坏胚，一挑一个准，那口躺着的就是袁沁芳！

　　她来不及多想，猛地把斗篷脱掉，几步凑到慕容钰跟前，热情无比："小侯爷，我来帮你，这口格外重一些，你一个人怕是不好推。"

　　慕容钰一扭头，就看到孟蝉伤疤狰狞的右半边脸，这咫尺之间的忽然冲击实在太大："你帮就帮，脱什么衣服，不知道自己长得很吓人吗？"

　　孟蝉把头又凑过去了些，佯作不知，一脸纯真无害："脱了衣服才好使力啊，我是真怕侯爷推不动，这口不太寻常，打造得格外厚实些，专门用来放一些易传染的重病死尸，好像前年装的就是一个得了麻风病的老婆婆，身上全是红疮……"

她才说出"麻风病"这三个字，周蛮牛几个已经霍然退后一步，就连慕容钰都瞬间撒了手，扭头却又被孟蝉脸上狰狞的伤疤恶心到，他终于再也忍不住，胃里一阵翻江倒海，狠狠一把推开孟蝉，冲出去深呼吸了几大口，扶着柱子半天才缓过气来。

"我这辈子要再往你这晦气的地方踏一步，我慕容钰的名字就倒过来写！"

在孟蝉这儿受到极大伤害的几个人，出门老远了，都还能听到他们骂骂咧咧的声音，孟蝉却是靠着棺材，身子软了下去，后背冷汗涔涔。

她确认人都走远了，这才起身推开棺材，里面袁沁芳的脸色也好不到哪儿去，尤其是看到孟蝉的脸后。

孟蝉心头一跳，赶紧捡起斗篷裹好自己。她伸手想去拉袁沁芳出来，袁沁芳却迟疑了下，没有碰她，自己艰难地爬了出来。

孟蝉有些尴尬，把脸裹得更紧了："沁芳小姐，我之前说的都是骗他们的，这棺材干净得很，蝉梦馆也从没接过什么麻风病尸……"

袁沁芳听孟蝉这么一说也不好意思起来，绯红着脸赶紧道："我，我没别的意思，就是一下没缓过来……多谢孟姑娘这回又出手相救，沁芳实在是感激不尽。"

等到把袁沁芳也送走后，付朗尘才总算从里间出来，已束发换好了衣裳，俊秀的脸上却结了层寒冰般。

"我现在要有把刀，已经不仅仅想阉了慕容那孙子，我想把他大卸八块，丢到河里喂王八！"

孟蝉顾及"孕父"的情绪，赶紧上前去扶他："别激动别激动，还好今天是虚惊一场，他们什么便宜也没占到……"

付朗尘低头去看孟蝉，想起今天她对几人的一番糊弄，不由得又忍俊不禁，十分解气地笑了出来。

"我算是看明白了，你临场发挥，睁眼说瞎话的本事一等一啊，要早点发现你了，我那会儿开溯世堂的时候，就该请你去搭个伙儿，一起忽悠人别自杀。"

孟蝉见他笑了也放下心来，随口道："我那都是瞎诌的，真搭伙了指不定让溯世堂亏成什么样呢。"

付朗尘又笑了笑，觉得今天的孟蝉格外机灵些："你还真别谦虚，从你坑余欢那会儿我就知道，你是个会扮猪吃老虎的，而且很有先天优势，演技也登得了戏台子。以后等我回去了，干脆给你开座戏楼得了，你也别做这蝉梦馆的营生了。"

孟蝉一时听不出付朗尘这是在夸她还是在损她，只是和他大眼瞪小眼，站在一大片棺材前，忽然都忍不住齐齐笑了。

春风穿堂而过，拂起衣袂发梢，半空中仿佛飘来桃花清香，连天上的云聚散间都温柔舒朗起来。

第三章

鹤之白砚

SHANSHEN
CHANMENG

※

他修长有力的大手握住孟蝉的小手，紧紧将她拉至身旁，月下低头看她。
孟蝉一愣，看着付朗尘认真的眼神，心里涌起一阵暖流，
笑了笑，不由得也回握他的手，
重重点头："嗯，我一定不会放开大人的手。"

1、"孕父"情绪

付朗尘的肚子一天天大了起来，速度明显快过寻常人家的孕育，他开始还别扭着，照眼镜子都想把自己肚子捶扁，但后面在孟蝉的安慰下又想开了，反正迟早都会有这么一天的，晚"大"不如早"大"，还不如早一点完事，快一点解脱。

可问题又来了，明明天气渐渐转凉，他却越来越热，夜里被子都盖不住了："这是怎么回事？我总觉得我怀了个火炉子，一身燥得慌。"

孟蝉没接过生，也没有过这种经验，苦想乱猜："也许宴秋山那儿水土不同，山神的血都格外燥热一些呢？"

付朗尘伸手不停给自己扇风，一张俊脸不爽至极："狗屁山神，害人精，生下来我就想掐死他。"

为了稳定"孕父"情绪，也让"孕父"舒服些，孟蝉开始每天端上好几盆凉水，给付朗尘擦上好几次身子。

与孟蝉第一次用手摸付朗尘的脸不同，现在付朗尘已经很习惯她触碰他的身子，尤其是孟蝉的手和脚一年四季都冰冰凉凉的，贴近他的时候让他很舒服，解了他不少燥热。

有一次付朗尘更是在孟蝉擦拭的时候，索性抓住她的手，一把贴在了自己脸上，一只手焐热了就再换另一只手，好半天都不松开。

孟蝉心跳如雷，身子都僵住了，付朗尘却忽然睁开眼，用力一扯，将她猛地拉近身前，温热的气息喷在她脸上。

"我特别想搂你睡觉，真的。"

两人一上一下，咫尺之间，四目相对，微妙的姿势令孟蝉一动也不敢动，声音更因紧张而发颤："付大人，我，我……"

付朗尘却盯着她，忽然一下又松开了手，翻身一叹："还是算了吧，我自己再忍忍。"

日子就在这样冰与火的煎熬中慢慢过着，直到袁沁芳又差丫鬟往蝉梦馆送了封信。

这回却是约孟蝉陪她上一趟青云观，为"付朗尘"供个净瓶。

下月十八，太子将与一众皇族贵戚去往青州，那里有一处皇家园林，名唤"归逸园"，自从他的贴身婢女绿微死后，每年这个时候，他都要去那儿小住一段时间，纾解散心。

以往付朗尘也在随行队伍中，他的声音能为太子回溯过往，追忆与绿微曾经的点点滴滴，为太子减去许多痛苦。但今年他不幸离世，太子仁厚，视他为挚友，感念他曾予自己的慰藉，便特意请旨开恩，将付家一门老小也加入了随行名单中。

　　这对付家来说是个天大的殊荣，对袁沁芳来说却是场不可预测的隐忧，因为慕容钰连同他那几个"跟班"也要一起去。

　　袁沁芳心中越想越不安，又不能拂了太子的恩赐，只能上趟青云观，为"付朗尘"供个净瓶，烧些香火给他，祈盼他在天之灵保佑，求个心理安慰。

　　因上次躲在蝉梦馆一事，她已成了惊弓之鸟，担心去青云观也会被盯上，便想这回邀孟蝉陪她一同去，私心里她已将孟蝉视作了自己的"护身符"，那脸上的伤疤更是慕容小侯爷的天然"克星"，若有孟蝉的陪伴，她便能安心许多。

　　信里言辞恳切，虽然提到孟蝉的脸，视之为"武器"略显不太尊重，但孟蝉也未在意那么多，对着小丫鬟点头答允下来。小丫鬟放下一盒桃花酥后，便欢天喜地地回去传话了。

　　当天夜里，孟蝉和付朔尘都没怎么睡着，心照不宣地想着那归逸园之行。

　　"这日子什么时候是个头，我真恨不得立刻把肚里的货生下来，堂堂正正地回去护住沁芳，乱棍打死慕容狗。"

　　付朗尘额上渗出细汗，他一边伸手扇着，一边咬牙切齿着。

　　孟蝉听出他燥热难耐的情绪，反正也睡不着，索性起身去打了盆凉水进来，拧了帕子，蹲到床边为他擦拭起来。

　　"付大人别激动，这趟是随太子出行，付家老小也都在呢，小侯爷他们多少有些顾忌的，不敢乱来的。"

　　她细细擦过他额上的汗珠，又一路往脸颊、脖颈、手臂慢慢擦去。

　　付朗尘躺在床上，一边习以为常地伸出手给孟蝉，一边哼哼道："付家老小都在我才担心呢，他们把沁芳卖了都未可知，我那位姑父，品性实在不敢恭维，卖女求荣的事情他不是做不出，更何况慕容那孙子毕竟还是个小侯爷，看我姑父收了他的彩礼就知道，他一定还觉得高攀了，迫不及待地就想把沁芳嫁过去呢。"

付朗尘分析得句句在理，听得孟蝉也担忧起来："难怪沁芳小姐也着急，还想为你去青云观供个净瓶，指望你在天之灵保佑她呢。"

付朗尘一声嗤笑："什么乱七八糟的净瓶，全是青云观那群不靠谱的道士瞎掰，想出的敛财招式，沁芳是白白去给人送钱的，不过她一向就不怎么聪明，打小我就看出来了，所以我这一'死'，她才会六神无主，病急乱投医了……"

孟蝉擦拭的手一顿，还是头一回听人这么直言不讳评价自己表妹兼未婚妻的，她忍不住就想笑，付朗尘却悠悠一叹，修长的手指轻敲上自己的腹部。

"你还别笑，她就是个书呆子，可我从前一直觉得，她也不用太聪明，反正有我在，我一定会好好经营付家，活得比她久，照顾她一辈子，哪里晓得，天上的雷说劈就劈下来了……"

才说完这句"雷劈"，院子里就忽然传来一阵异响，似有什么扑翅落地，带来猎猎夜风，刮得窗户都晃个不停。

孟蝉和付朗尘同时一顿，对话戛然而止，付朗尘从床上坐起，两人看向彼此。

"难道是……遭贼了？"

孟蝉无声地碰出嘴型，付朗尘皱眉，也碰了碰唇回她："不像，哪来动静这么大的贼。"

他耳朵听得真切，尤其是那扑翅之声，辨了好半天后，看向孟蝉："谁射了只鸟掉咱院子里了吧？还是挺大的那种？"

孟蝉也觉得像是鸟，扯了被子盖住付朗尘："你快躺下，我出去瞧瞧。"

她裹了披风，出了屋子，小心翼翼地向外走去。

付朗尘才刚躺下，就听到院里传来孟蝉的惊呼："是……是只鹤，一只会发光的白鹤！"

院里狂风大作，朗月之下，一只白鹤不住扑翅着，浑身光芒四射，付朗尘和孟蝉站在屋檐下看呆了，彼此面面相觑。

不知过了多久，那扑翅的动静才渐渐小了下来，白光中像是走出一道人影，施施然向他们跪下，院里响起一个稚嫩的少年声音，带着三分害羞，七分紧张。

"都怪我道行太浅了，难得变回人，动静弄大了些，惊吓到二位，实在不好意思。"

如果搁在几个月前，付朗尘和孟蝉可能还会为眼前这幕惊讶一番，但连怀山神都经历过的他们，对院里忽然冒出只白鹤，白鹤又变成了人这等事已经能做到见怪不怪，面不改色心不跳地接受了。

屋檐下，两人对视一眼，几乎异口同声问出："你是谁？"

白鹤少年将头埋得更低了，语气谦恭无比："吾自青云观紫薇道君处而来，二位唤我白砚便可。"

"青云观？"

付朗尘皱眉，盯着少年看了片刻，嘴角略抽："你们耳朵不是这么尖吧，难道听到我骂你们敛财，还特意派了只白鹤上门来示威？"

白鹤少年身子一颤，低着头赶紧道："不，不是的，没人派我来，是我自己有事相求，才冒昧前来打扰。"

"相求？求什么？"

少年又一颤，似乎很是紧张，余光瞥了眼付朗尘挺起的肚子，又敬又畏，又忐忑又期许，终是鼓足勇气道："我想求山神大人圆我一愿，替我赴宴秋山，取来十方泉中的神水，还我本来面目。"

他说着抬起头，在月夜之下，第一次让付朗尘与孟蝉真真切切看到他的脸——

一张腐蚀扭曲、骇人不已、如鬼魅般，与出尘身姿极不匹配的脸。

2、白砚心愿

白砚的名字是紫薇道君取的，他在青云观的山峦间飞了几百年，从来无名无姓，无依无靠，紫薇道君不仅从毒蛇口下救了他，还给了他一个名字，也给了他一个家。

他虽从那毒蛇手下死里逃生，但毒液却浸入了他的头脸，腐蚀了他整个面目。

紫薇道君并不嫌弃他，还给他上药治伤，他好了后却不肯再飞走，每日盘旋在紫薇道君的窗边，看紫薇道君研墨作画，抄写道经。久而久之，紫薇道君也便习惯了他的存在，还给他取了名字，就用了手边砚台的"砚"字。

白砚很喜欢这个名字，这让他感觉和紫薇道君相隔很近，朝夕不离。

但时日久了，白砚又生出了新的祈盼，想离紫薇道君更近一些，想亲自幻成人形，替他推砚磨墨，替他更衣焚香，伺候他左右，以报他的恩情。

可修行了许久后，当他终于能够幻出人形时，他却在溪边，照出了自己扭曲可怕的模样。

一颗心像是碎成了无数片，他从未这么绝望过——这样丑陋的他怎么配伺候在紫薇道君的身边呢？那一刻，照着溪水，他第一次燃起想恢复原本容貌的念头。

他开始遍寻途径，找尽一切能恢复自己脸的办法，甚至偷潜入青云观的藏书阁，查阅古籍，还飞去过深山老林里，找美貌的狐狸们"取道"。

但通通没有用，直到他某一天听宴秋山飞过来的一只云雀说，山里有一处十方泉，泉里有神水灌注，那神水能去腐生肌，抹去世间一切伤痕旧印，让人焕然新生。

他欣喜若狂，但云雀却接着又道，十方泉寒气逼人，传说是从九天之上倾泻而下，神力圣洁，对妖类有震慑作用，山中生灵都无法靠近，除非是山神。

可山神在哪儿呢？云雀扑扑翅，无限寥落，山神早就不见了，听说是犯了天条，历劫去了，宴秋山这十几年来都没有山神管治，山里都乱了套，各种山精走兽趁机作乱，把山脚下的村民都吓跑了，几乎都快变成一座荒山。

云雀说完这些，遗憾叹声，它要换座山去修炼了，等山神归位了再回宴秋山，所以也帮不到白砚什么。

扑了扑翅，云雀最后同情地望了一眼白砚，飞入蓝天，消失不见。

白砚就是从那一天起，开始等待传说中的宴秋山神归位，期间他也有去试探过，看能不能侥幸靠近十方泉，但他连最外头那层林子都进不去，神力的威慑实在太大了，他依靠自己根本做不到，唯一能做的只有等待。

还好，他等来了。

"山神大人，您不知道我感受到您的气息有多激动，求求您帮帮我，我没有别的奢望，只是想长伴在紫薇道君左右，做个小道童也好，做个奴仆也好，总之，能待在他身边伺候他，我就心满意足了，为此我宁愿折寿十年。"

蝉梦馆里，白鹤少年跪在地上，字字恳切，话虽是对付朗尘说的，眼睛却紧盯着他的肚子。

想来就是这肚子越来越大，腹中山神气息越来越浓重，才将他引来了。

付朗尘听了这一大通后，冷不丁冒出一句："你们鹤本来就长寿，折个十年不算什么。"

他这是习惯性开玩笑挑刺，也无恶意，却让白砚尴尬了一下，紧接着一磕头，语气更恳切了："求求山神成全我，莫说是折寿十年、百年，便叫我付出任何代价我都心甘情愿。"

付朗尘微眯了眼，修长的手指轻敲腹部："你其实求的不是我，是我肚里这货吧，你都不知道我有多想掐死他。"

这话让跪着的白砚再次感到尴尬，无措抬头，不知该怎么接，他显然是个没有太多幽默感的羞涩少年，还好孟蝉出来打圆场："付大人说笑呢，你别介意……你是说付大人怀了山神，就能进到那十方泉，替你取出神水吗？"

白砚感激地看了眼孟蝉，点了点头："对，有山神附体，一定能够进去的。"

听到这儿，孟蝉心里已经有了决断，赶紧上前，扶起白鹤少年，煞有介事道："你放心，付大人是个大大的好人，他肯定会帮你的，他也不要你什么报答，他生平最大的爱好就是帮人……"

孟蝉那边一口应承着，身后的付朗尘坐不住了："喂，少替我扯些有的没的，我有说要帮了吗？"

孟蝉回头，满眼的无辜，似乎难以置信："难道付大人不是这样的吗？不是菩萨心肠，乐于助人，世间一等一的大善人吗？"

付朗尘看着孟蝉的故作惊奇，内心一阵腹诽，死丫头，又来这套了，真该去唱大戏。

他面不改色，呵呵一笑："我还真不是什么大善人，不喜欢多管闲事，尤其是怀孕了就更不想动了。"说完，也不去看孟蝉的反应，直接扭头问向满脸紧张的白砚，"那十方泉的水搁在人身上也管用吗？"

白砚不明所以，但还是想也不想地道："当然管用的。"

付朗尘点点头，忽然伸手拉过有些愣住的孟蝉，一把掀开她的斗篷，露出那右半边脸的狰狞伤痕。

"像这种陈年旧疤，应该也不在话下吧？"

白砚一惊，好半天才霍然领悟到付朗尘的意思，赶紧点头："能的，能的，孟姑娘这伤疤根本不是问题。"

"这样啊。"付朗尘低低一笑，看向拱起的腹部，修长的手指轻敲了敲，"看来，这处十方泉我是非去不可了。"

他望向孟蝉，将她拉到身前，就着窗棂洒下的月光，轻轻抚上她的右脸，她微微一颤，却没有挣脱他，于是他笑了，四目相对间，第一次笑得那样愉悦而温柔。

"我的确不是大善人，也不喜欢多管闲事，但我想看到你不裹斗篷，走到阳光下的样子。"

宴秋山一片幽静，夜色中大山连绵起伏，散发出一种无声的悠远与神秘气息。

一只白鹤背负两人，飞过大山，最终停在一片黑压压的树林外。

月光下，白鹤幻化为人，神情激动："山神大人，林子尽头就是十方泉，我在这儿等你们，此恩永世难忘。"

付朗尘摆摆手，只是看向孟蝉："你真要和我一同去？"

孟蝉坚定点头："大人没听白砚小哥说吗？这神水离开十方泉越久，就越没什么用，我是个凡胎肉体，不比他身怀灵力，也许等大人取出神水来，对他还奏效，对我却没什么用了，我当然还是亲自进去比较好……况且，白砚小哥也说了，十方泉只会震慑妖，不会伤害人的，我跟大人一同进去不要紧的。"

付朗尘盯了她许久，忽然伸手，朝她脑门上一敲："一堆借口，不就是担心我是个'孕父'嘛，你那点小心思就别在我面前装了。"

孟蝉猝不及防，倒吸口气去捂额头，抬眼却依旧满满的无辜："没有，没有，大人千万别多想，大人岂是寻常'孕父'，大人可是怀了山神的男人，我怎么敢质疑大人的能力呢？"

"你够了。"付朗尘好气又好笑，摇摇头，一脸被打败的样子，无奈叹气，"好吧，那你牵紧我的手，千万不要离开我身边一步。"说着，他修长有力的大手握住孟蝉的小手，紧紧地将她拉至身旁，月下低头看她。

孟蝉一愣，看着付朗尘认真的眼神，心里涌起一阵暖流，笑了笑，不由得也回握他的手，重重点头："嗯，我一定不会放开大人的手。"

3、十方泉

盛都，月亮在屋顶上洒下一片清辉，榻上之人静静睡着，长发如瀑散落枕间，拥着一张白皙温雅的脸，正是徐清宴。

在孟蝉与付朗尘携手踏进林中的那一刻，他忽然惊醒，猛地坐起身来，抬眼便瞧见窗台上倚了个人。

那人一袭蓝裳，一双蓝眸，连一头长发都是水蓝色的，松散地系在一根发带间，逶迤垂地，侧脸美如皎月，惊艳似谪仙。

他扭头看向坐起的徐清宴，唇角微扬："你也感觉到了吧，他们进宴秋山了。"

徐清宴胸膛仍在起伏，气息未定："那你还在这里做什么？"

"我在这里，当然是为了阻止你。"蓝衣谪仙笑得慵懒，"竹君，你不能再乱来了。"他手指绕过自己的长发，闲闲把玩着，一双浅蓝色的眼眸望着徐清宴。

"山神历劫，你屡次干预，上回还与穷奇斗气，害它惊醒地龙，引发山洪，我怕你这次又冲动，所以特意赶来同你说一声，你还是悠着些吧，不要再横插一脚了，小心叫九重天上发现了。"

徐清宴历来就看不惯他这副吊儿郎当、从不上心的模样，当下深吸口气："他们都进宴秋山了，难道你就一点都不担心吗？"

蓝衣谪仙笑得更美了："我有什么担心的，不过是场人世历劫罢了，这才刚开始呢。你别太沉不住气了，等一切都结束了，该回来的自然就回来了，又不会少块肉。"

徐清宴盯着他，报以冷冷一笑："你心还真大。"

蓝衣谪仙摊摊手："我一向就很看得开，是你太斤斤计较。"

他又绕回自己的长发，老调重弹地对徐清宴道："放心吧，我同他的感情，不比你同她的少，我都不急，你急什么呢？"

徐清宴不说话，蓝衣谪仙便叹了口气："好好睡你的觉，不该管的别去管，你又改变不了什么，命格早就天注定。"

屋里静默了许久，徐清宴才望着那袭蓝裳，面无表情："我真希望有朝一日，能似你一样不看不闻，没心没肺。"

"多谢夸奖。"蓝衣谪仙坦然收下，拍拍手，笑靥如花，"好了，我走了，有空记得去我那儿下下棋，别的不说，你的棋艺倒还真是不赖，比九重天上一帮老臭棋篓子都强。"

说完，他长发一甩，衣袂飞扬，赤足在窗台上一点，半空中好似铺出一条水路，泛着荧荧蓝光，他就那样笑着融入水中，踏风而去。

徐清宴坐在床上一阵无语。

每次都走得这么风骚，唯恐别人不知他的来头，天上地下怕也再找不出一个这么爱显摆的了，他瞧都懒得瞧了。

身子向后一仰，索性直接躺了下去，徐清宴闭上眼，却是再也睡不着了。

耳边仿佛又回荡起上次在桃花树洞里，孟蝉向他一点点伸出手，呢喃的声音："爷爷，爷爷是你吗……"

心里像有只手在胡乱搅动着，满脑子都是各种各样的画面碎片，一时不察，竟已徐徐多年。

他在浮世轻烟里守了她那么久，除了是她的"爷爷"，是她的"徐大哥"，还是她的什么人呢？

他不知道，哪一天，她才会知道。

才会真的回来。

穿梭在幽密的林间，付朗尘与孟蝉紧握彼此的手，都不约而同地感觉到暗处有许多双眼睛在盯着他们，带着几分审视、几分好奇、几分忌惮。

"是山里的飞禽走兽吧？"孟蝉小声开口。

付朗尘修长的手指轻敲腹部，笑了笑："它们山大王回来了，自然要窥一窥，咱们走咱们的，别怕。"

他说着握住孟蝉的手又紧了紧，孟蝉也便往他身边又靠近了些。

两人越往里面走，寒气便越强劲袭来，孟蝉裹在斗篷里，手脚都冰冷起来，呼出的气都冒白烟了。

付朗尘肚里怀了个火炉子，倒是一点也不冷，就是腹中开始隐隐作痛，越走越一阵阵抽疼。

一个冷，一个痛，走了一半都支撑不下去，靠在一棵树下缓缓气。

付朗尘见孟蝉身子直哆嗦，也不多说，只将她一把搂入怀中，贴着他腹部的火炉子。

孟蝉脸色微红，却也觉得舒服不少，不知过了多久，她手脚总算都暖和过来，只是一抬头，这时才发现，付朗尘脸色苍白，汗如雨下，咬紧牙，神情不太对劲。

"疼，好疼，好像有人在肚子里拳打脚踢，没完没了地喷火一样……"付朗尘按住腹部，终于再也忍不住，身子在树下痛苦翻滚起来。

他感受到一股巨大的怒意，来自于他肚子里的家伙，简直一刻也不想待在这儿似的，嚣张地要摧天毁地般。

"这山神究竟犯了什么错才被罚，怎么对宴秋山有这么大的恨意，搁人间怕是个十恶不赦，反骨逆天的货……"

付朗尘疼得直打滚，孟蝉手足无措，那高高挺起的腹部似乎听到付朗尘说的，红光大作，一动一动地表示抗议。付朗尘"哎哟"一声，疼得更厉害了。

孟蝉赶紧抚上他的腹部："你……你快别说了，他好像更生气了……不气不气，你是最好的山神了，你乖乖点，别再折腾付大人了。"

付朗尘痛苦皱眉，咬牙道："管个屁用，疼死老子了，什么破烂玩意儿，不会要在这儿生了吧……"

孟蝉看到付朗尘紧紧咬住嘴唇，几乎快破皮出血，担心他伤到自己，来不及多想，便把手伸去给他咬。

付朗尘剧痛间才胡乱咬了一口，便硬生生别过头，冷汗涔流："傻啊你，给我捡根木棍来。"

孟蝉忍住疼痛："不成，木棍会磨伤你的嘴。"

付朗尘急了，左看右看，忽然一口咬住孟蝉的斗篷，整个身子颤得不像样。

孟蝉也赶紧将他脑袋顺势抱到自己膝上，一边为他擦拭汗珠，一边着急地哄着腹中闹脾气的山神。

"好山神，你乖乖的，别再闹了，知道你不喜欢这儿，但我们得赶紧办完事才能离开呀，你先不要闹了，我们一办完立马就走……"

她眼见付朗尘痛苦模样，心疼不已，恨不能将痛楚全转移到自己身上来，可却别无他法，只能不停用哄宝宝的语气哄着山神，祈盼这位大爷安生下来。

也不知道是否孟蝉的"母性"光辉真的奏效，还是山神认清事实过了气头上，在一轮又一轮的抽痛后，付朗尘闹腾的肚子总算一点点缓了下去，红光也彻底淡去。

此时的付朗尘已是气若游丝，躺在孟蝉膝上面无人色，歇了好一阵后才渐渐能开口说话："我现在才知道，女人有多不容易，生儿育女当真不是人干的事，尤其是还怀了个抽风的王八蛋……等这孽畜一生下来，老子铁定掐死他。"

他虚弱地哼哼着，吓得孟蝉一把捂住他的嘴："快别说了别说了，小心又被他听见。"

两人在树下歇了大半夜后，终是缓过劲来，相互搀扶着，不敢耽误，继续往十方泉而去。

所幸接下来的一路山神未再闹腾，还微闪着红光，让付朗尘四肢涌遍暖流，精力神奇地充盈起来，一下就跟没事人似的。

付朗尘冷冷看了眼肚子，语带嘲讽："哟，这是打了一棍子，再给颗糖哄哄，觉得我特贱特好欺负是吧？"

孟蝉心惊肉跳，赶紧去拉他，讪讪一笑："也许是他知道错了想弥补一下，毕竟母子连心，哦不，不……是父子情深，父子情深。"

付朗尘睨她一眼："你这嘴脸，倒很有一番母子连心的味道。"

两人说说走走，竟不知不觉就到了林子尽头，一抬眸，被眼前盛大的美景怔住了——

夜风拂过，水面波光粼粼，涟漪泛起，散发着清寒之气，幽静又神秘，如戴着面纱的女子，在月下如梦如幻。

4、花开的声音

伸手捧起泉水，孟蝉有些紧张，在付朗尘的注视下，她小心翼翼地往自己之前受伤的胳膊与腿上洒去。

这是付朗尘交代的，先用身上其他受伤的地方试一试，以防万一，最后才浸泡脸颊。

即使做好了见证神奇的心理准备，但两人还是被接下来的一幕震惊到了，激动得说不出话来——

泉水淋过之处，闪着荧荧微光，伤痕以肉眼可见的速度消退着，清冷的寒气间，最终一丝一毫的痕迹也寻不到了，整个光洁如新，焕然重生。

月下，两人都看呆了，不知过了多久，付朗尘才道："什么感觉？"

孟蝉依旧眼神发直，愣愣着没从震惊中缓过来，似乎胳膊和腿都不是自己的。

"冰冰凉凉的，很舒服。"

付朗尘长睫微颤，已经一推她肩头，骤然拔高语调："那你还等什么呀，快，快把脸凑到水里去！"

孟蝉一个激灵，这才回过神来，手忙脚乱地捧水浸脸，付朗尘在一旁兴致勃勃地看着。

荧荧水光中，孟蝉觉得脸上一阵冰冰凉凉，极是舒服，她不由得道："付大人，要不你也来试试？"

"我？"

付朗尘天生一张好皮，半点瑕疵也没有，女人都要羡慕，当下他笑了笑，摆摆手，并不打算凑这个热闹。

"得了吧，我才不试呢，回头泡得更嫩了，跟娘们似的，有什么好的，倒是该把慕容钰那家伙叫来，他准能在这儿泡个十天十夜不上岸你信不信？"

孟蝉被逗笑出声，差点呛了口水进鼻子里，而付朗尘已经在旁边迫不及待地要看成果了。

"快，快，抬头给我瞧瞧！"

孟蝉从水中抬首，脸上湿漉漉的，睫毛根根分明，柔和的荧光中，她一张脸像是迅速发生变化，付朗尘恍惚看见一张极美的容颜，如蝴蝶破茧而出一般，美得光芒四射，他眼睛都挪不开了。

但仅仅只是一瞬间，就在他欣喜若狂想要惊呼出声时，那道光又消散了下去，右脸上的伤疤"死而复生"般，霍然浮出皮肤，硬生生将神水压制了下去，一切简直匪夷所思。

"怎么……怎么会这样？"付朗尘整个人都呆住了。

孟蝉见他这副模样，也赶紧照了下水面，身子也一僵。

付朗尘不信这个邪了，猛地一把拉过孟蝉，亲自捧水为她浸脸，一道又一道地淋向那伤疤，水花四溅中，孟蝉的脸一阵红一阵白，似是两股力量在交锋一般，最终听到孟蝉的闷哼呼痛声，付朗尘才赶紧放开了她。

她喘着气瘫软在泉边，一张脸水光滟滟，在付朗尘紧盯的目光下，伤疤却分毫未褪，彻底压过了神水，在月下再不起变化。

久久地，付朗尘彻底气馁，仰面躺在了草地上，对月咒骂："我们千辛万苦好不容易来到了这儿，耍人是不是，不都说上天有好生之德，好人有好报嘛，好报在哪里……"

孟蝉又听他口无遮拦，身子一颤，吓得想去捂他的嘴："嘘，大人你忘了你怎么'死'的，天上可是会落雷下来的……"

她已经接受了这个事实，虽然有点失落，但也还算好，只是觉得辜负了付朗尘的一片心意。

付朗尘却是拍开孟蝉的手，叹了口气，起身望着她，好半晌才幽幽道："你别难过啊，其实看惯了也挺好的。"

孟蝉赶紧抬头，没事人般，一个劲地附和道："是啊，是啊，没什么大不了的，也没损失什么，再说……我还得陪沁芳小姐去一趟青云观呢，脸上的疤还有用呢，正好吓吓那慕容小侯爷，这回没除去也挺好的，不然拿什么恶心他呢？"

她故作不在意地笑着，付朗尘却盯着她，神情渐渐凝固，似乎很不开心。

"你别这样说自己，什么恶心不恶心的，沁芳失言不懂事，你别同她计较。那慕容钰更是有眼无珠，矫情得上天了，自己长得跟个娘们似的，还好意思嫌弃别人，你都不知道他天天揣面镜子，那才叫把我跟叶五都恶心坏了……"

付朗尘皱眉一大通地说着，末了，忽然伸出手，轻轻抚上孟蝉右脸的伤疤。

"我就觉得你这样挺好看的，真的，好像脸上多了一朵花，秀丽别致极了……你日后不要再总将自己裹在斗篷里了，也不许再乱埋汰自己了，听见了没？"

他在月下望着她，神情认真，一字一句，清朗的声音带着特殊的魔力般，似乎真的让孟蝉在安静的四野之中，听见了一朵花开的声音。

她怔怔望着他，忽然低下了头，憋住眼里涌起的热流，不让水雾模糊了他的温柔。

神水对孟蝉的脸不奏效，对苦等林外的白砚却有用得很，清寒的泉水淌过脸颊，他在荧光飘洒间，腐朽的头脸摇身一变，倏然恢复本来面目，睁开眼，竟是五官清隽，衣袂飞扬，一派仙气出尘的模样。

孟蝉高兴极了，比自己容颜恢复还觉神奇，身边的付朗尘却抱着手，语调不明地哼哼着："不愧是白鹤变的，真是天生就长了一副修仙的脸，你这模样，别说去紫薇道君身边做小道童了，就算天天搁道观门口站着，做块揽生意的活招牌都绰绰有余了。"

白砚一愣，天生羞涩的他又尴尬了一下，他看了眼孟蝉未恢复的脸，当然知道付朗尘在不爽些什么，当下对着二人又千恩万谢起来，末了，掏出一枚银白色的骨哨，郑重地交给付朗尘。

"恩公，这骨哨请您二人收下，日后但有吩咐，只要一吹响它，我必定化鹤归来，任凭差遣，赴汤蹈火也万死不辞。"

付朗尘接了骨哨，脸色这才好了点，他扭头直接往孟蝉手心里一塞："你回去找根绳子串起来，挂脖子上，戴着别掉了，哪天指不定就用上了。"

孟蝉接过，心头暖暖的，也对白砚绽开一个大大的笑。于是白砚也松了口气，欢欢喜喜地一拂袖，荧光闪烁间化作了鹤形。

"我这便送二位回去，大恩大德，没齿难忘。"

回到蝉梦馆的第二天，徐清宴便意外登门，坐在院中瞅了孟蝉一下午，茶都续了好几壶。

孟蝉莫名心虚，想起之前徐清宴叮嘱过她的话，发生什么事情都一定要告诉他，但她这回与付朗尘去帮白鹤，又没想过要告诉他，难道他察觉到了什么，还有心灵感应不成？

孟蝉一边胡思乱想着，一边担忧地看向里间，她今天一下午，都在徐清宴的眼皮子底下无法分身，也不能端盆凉水进去为付朗尘擦擦身子，此刻怕他已是汗如雨下，牢骚发尽，还不知道闷成什么样了吧……

"孟蝉，我要走了。"

堂前，徐清宴仿若未觉，放下茶杯，忽然在黄昏中站起身。

孟蝉一怔，这才回过神来，有些惊讶地看向徐清宴："又……又要回老家了吗，徐大哥？"

徐清宴笑得温浅，夕阳将他的身影拖得很长很长，清俊如竹。

"是啊，要回去一段时间，已经跟神捕营告过假了，所以特意过来看看你……"

说到这儿，他声音轻缓起来，那双蕴满星河的眼眸望着孟蝉，别有深意。

"看到你很好，我也就放心了。"

自从徐清宴来到盛都，成为神捕营的仵作后，每隔大半年都要告假回乡一次，没人知道他回去做什么，也没人知道他的家乡在哪儿，但他每次都会同大家告别，渐渐地，孟蝉与苗纤纤也都习以为常了。

只是这一回，孟蝉莫名也觉得，徐清宴的告别有些哀伤。

她将他送到门口，不禁站在黄昏里，鬼使神差地拉住他的衣袖，忐忑问道："徐大哥……你还会回来吗？"

徐清宴扬起唇角，伸手摸了摸她的脑袋，温声道："当然还会回来了，我还想吃你做的酒酿丸子呢，你可得多给我留点儿……"

孟蝉一颗七上八下的心这才定了定，对着徐清宴重重点头，露出笑脸："一定，我会等你回来的，徐大哥！"

徐清宴笑了笑，挥挥手，转身离去，走入了黄昏中。

长风拂过他的衣袂发梢，他望向斜阳微眯了眼眸，耳边蓦然响起，那袭蓝裳常对他说的一句话。

"来吧，不看不闻也就不会乱了心，去我那儿下几盘棋，保管时光快如流水，一切都会迅速归为原样。"

也许，镜花水月，浮世轻烟，他真的该抽身而退，静静等待山神归位就好了。

但这回，他不想回宴秋山，也不想去九重天，他想独自上路，撑一叶小舟，走走停停，离她越远越好，以天地为庐，聊寄闲情。

毕竟，浮云苍狗，四季轮转，人世一转眼不也就过去了吗？

踩着自己的身影，徐清宴低头一笑，发出了最后的叹息。

再见了，阿九。

5、好一出金蝉脱壳

天晴好，风万里。

马车停在青云观门口，孟蝉扶着袁沁芳下了车，呼吸着山间的新鲜空气，心胸都开阔起来。

她们在观中才为"付朗尘"供了净瓶，正跪在堂前焚香悼念时，身后忽然传来一阵脚步声，紧接着，便听到慕容钰那故作惊喜的声音。

"沁芳小姐，当真有缘，没想到在这儿也会碰见？"

袁沁芳身子一颤，孟蝉握了握她的手，回头也对慕容钰几人一笑，不胜惊喜："是啊，缘分真是妙不可言，没想到我又与小侯爷见面了。"

慕容钰后退一步，被几位同伴及时扶住，他表情抽搐："怎么哪儿都有你，你也太阴魂不散了吧！"

孟蝉笑了笑，不经意般地把头发撩开，露出右脸的伤疤，向慕容钰眨了眨眼，满脸无辜："不，这是缘，妙不可言的缘。"

整个上香过程中，因这份"缘"，慕容钰带着几个同伴哀怨地远远站着，若是不小心被孟蝉回头望上一眼，他就赶快掏出镜子，看看自己压压惊。

上回在蝉梦馆的经历，实在给他留下了太深的阴影，他一见孟蝉就忍不住想吐，避之唯恐不及。

很快，香便上完了，事情进展比想象中还要顺利。

袁沁芳与孟蝉对视一眼，喜在心间，不再去管慕容钰几人，只齐齐起身，进了青云观后院的厢房。

人一进去，慕容钰就来神了，招呼身边几人："那房间没打听错吧，你们给我在外头守好了，可千万别让那丑丫头进来坏事！"

房里暖烟缭绕，布置素雅，散发着淡淡的紫檀香味。

慕容钰轻轻推开门，果然看到了那道倩影，着一袭烟青色的衣裙，独自一人憩在矮榻上，一头秀发清丽如云，分外撩人。

他扬唇一笑，放缓脚步，一步一步地走向榻上的佳人。

"沁芳小姐，你我还当真是有缘，都预订了这同一间厢房，你说巧不巧？"

那道倩影一顿，似乎始料未及。

慕容钰于是笑得更得意了，只是他的笑容很快就僵住了，因为那头秀发已回过头来，拥着一张他再熟悉不过的脸。

"的确很巧啊，慕容小侯爷，我就说了，咱们之间的缘分妙不可言吧。"

孟蝉笑得纯良无害，从头到脚都写满了"真诚"二字，尤其是她顺手撩开的头发下，那块童叟无欺的暗红伤疤。

慕容钰的身子陡然一僵："你……你怎么会在这里，怎么会穿着沁芳小姐的衣服，她人呢？"

窗外忽然传来一声骏马嘶鸣，慕容钰霍然明白过来，猛地上前推开窗户，只看到付家的马车正出了青云观后门，一路绝尘而去。

他瞳孔骤缩，手抖得不成样子，巨大的怒意涌上心头，把窗户狠狠一甩，转身拂袖一指孟蝉。

"丑八怪，好啊，好一出金蝉脱壳啊！"

孟蝉见他这回真气得不轻，不禁也有些生畏，向后退了几步："我，我不知道侯爷在说些什么，原来侯爷也订了这间厢房吗？那我岂敢与侯爷相争，我愿让给侯爷，我现在就走，不打扰侯爷休息了……"

她一边说着，一边还不忘用手去撩头发，就是这动作压垮了慕容钰脑袋里最后一根弦，他霍然几步上前，怒气冲冲地一把按住孟蝉肩头，咬牙切齿道："别撩了，你还想走？你太过分了，你一次次地恃丑行凶，一次次地坏我好事，你以为我还会让你走吗？你当我真没法子治你吗！"

付朗尘从清晨等到傍晚，等到月亮都挂上了树梢，孟蝉还是没有回来。

他坐在窗边望眼欲穿，修长的手指轻敲着腹部，皱眉道："都这么晚了，她怎么还没回来，不会出什么事了吧？"

挺起的肚子自然不会回答他，只是一阵一阵地闪着红光，似乎也在担心着未归家的孟蝉。

付朗尘低头，没好气地一哼："闪闪闪，一天到晚就知道闪个没完，你以为你是蜡烛啊？一点用都没有，你不是山神吗？怎么不能给我开开天眼，看看那丫头在哪儿？干吃白饭的货，要你有什么用？"

挺起的肚子猛然一动，显然被说得不高兴了，开始剧烈闪起红光，付朗尘倒吸口冷气，熟悉的抽疼感又来了。

他按住腹部，额上冷汗涔流，也来了火："说你两句脾气还这么大，你就会窝里横，你有本事别躲我肚子里啊，快滚出来，回你的宴秋山去！"

一提到"宴秋山"，那肚子闹腾得更厉害了，情绪似乎无比激动，把付朗尘疼得死去活来，付朗尘也是硬气，死扛着不肯说一句软话。

"你有本事就把我疼死，大不了一尸两命，老子跟你同归于尽！"

撂下这句狠话后，肚子果然一颤，红光渐渐消停了去，带着几分愤然、几分委屈、几分不甘……付朗尘甚至还心意相通，虚妄中感受到那肚中几分对孟蝉的怀念，他苍白着脸，敲了敲肚皮，语气难得地软了下来："现在知道想你娘了吧，可惜老子不是你爹，没工夫哄你，你还是祈祷你娘快点回来吧……"

青云观，月色清寒，半山腰处，人烟罕至。

月光笼罩着一间简陋狭窄的小屋，屋里一片昏暗，一道人影瑟缩在角落里，正是孟蝉。

她又饿又冷，门口却守着两个慕容钰的手下，寸步不离，不知何时才会放她出去。

看来慕容钰这回是动真格的了，把她扔进来的时候都还余怒未平："你不是老阴魂不散嘛，这回看你还怎么出去吓人，你就一辈子待在这个黑屋子里吧！"

冷风呜咽，屋里潮湿寒冷，被褥都没有一床，孟蝉抱住膝头，努力忽略饿得咕咕叫的肚子，她现在后悔极了，早知道被拎出来时，就应该在厢房里多顺几块糕点出来，也不至于像现在这般"弹尽粮绝"，饿得头昏眼花。

唯一值得安慰的是，沁芳小姐回去后发现她不见了，应该会来找她的吧，沁芳小姐肯定不会不管她的……只是她不在的时候，不知道付朗尘和肚里的山神情况怎么样，一个"孕父"和一个不时抽风的"火娃"，叫她实在有些担心……

正胡思乱想着，孟蝉的脸颊忽然开始一阵发红发烫，荧光闪烁，她按住右脸伤疤，暗呼不好，又来了。

自从上次从宴秋山回来后，不知道是不是凡人消受不起那神水，还是别的什么原因，总之她的脸时不时就会开始"发作"，要么一阵发红发烫，要么一阵发冷发青，好像两股力量在交锋似的，叫她苦不堪言。

为此付朗尘气坏了，把宴秋山里里外外骂了个透，肚里的山神也难得和他站在一边，添油加醋般地闪着红光，倒把孟蝉弄得哭笑不得，还反过来安慰两人，说时日长了这症状自然就会消失了，反正她的脸已经这样了，再毁也毁不到哪儿去。

可如今被关在这黑漆漆的屋子里，又冷又饿，脸还火辣辣作痛，孟蝉才觉得莫名孤单难受，她叹了口气，抱住膝头："你再闹也没用，我现在被关在这儿，哪还有多余的精力管你，比起脸，还是填饱肚子来得更重要……"

渐渐地，眼皮开始打架，她身心俱疲，埋下头去抱紧自己，终是在风拍窗棂间沉沉睡去。

　　第二天，叫醒孟蝉的是一阵米香，她迷迷糊糊地抬头，就听到屋外的人似乎在一边吃饭，一边喝酒抱怨。

　　"我说，小侯爷要把人关多久？咱们难道就一直守在这鸟不拉屎的地方吗？"

　　"我哪知道，小侯爷昨儿个就走了，随太子去那什么归逸园，本来咱兄弟俩也要跟着去的，结果居然撞上这门苦差事，真是走了个什么霉运……"

　　孟蝉一怔，原来前往青州的队伍已经出发了吗？难怪沁芳小姐没找她，想来早已上路，根本不知道她不见了……门外的对话还在继续着，她越听越精神，索性悄悄往门边挪动。

　　"那看来得等小侯爷回来了，咱们才能从这鬼地方撤了，真是想想就恼火，都怪屋里那个丑八怪！"

　　"可不是嘛，咱们再饿她几天，多给她点颜色瞧瞧，谁叫她老坏小侯爷的好事，也拖累了咱哥俩！"

　　"说起这个，你听说没，小侯爷这回怕是能如愿抱得美人归了……"

　　门外的声音忽然小了下去，笑声中也带着几丝猥琐。孟蝉心头一跳，有种不好的预感，整个人都几乎要贴到了门边上了。

　　"当然听说了，小侯爷这回可全都安排好了，那付大人的未婚妻进了归逸园，就是小侯爷的囊中之物，再也逃不脱了！"

　　"女人嘛，生米煮成熟饭自然就好说了，还怕她不从吗？"

　　两人窃窃私语间，同时发出心照不宣的猥琐笑声。孟蝉越听越心惊，竟不料慕容钰真被付朗尘说中了，准备直接在归逸园下手！

　　众人抵达青州的当天，在归逸园中会有一场接风洗尘的宴席，慕容钰早作安排，将会在袁沁芳的酒水点心中下药，在她落单回去的路上，直接劫人上轿，套了嫁衣就送到后园别院，省去一系列拜天地的过程，掀了盖头就"洞房花烛夜"，就地把人办了。醒来后不从也得从了，反正袁沁芳的贪财爹把聘礼都收了，不过就是回盛都再补办一场婚宴罢了。

慕容钰的算盘打得响当当，孟蝉却靠在门边听得心慌慌，不行，她不能让沁芳小姐落入圈套，依她那样的性子，指不定醒来就一头往墙上撞死了。

可是怎么出去呢？怎么告诉沁芳小姐呢？现在队伍都已经上路了，再去追还来得及吗？

一连串的问题在孟蝉脑袋中盘旋着，她越想越着急，手心不自觉地抖动着，却是忽然福至心灵，一把摸到了脖子上挂的骨哨。

"恩公，这骨哨请您二人收下，日后但有吩咐，只要一吹响它，我必定化鹤归来，任凭差遣，赴汤蹈火也万死不辞。"

对啊，还有白砚，白砚就在青云观，她怎么把这一茬给忘了？！

6、不看不闻就不会乱了心

冷月高悬，半山清寒。

好不容易等到屋外渐渐没了动静，孟蝉才小心翼翼走到封住的窗边，仰面看着那里透进来的一点点微光，轻轻吹起了骨哨。

哨声悠远，从那高高的小窗口里飞了出去，越过孤山寒月，缥缈入云……

一声鹤鸣划破夜空，白羽扑翅而来，光芒夺目，落在了屋外，施施然化作一介清俊道童，透过门缝看见了孟蝉。

“孟姑娘，你怎么会被关在了这儿？”

骑在白鹤身上，孟蝉被带着飞入夜空，大风掠过她的衣袂发梢，她心急如焚，只恨不能再快一些。

白鹤穿梭过云层，没有飞往蝉梦馆，而是径直飞去了奉国公府。

是的，孟蝉在情势刻不容缓间，忽然想到可以去求助一个人，那个人，就是付朗尘的至交好友，奉国公府的五少爷，当今皇后的亲侄子——叶书来。

停在叶府后，白鹤隐去身形，躲到暗处等孟蝉。

孟蝉搬出付朗尘的名头，好说歹说才让守卫进去通传，她着急地在门前来来回回地走着，不知踱了多少圈后，才总算听到身后传来一声：“孟姑娘，果然是你，你怎么会来这儿？”

孟蝉心神一振，一时转身过猛，饿得头眼发昏没站稳，还好叶书来手疾眼快，伸手托了她一把，才不至于让她栽下去。

她揪住他衣袖，胸膛起伏着，脸色苍白：“沁……沁芳小姐有危险了！”

叶书来扶住她：“你别急，你慢慢说……你脸色怎么这么差，究竟发生什么事了？”

叶府，房里烛火摇曳，孟蝉一口气灌了几碗粥才算缓过劲来。

她已将事情一五一十告诉给了叶书来，只隐去了白鹤，说是自己趁看守的人不备，才逃了出来。叶书来听后果然怒不可遏，一拍桌子，把正仰头喝汤的孟蝉都吓了一跳。

“慕容钰这厮真是太卑鄙无耻了，不成，不能让他胡来，要不我怎么对得起付七！”

孟蝉抹抹嘴，等的就是他这句话，她望着他两眼放光。

　　叶书来于是顺手又给她夹了个鸡腿，接着道："本来这趟青州之行我也是要去的，但往年都有付七做伴，今年他不在了，我也不耐烦去跟这群牛鬼蛇神打照面，哪曾想他们会无耻到这个地步，夜里也不怕付七从坟里爬出来吗？"

　　孟蝉把盛了鸡腿的碗推了推，以示自己吃饱了，她道："那现在咱们该怎么办？叶公子你会去阻止他们的吧，那归逸园你能进去的，沁芳小姐这回可全靠你了。"

　　"我当然会去。"叶书来起身，折扇一打，"我现在就准备车马，抄近路，一定要追上随行队伍！"

　　他说着就要踏出门去安排，却是脚步一顿，又想起什么般："不行，我还得先进一趟宫。"

　　孟蝉也跟着站起："为什么？"

　　叶书来道："你不了解慕容钰，那小王八蛋浑起来天不怕地不怕，我必须得先去趟宫里，找我姑姑要块牌子才行，不然还真未必压得住他……到时真闹起来了，手里至少也有东西镇一镇那王八蛋，否则他恼羞成怒了，还指不定做出什么事呢！"

　　孟蝉听明白了，可却有些急切："那会不会来不及了？"

　　叶书来沉吟道："我会尽快赶回来的……我知道一条去归逸园的近路，虽然偏僻崎岖，沿途有很多山匪，但现下管不了那么多了，一拿了牌子我就上那条路去追！"

　　他言及此，看了眼孟蝉："孟姑娘，你先回蝉梦馆等我，我这边一准备好就过去接你，这回说不好你也得同去了，万一真闹开了，可能还需要你站出来指证慕容钰呢，你愿意吗？"

　　孟蝉毫不犹豫地点点头，却抿了抿唇，依旧忧心忡忡："这个不是问题，可我就是担心来不及……"

"没事，你放心，我们抄近路能追上的……敢碰付七的未亡人，这回说什么也要给那小王八蛋一个教训才行！"

蝉梦馆里，白鹤载着孟蝉飞入院中，里间的付朗尘闻声奔出来，眼下一圈乌青，显然这两天没睡好。

他还来不及问孟蝉哪儿去了，孟蝉就已经从白鹤背上跳下，先掠至他跟前："付大人，我要同你说件事情，你千万别激动……"

事实证明，男人遇到这种事是不可能不激动的，付朗尘一张俊脸都要冒烟了。

"慕容钰个龟孙子，他哪里是喜欢沁芳，他千方百计使下流勾当，不就是想气得老子诈尸嘛，老子还真诈尸给他看！"

他在月下思忖再三，终是当机立断。

"叶五聪明是聪明，就是太谨慎了，这种时候哪能面面俱到呢，等他从宫里要了牌子出来，黄花菜都凉了，不成，我们现在就出发！"

孟蝉听了倒是毫不意外，因为她也是这么想的，回蝉梦馆的一路上就同白砚说了，少不得要拜托他飞一趟远的，白砚自是"赴汤蹈火，万死不辞"，所以此刻院中，听了孟蝉的打算后，倒换成付朗尘意外了。

"你这丫头真是……"他像是刮目相看，又像是感动万分，千言万语只化作一句，"若你是个男的，我一定疑心你爱上沁芳了。"

孟蝉哭笑不得，却又莫名有些心虚，低下头，只瞧见自己的影子随风摇曳，笼在月光里，藏着许多许多不能为人道的秘密……

叶书来在第二天的黄昏时分才赶到蝉梦馆，却看到门前挂着一把大锁，一道鲜艳的捕快服与一袭青衫站在门前，一边拍门，一边往院里张望着，神情急切，正是苗纤纤与徐清宴。

苗纤纤也没有想到会在这儿遇到徐清宴，她是前两日就发现蝉梦馆的大门锁了起来，孟蝉不知哪儿去了。起初她也未在意，可后面一留心之下，发现孟蝉都两宿未归了，她这才有些着急，今日一下了神捕营就过来看看了，门果不其然还是锁着的，但意外的是，她正拍着门呢，一扭头就遇上了徐清宴。

这真是又惊又喜："徐大哥，你不是告假回乡了吗？"

徐清宴风尘仆仆，似是匆忙赶来，他向院中眺望扫去："路上忽然想起有样东西落在孟蝉这儿了，所以回来拿一下，怎么，孟蝉不在家吗？"

事实上，徐清宴都出了盛都，踏上兰舟，顺江漂流了三百里，忽然感应到孟蝉出事了，这才匆匆折回的。

孟蝉不知道，当她被困小屋，脸上红烫难安时，江上的徐清宴也骤然感应到，因为那红疤就是他五年前亲手"种"上去的，他冥冥中感觉有股力量要冲破那个封印了，暗道不好，犹豫再三，终究还是一拂袖，足踏水面，折回了岸边。

不看不闻就不会乱了心，说得轻巧，做起来岂是那样简单，他终究又失败了。

又回到这蝉梦馆外，又是同样的黄昏，只是那个说要给他做酒酿丸子的人并不在，他心头没来由地发慌。

最后一次吧，徐清宴在心中对自己叹道，最后一次插手回护，找到阿九，确认她安然无恙他就离开，再也不回头了。

镜花水月，浮世轻烟，他不再做尘中客，只化回山中竹。

这一次，真的会是最后一次。

7、一孕傻三年

蝉梦馆外，叶书来刚将来龙去脉一说，徐清宴就目光一紧，拂袖一发力，一脚踹开了蝉梦馆的大门。

"嘭"的一声巨响，苗纤纤和叶书来猝不及防，尘土飞扬间，震惊得同时张大了嘴，而那袭青衫却已经掠飞入院，一阵风似的搜寻了一遍后，对紧跟进来的苗纤纤与叶书来道："人不在院里，什么线索也都没有，怕是她等不及，自己去追那随行的队伍了。"

叶书来想到昨夜孟蝉迄声担忧的"来不及"，一拍折扇："一定是这样，她昨夜就急得不行……可她自己一个人如何去追呢？为什么就不多等等我，也太性急了……"

他话还未说完，苗纤纤已经一瞪眼："都怪你，去宫里要什么牌子，磨磨蹭蹭的，救人如救火，姑娘家的名节多重要，孟蝉当然急了！"

叶书来不甘示弱，狠狠瞪回去："你懂什么，我那是考虑周全，凡事都得做好万无一失的准备……"

两人正吵得不可开交时，那袭青衫已经眸光沉沉，飞掠出院，几个闪身消失在了黄昏中，等两只斗鸡歇下来时，这才发现，徐清宴已经不见了。

叶书来也赶紧想起正事，不与苗纤纤再纠缠，出门踏上马车就想出发，却哪知苗纤纤急声跟来，按住腰间刀一跃而上。

"等等我，我也去，我也去！"

她身手敏捷地抓住车门，低下头就想往里钻，却被叶书来一记扇柄狠狠敲在了手背上。

"你去做什么，只会添乱，快滚快滚！"

苗纤纤吃痛吸气，怒视叶书来，却不肯撒手，反而将车门抱得更紧了：“不行，孟蝉是我最好的姐妹，万一她出了什么事怎么办，再说我还是神捕营的人呢，上头钦赐的第一女捕快，跟你去只会帮忙，不会添乱的！”

听她这么不要脸地吹自己，叶书来都气笑了：“不行，我跟你八字相冲，你要去也别搭我的车！”

苗纤纤一瞪眼，却不与他再辩，径直回头朝车夫一笑，谄媚万分：“大叔咱们又见面了，还记得我吧，上回多谢你送我回城，这次你也快马加鞭，想怎么颠怎么颠，放心，我身子骨硬朗得很，不像某些娇娇少爷一颠就吐！”

那车夫笑呵呵地一扬鞭，骏马嘶鸣，车子一下启动，叶书来措手不及，苗纤纤也身子一个跟跄，直接将叶书来扑到了车厢里面，两人跌作一团，叶书来被压得一声痛呼：

“恶女，你这个不要脸的恶女，你压到我骨头了！”

白鹤一路朝青州飞去，追云逐月，昼夜不停，大风迎面拂来，他的速度却明显不及上一回去宴秋山，甚至每次扑翅都有些颤颤巍巍的吃力。

付朗尘终于忍不住开口了：“你是在那紫薇道君旁饿了多少天啊？”

白鹤翅膀一抖，又沉默地飞了一段路后，忽然道：“我跟在紫薇道君身边，他教我看了很多书，但我愚笨，只记住了一句，就是‘吾日三省吾身’。”说完，就不吭声了。

付朗尘揣摩了半天，一时不明所以：“你是想告诉我什么呢？”

白鹤终于憋不住，艰难地扑了扑翅，弱弱的声音中带着些委屈：“恩公，不是我没力气，是……是你太重了。”

付朗尘一愣，坐在他前方的孟蝉已经肩膀抖动，咬唇憋笑憋得辛苦，合着白砚这是拐弯抹角地在提醒付朗尘要“自省”啊。

俗话说"一孕傻三年"，付朗尘低头看了眼隆起的肚子，恍然大悟，他抬眼对白砚好气又好笑："我说你，跟在紫薇道君身边伶牙俐齿不少啊……"

白砚赶紧转移话题："多亏孟蝉姑娘身子娇小轻盈，我才能勉力挥翅，这再多一个人我就真的载不动了。"

孟蝉终是在风中笑出声来，为付朗尘打圆场："现在其实就是载了三个人，付大人肚中的可非凡物，整座山都压了进去，自然格外重一些了。"

隆起的肚子似通人性，觉得孟蝉在夸他一般，亲昵地闪着红光，一动一动地蹭着孟蝉的后背，好像个伸手讨糖吃的乖巧孩童。

孟蝉心里也颇为可喜，扭头摸了摸那闪烁的红光，叫了声"乖乖"，便轻轻在风中给他唱起了歌谣。

付朗尘长睫微颤，一时好笑又无奈，肚子却被孟蝉的手摸得很舒服，那歌声也极温柔动听，叫他不由得都微眯了眸，看向远方，享受这片刻的静谧。

天地悠悠，白鹤载着二人一山，飞过月下，继续没入了夜色中……

马车行驶在颠簸的山路上，苗纤纤掀开车帘，尘土弥漫，她呛声着回头，对赶路赶得面无人色的叶书来道："你不是说抄近路，很快就能追上吗？队伍呢，队伍在哪儿？"

叶书来靠在车厢里头，俊秀的一张脸有气无力，折扇都快握不住了："不应该啊，按往年队伍的行进速度，应该早就追上了呀……"

他似也很不解般，皱着眉头想了半天，忽然一敲扇柄，脸色都变样了："我知道了，我知道哪里不对了！"

"是付七，付七不在队伍里了！"他挣扎着起身，对上苗纤纤惊诧的眼神，懊恼不已。

以往每年的青州之行，路上都有付朗尘作陪，他会给太子追溯往事，用声音为太子入梦寻绿微，这样一来，路上自然就会耽误不少时间，但今年没有付朗尘了，队伍肯定是一骑绝尘，速度当比往年快上数倍不止。

一想通这个，叶书来几乎是胸闷得要吐血，他百密一疏，万万未料到会砸在这个地方！

"我若未估算错，这时候队伍八成已到青州，往归逸园去了……"

比他更气的是苗纤纤，她按住腰间刀，简直有种想砍人的冲动："你不是说你考虑周全，胜券在握，万无一失吗？"

叶书来被她凶悍的模样吓到，后挪一步："恶女，你要做什么，你别过来啊！"

正扬鞭的车夫忽然听到车里一阵喧嚣，传来叶书来的大呼小叫："救命啊，杀人了，杀人了！"

他摇头一笑，不以为意，已是对这两人的吵吵闹闹见怪不怪，却是骏马忽地嘶鸣一声，前方尘土飞扬，大队人马潮水般涌现，扛着几面杀气腾腾的大旗而来。

马车剧烈颠簸起来，山路上大风猎猎。

车夫定睛一看，脸色陡变，心头狂跳间，声嘶力竭地发出了一声真正的惊呼——

"少爷，不好了，山匪来了！"

8、偷梁换柱

白鹤抵达归逸园时，宴席已经结束，万籁俱寂，天地间静悄悄的，园内却分明弥漫着一股不寻常的气息。

付朗尘心急如焚，在七拐八绕的偌大园林里，脑中飞速运转着，似展开一幅地图般，伸手精确地为白鹤指明着方向。

当白鹤悄无声息地飞入后园别院时，孟蝉一眼就看到了其中一间房前，正是挂了两个看守人口中说的红灯笼，她神色一喜："那间，就是那间，门口挂了红灯笼的！"

白鹤飞近，那门前果然守了几个侍卫，心虚又警惕地看着四周，在等什么似的。

与他们正面撞上，直接闯进去肯定不妥，白鹤在付朗尘的指示下，绕到了房子后方去，果然看到了一处窗口。

付朗尘对这园林的一花一草一设计了然于心，当下他便与孟蝉透过窗棂往里望去，床上正坐着一道熟悉的倩影，穿着嫁衣，披着红盖头，身子却软绵绵的，似乎坐不稳般，想来就是已被下药迷晕的袁沁芳！

付朗尘呼吸急促，一刻也等不下去，推开轩窗，径直跳入了屋内。

孟蝉跟在他身后看得胆战心惊，生怕他动作幅度过大，动了胎气。

两人靠近床边，掀开那红盖头，映入眼帘的便是一张两颊晕红的俏脸，袁沁芳媚眼迷离，见了付朗尘与孟蝉都没什么反应，整个人犹如云里雾里，不知东西南北，身在何处了。

付朗尘心疼无比："沁芳，沁芳你快醒醒！"

他与孟蝉抓紧时间，一把扶起软绵绵的袁沁芳，急切地就想离开，却在这时，屋外忽然传来一阵错杂的脚步声，伴随着几个嘻嘻哈哈，酒气醺天的声音。

"恭喜小侯爷今夜大婚！"

周蛮牛——孟蝉脑袋里瞬间蹦出三个字。

"阿钰你总算抱得美人归，这回要把付朗尘那厮都气活了！"

李麻子——又蹦出三个字。

"春宵一刻值千金，咱们都别闹阿钰了，还是让他快些去洞房吧。"

孙胖胖——好了，齐全了。

最后开口的果不其然就是慕容坏胚："付朗尘算个屁，生前嚣张得要死，真当自己是东穆第一祈音师，怎么着，死后小爷我照旧睡他的女人，他能奈我何！"

门外几人发出一阵起哄笑声，尤其是慕容钰笑得最猖狂，隔着门都能想见他那张酡红炫耀的俊脸。

付朗尘脸色铁青，孟蝉却一个激灵，赶紧去脱袁沁芳的喜服，手忙脚乱地就往自己身上套。

"付大人，你快带沁芳小姐走，我留下来拖住小侯爷！"

付朗尘陡然回过神来，压低声音："不行，要走一起走！"

孟蝉动作未停，一双眼只紧盯着门外的人影："一起走不了，你忘了吗，你现在身子重，再多一个人白砚就飞不动了，他不能把我们同时都带走！"

付朗尘瞳孔骤紧，一手扶住袁沁芳，一手却还是去拉孟蝉："不行，我不能扔下你！"

没时间再推来推去了，孟蝉将解下的斗篷一把盖住袁沁芳，使劲把付朗尘往窗外赶："再不走就来不及了……付大人你别担心我，你忘了小侯爷多恶心我来着，就算发现是我，也不会对我怎么样的，顶多和上次一样把我关起来，我到时吹响骨哨，你们来救我就行了，快走吧快走吧！"

付朗尘被推得几个跟跄，终是一咬牙，攀上窗沿，扭头对孟蝉道："那你等我，我一安顿好沁芳，立马就回来救你！"

孟蝉猛点头："好好好，你快带沁芳小姐走吧，别磨蹭了！"

直到关上窗子，听到白鹤扑翅飞入夜空的声音，孟蝉的一颗心才总算放了下来。

却也在这时，门外传来慕容钰醉里含笑的声音："不和你们扯了，我要进去陪佳人了，以后你们可就要改口喊弟妹了……"

门"吱呀"一声被推开，慕容钰醉醺醺地走了进来，一张白皙的俊脸酡红一片，眼波流转间，仿佛染了胭脂般，美得动人心魄，一身喜服更衬得他艳光四射，玉骨清姿，的确是一副顶顶好的皮相，说今日的新娘是他也不为过。

几个"为虎作伥"的兄弟识相地为他关上门，彼此对视间，纷纷露出了暧昧不明的笑。

浓烈的酒气在屋里弥漫着，榻上的孟蝉顶着红盖头，身子微颤间，大气都不敢出一声。

"沁芳小姐，我来了，不不，现在该改口叫娘子了……娘子，今晚咱们洞房花烛夜，你就要做慕容夫人了，你高兴吗？"

慕容钰脚步踉跄，美眸盈满了水光，俊脸酡红，笑得东倒西歪，好不容易才摸到了床边。他伸出手，一把就要扣住孟蝉的肩头，孟蝉一哆嗦，身子向后一闪，按住盖头从慕容钰手臂下钻了出去。

慕容钰一下扑了个空，酡红的俊脸有些难以置信："咦，你酒食里不是下了药吗，怎么动作还能这么敏捷？"

他醉眼蒙眬地偏过头去看孟蝉。孟蝉不说话，只是按紧盖头，紧盯盖头下的方寸之地，以此判断自己和慕容钰的位置。

她缓缓挪动着脚步，开始与慕容钰在屋中周旋起来，只盼能多为付朗尘他们拖延一些时间，飞出这座归逸园。

　　慕容钰兴许是醉糊涂了，望着自己古怪的新娘不仅不恼，反而吃吃笑了起来："你今夜好像同平时不一样呢，还会与我玩捉迷藏了，行，我就陪你玩玩……你等着，我这就来抓你了！"

　　他说着猛地向前一扑，孟蝉吓了一跳，赶紧闪身避过，她一手按紧盖头，一手提着裙角，眼睛紧盯地上的路，心跳如雷地与慕容钰在屋里兜起圈子来。

　　慕容钰一扑，她一闪，再扑，她再闪，小小的身子灵巧如蝶，渐渐地也令慕容钰烦躁起来，酒醒了不少。

　　"我就不信今儿个还逮不住你！"

　　他认真起来，发了狠劲般，脚步快了不少，终于在孟蝉又一次转到床边时，他猛地一个飞扑，霍然将她压在了床上。

　　孟蝉身子顿时僵住，热血一下冲到脑袋上。

　　"可算逮住你了吧，娘子，任凭你怎么样也逃不出我的手心……"慕容钰醉眼迷蒙地笑着，大手一把掀开盖头，正要没头没脑地亲上去时，动作忽然一滞——

　　"怎么是你，丑八怪？"

　　他瞳孔骤然扩大，如一盆冷水浇头，酒劲彻底醒了过来，对着那块近在咫尺的伤疤，震惊得难以言语！

　　孟蝉赶紧趁机推开他，一刺溜逃得远远的，站在那儿惊魂未定地喘息着。

　　慕容钰捏紧双拳，怒不可遏地回头，万未料到天衣无缝的计划居然又会被破坏掉，他此刻想吃了孟蝉的心都有！

　　"丑八怪，你这回死定了，我要扒了你的皮，拆了你的骨！"

　　孟蝉一激灵，拔腿就跑，慕容钰起身去逮她，两人又在不大不小的屋里绕起了圈子。

好不容易跑到窗子底下，孟蝉拼尽浑身力气，撑着窗沿就想爬上去，却被慕容钰狠狠拽住一条腿，她惨叫一声，整个人瞬间栽了下来，正倒在慕容钰身上，两人齐齐跌倒在地。

屋外的守卫们听到几声巨响，对视间纷纷笑了，个个心照不宣："不愧是小侯爷，威猛非凡，这动静大着呢，啧啧！"

外头夜风猛拍着窗棂，窗下跌作一团的两人俱摔疼不已，慕容钰勃然大怒，再忍不住，张口就想喊人，却被孟蝉猛地一把捂住了嘴。

两人一上一下，孟蝉压在慕容钰身上，满脸涨红着，心头狂跳间，那脸上的伤疤又开始闪烁闹腾起来，一阵发烫，一阵发冷，红光白光交错着，煞是诡异。

慕容钰被孟蝉捂住嘴，眼见着她一张脸变戏法似的，瞳孔越瞪越大，活见了鬼一般。

终于，孟蝉忍不住痛呼出声，她感觉有什么冲破她体内般，两股力量撞碎在她脸上，白光大作间，她自己都不知道，一张脸已起了天翻地覆的变化——

暗红的伤疤迅速褪去，皮肤宛若新生，白皙透亮，五官眉眼也像刹那长开了般，一张脸似破茧而出，蜕变成蝶，正是付朗尘在十方泉边惊鸿一瞥，水光掠影间，美得光芒四射的绝色容颜！

慕容钰看呆了，一时间连呼吸都忘了。

孟蝉却在巨大的冲击后，脸上所有的痛感忽然瞬间消失，总算缓过一口气来，她只当又熬过去一次，后背已是冷汗涔流。

却是长睫微颤间，俯首才发现，身下的慕容钰正盯着自己，眼睛一眨也不眨，木偶一般。她捂住他嘴巴的手一颤，莫名心头一紧，难不成……

他被自己吓傻了？

　　正想着时，慕容钰忽然翻身一掀，搂住她的腰，反将她压在了身下，他眼眸痴迷着，呼吸急促："我要你，我现在就要你！"

　　孟蝉猝不及防，伸手去挡，慕容钰狂热的吻便落在了她手心。

　　她一阵毛骨悚然，完了，小侯爷真被她吓疯了。

　　她奋力推开他，不断挣扎着，企图唤回他的理智。

　　"小侯爷，你看清楚点，我不是沁芳小姐，我是'丑八怪'啊，你最讨厌的那个'丑八怪'啊！"

　　慕容钰意乱情迷地按住她，灼热的吻星星点点落在她脸颊脖颈间，不住地喘息着："什么丑八怪，你一直在我面前装了那么久，我再也不会上当了！"说着，他已是伸手去解她的腰带。

　　孟蝉惊慌失措，内心陡然生出一股绝望之际，那慕容钰的动作却忽地戛然而止，他头一偏，直直倒在了她身上。

　　一切猝不及防，只在电光石火之间，孟蝉仰面望去，映入眼帘的是一袭青衫，衣袂飞扬，长发如瀑，再熟悉不过的温暖身影。

　　她不知怎么鼻头一酸，脱口而出："徐大哥！"

一 山

神

蝉

梦 一

第四章

火舞千秋

**SHANSHEN
CHANMENG**

赤焰星君终于受满十七年火刑，得以投胎人世历劫。

这一年，孟蝉刚好十七岁，付朗尘于宴秋山被雷劈中，送到蝉梦馆。

他腹中的赤焰星君，与人世浮沉十七载的九线冰蝉，就这样交汇了。

命运之轮缓缓转动，一切来得刚刚好。

1、避之唯恐不及

白鹤飞出归逸园，飞过夜空，大风猎猎，拂过袁沁芳的衣袂发梢，她迷迷糊糊睁开眼，感觉自己在一个温暖的怀中，药劲一点点褪去，她正要挣扎，耳边却传来一记熟悉的清朗声音。

"沁芳，你好些了吗？"

那声音像从天边传来，又像从梦中发出，叫袁沁芳心头一震，难以置信，颤抖着回过头："表……表哥，是你吗？"

她纤秀的手摸到付朗尘的脸，一寸寸游走下去，实实在在的触感，丰神俊朗得一如往昔，她指尖微颤着停在他唇边，泪水终于夺眶而出："表哥，你没有死……我是在做梦吗？"

付朗尘捉住她的手，轻轻吻了吻，心潮起伏间，笑中带着一丝苦涩：

"不，你没有做梦，我会细细告诉你的……"

风掠四野，白鹤最终停在了归逸园后山的一处断崖边，时间紧迫，付朗尘也不打算让白砚飞远了，孟蝉还在归逸园中，他得赶紧回去救她才行。

袁沁芳此时已大约知晓来龙去脉，庆幸表哥未死，也庆幸他将自己救出，却唯独不清楚他口中说的那个"意外"是什么，他只说自己被雷劈中，未死却出了些意外，不得已隐于蝉梦馆中休养。

崖边，袁沁芳心里七上八下，从白鹤身上下来后，她忐忑地向付朗尘望去，才只一眼，她便如遭雷击，霍然捂住了嘴——

月色下的付朗尘，不是她所想的缺胳膊断腿儿，也不是病体孱弱，而是挺着一个大大的肚子，就像怀了胎的孕妇一样，说不出的诡异怪诞！

断崖边蓦然响起一声尖叫，袁沁芳如见到怪物一般，疾步后退，满眼惊恐："你，这就是你说的'意外'，为什么你会变成这个样子……"

付朗尘未想到她的反应如此之大，按住腰身上前，面含苦楚："沁芳，你听我说……"

当下他便将"山神投胎"一事尽数道出，末了，声音里带了些急切："我……我只要生完就会好了，我还是原来的我，我们可以照样成亲，你只要再等我几个月就行了……"

他话还未说完，袁沁芳已经堵住耳朵，一边摇头一边后退，一副濒临崩溃的模样："不，这太荒谬了，我不能接受，我只要原来的你，只想和原来的表哥成亲……"

付朗尘急了，上前想拉住她："我就是原来的我啊，我没有变，我只是怀了山神而已，生下来就好了，一切都能回到从前的！"

袁沁芳后退得更厉害了，生怕付朗尘碰到她一般，她紧盯着他隆起的腹部，眼里写满了恐惧嫌恶，她尖叫着："不，回不去了，我不想和一个妖怪成亲，我不能接受现在的你，我真的太害怕了，你别再过来了！"

颤抖到哭泣的声音飘在风中，字字句句像刀一样扎在付朗尘心中，将他伤得鲜血淋漓，他浑身剧颤着，难以置信地看着袁沁芳，一时间说不出一句话来，满脑子只回荡着她那句"妖怪"，原来在她心中，他已经变成妖怪了吗？

不知是痛彻心扉动了"胎气"，还是腹中的山神自觉受到冲撞，不乐意了，肚子又开始一动一动的，生气地闪起红光来，似乎在向袁沁芳龇牙咧嘴，示威一般。

袁沁芳吓得止不住地哆嗦，叫得更凄厉了："你肚子里究竟是什么怪物，太骇人了，你别过来，别过来……"

付朗尘也被这红光闪得疼痛不已，他按住腰身，额上已全是冷汗，可孟蝉不在身边，不会为他擦拭安抚，想尽一切法子纾解痛苦，在的只有表妹，他最爱的表妹，可她却吓得花容失色，只将他视为妖怪，根本不在乎他的痛楚死活，避之唯恐不及。

这比身上之痛还要更折磨他千倍百倍！

付朗尘直到这时才赫然意识到，因为孟蝉的对待他早已忘却自己的异样，将自己看作常人一般，可原来并不是所有的人都能接受这样的他，连与他自小一起长大，青梅竹马的表妹都不能！

他的心像被狠狠掐住一样，从来没有一刻这样绝望过，这样迫不及待想抓住一些什么，他按住腹部企图上前，企图让袁沁芳冷静下来。

"沁芳，你听我说，我肚中的不是怪物，是山神，他不会伤害你的，我也不会伤害你，只要再过几个月，我就能回到付家，就能和你重新在一起了……"

腹中剧烈的疼痛让他每一个字都说得无比艰难，但他还是咬牙尽量放柔了语气，希望能让袁沁芳听进去，让她的情绪缓和下来，但他万万没想到的是，极度恐惧下的袁沁芳居然弯下腰，捡起地上的石子，不管不顾地就朝他砸了过来，哭得几乎要断气般。

"求求你，别再过来了，别再靠近我，我不想看见你……"

付朗尘一时不备，被那石子砸中腹部，肚中红光闪得更猛烈了，疼得他一下屈膝，跌跪在地。

一直在旁边静观的白鹤再也看不下去，荧光一闪，幻成人形，奔上前挽住付朗尘。

袁沁芳于是又不可避免地发出一声尖叫，手中石子砸得更厉害了，如雨般袭向付朗尘。

白砚一拂袖，有些愠怒地震开石子，清秀出尘的一张脸看着袁沁芳，忍无可忍："袁姑娘，你实在太过分了，付大人对你一片痴情，不顾危险赶来救你，你怎能如此待他？"

袁沁芳浑身哆嗦着，手中石子一下落到了地上，她泪眼蒙眬，看着痛楚不堪的付朗尘，似乎也有些醒转过来，摇头泣不成声道："表哥，对不起，对不起，我真的太害怕了……"

她踉跄起身，提起裙角，且说且退："我现在就回归逸园，找太子说身体抱恙，让人送我回盛都，你别再跟过来了……你放心，我不会说出去的，但你也别再来找我了。即使你日后真的生下那怪物，恢复了原样，我也是再无法接受你的了，我只要一想到就觉得恶心……我现在只想赶快忘记这场噩梦，忘记你这副模样，你别怪我，你就当今夜从未见过我，别怪我……"

她浑身发颤地说着，忽然一扭头，竟是要径直跑下悬崖，回那归逸园去，付朗尘急了，一声叫道："沁芳！"

那道倩影顿了顿，却在月下依旧提着裙角，带着一刀两断的决绝般，深吸了口气，义无反顾地向崖下奔去，衣袂转眼消失在风中。

白砚一惊，正要去追，身边的付朗尘却已经按住心口，陡然喷出一口热血，再支撑不住般，天旋地转地倒在了他怀里。

白砚搀住他，失色不已："恩公，恩公，你没事吧？"

不知过了多久，那张俊秀的脸才睁开眼眸，胸膛起伏着，抬手硬生生抹去唇边血渍，嘶哑的声音回荡在月下。

"咱们……先去救孟蝉。"

青州，城郊外，幽溪边。

月下，孟蝉蹲在溪边，映照着波光粼粼的水面，足足愣了快一炷香的时间，才确认自己的脸真的变了。

她长睫微颤，情不自禁对着水中那张脸发出感叹："太美了，怎么可能，可能……会是我呢？"

一旁的徐清宴清冷而立，望着水中倒影，淡淡开口："没什么好奇怪的，这才是你本来的样子。"

他似乎并不开心，眼底笼着深深的沉重与忧色。

感觉到徐清宴的情绪，孟蝉有些心虚地站起身来，看了眼他的双眸便低下头，像个做错事的孩子般："徐大哥，对不起，我这回又没告诉你……"

徐清宴盯着她纤弱的身子，许久，才叹了口气："你瞒我多少事情不要紧，但你为什么不保护好自己，一次次将自己置于险地……要是这回我未能及时赶来，你知道会有什么后果吗？"话到最后已含了几分厉色。

孟蝉只觉心更虚了，不由得伸出手，拉住那只衣袖，仰头看他："徐大哥，对不起，我，我不是有意瞒你的……"

她心中愧疚得很，对慕容钰那帮人怎样撒谎瞎扯都行，但对着有"爷爷双眼"的徐大哥，撒一点点谎都觉得无比难受。

"不过徐大哥，你怎么能这么快赶到归逸园呢？为什么叶公子还没来，你不是与他一道吗？"似是有意想转开话题，孟蝉忽然问道。

徐清宴一怔，不紧不慢，神色淡淡道："我没与他一道，我在蝉梦馆门口一听说了你这事，就马不停蹄地赶来了，他准备甚多，兴许还在路上吧。"

"那你是怎么进的归逸园，还一下就找准了房间呢……"

细究起来，孟蝉当真生出不少疑问，她虽自上回宴秋山之后，便已隐隐觉得徐大哥很厉害，有些深不可测，但却终不知他本事如此之大，似乎总能于她危难之际及时出现在她身边，颇有些"神通广大"的味道。

"我自有我的法子，你呢，你又是怎么混进去的？"徐清宴笑了笑，反问孟蝉。

孟蝉立刻就噤声不语，眼睛瞥向别处了。

两人各有相瞒，当下也不再提这茬，徐清宴解下外袍，裹在孟蝉身上，自己则捡来树枝生起一堆篝火。

孟蝉靠在树下，连续的奔波与折腾让她倦意上涌，她不知不觉就合上了眼眸，火光映照着她雪白清丽的面容，徐清宴一时静静望着，目光失了神般。

直到漫空铺来一条水路，荧光飘洒间，一袭蓝裳悄然而至，宛如谪仙。

"竹君啊竹君，你让我说你什么好呢，你这回可又做过头了，你是存心想让九重天上发现不成？"

徐清宴看也未看来人，似乎毫不意外，只是目光依旧望着孟蝉，伸手为她拂过一缕乱发。

"我若不出现，阿九就要受辱于人了。"

他语气淡淡，但蓝衣谪仙已是听出那隐含的愠怒，不由得笑了："镜花水月，镜花水月，都不过是一场镜花水月，竹君何必斤斤计较？"

徐清宴挑起眼，看向蓝衣谪仙冷冷一哼："你说得轻巧，不过是仗着你那位天生男儿，遇不上这等险事罢了。"

蓝衣谪仙一顿，哑然失笑："这还真不是，男儿怎么了，你是不知现在的人间多乱，好看的男儿一点也不比姑娘家的少吃亏……"

"行了，少说些乱七八糟的。"徐清宴皱眉打断，不欲再听蓝衣谪仙胡诌。

那蓝衣谪仙也不恼，只是扬了扬唇角："好，那说回正经的吧，你该知道我的来意。竹君，跟我走吧，再别去插手这命定劫数了，到时乱了星盘，害得山神归不了位，你我可都哭都没地儿哭了。"

徐清宴闭了闭眼，到底没忍住，没好气地一哼："哭都没地儿哭怪谁呢？还不就是托你那位好兄弟的福，我是一想起当年之事就恨得牙痒痒，平白拉上我家阿九陪葬，我上哪儿和人说理去？"

他不提当年之事还好，一提蓝衣谪仙气就短一截了，讪笑着开口："当年嘛，这谁都有个血气方刚、反骨不羁的时候嘛，也是可以理解的……"

徐清宴眼皮抬也不抬："滚蛋，少给你那个害人精脸上贴金了。"

若是没有当年之事，只怕现下他还与阿九在宴秋山间，无忧无虑，相伴快活度日。

2、命运之轮

蝉梦馆那本手札上，关于"九线冰蝉"那个故事的后半部分，一直是徐清宴不愿提起的隐痛。

当日赤焰星君不慎打翻火种，引起宴秋山熊熊大火，那九线冰蝉本要飞升成仙了，却甘愿护住青竹不肯离去，源源不断耗损自身灵力，以冰寒之气来抵御那不断靠近的火势。

直到赤焰星君拉来了好兄弟水泽星君，那场炼狱般的大火才被扑灭，但那时宴秋山生灵涂炭，九线冰蝉也已是奄奄一息，天帝一方面震怒于赤焰星君的疏忽闯祸，一方面又为九线冰蝉与青竹的不弃情谊所感动，于是他当即下了两道令——

一是将赤焰星君囚于宴秋山三百年，日日受烈火焚身之苦，以赎失职之罪；二是封九线冰蝉为宴秋山神，重振山林，待历练一满便飞升成仙。

就这样，九线冰蝉摇身一变，成了宴秋山神，而青竹也修为人形，伴她身边，两人齐心协力，将满目焦土的宴秋山又恢复成了往日山清水秀，飞禽走兽遍布林间，一派生机勃勃的模样。

这中间一晃就过去了两百多年，阿九与阿竹可谓是形影不离，神仙眷侣一般，过了一段很是无忧无虑，山中不知岁月的日子。

但那赤焰星君却难熬了，他被关在岩洞中，日夜受烈火焚身之苦，痛不欲生。

阿九心善，时常去岩洞外探望安抚他，消解他的戾气。那水泽星君也不时从九重天上下来，悄悄倾水入洞，暂缓火势，为自己这位好兄弟稍减痛苦。

但即便是这样，赤焰星君的戾气还是一日日渐长，他在焚身苦海中越来越暴怒，越来越反骨悖逆，时常于岩洞里发出不平嘶吼，妄想着挣脱枷锁，冲破天帝的封印，狂啸而出。

为了压制他的戾气，阿九与阿竹便经常坐于岩洞外，抚琴横笛，安抚他的情绪，那水泽星君也会下来一同劝说，浅蓝色的一双眸里全是心疼。

"赤焰，你再忍一忍，没有多少年了，等你一出来我就为你接风洗尘，咱们去万花娘子那儿讨酒喝去，悠哉乐哉……"

那赤焰星君有时能听进去，一双血红的俊眸望着那袭蓝裳，点头间委屈无限："小泽，你可要说话算数，我都好久没喝万花娘子酿的酒了，也好久没同你逍遥天地，寻乐快活了，我无时无刻不在挂念着你……"

"赤焰，我都明白，你再忍一忍便好，我会等你出来的……"

但有时那赤焰星君又会不堪忍受那火刑的痛苦，在岩洞中发出难耐嘶吼："小泽，我忍不了了，我太难受了，我全身都要炸裂了！"

每当这时，水泽星君就会呼吸一窒，急切颤抖着上前，忍不住拂袖倾水入洞，缓一缓那烈焰之刑。阿九为宴秋山神，有奉命看守罪仙之责，但她这时往往都会睁一只眼闭一只眼，任水泽星君"徇私越线"，替赤焰星君消解一些痛苦，最后几乎都是阿竹站出来叫停，把控尺度，害怕阿九担上失责之罪。

"行了行了，水泽星君快回去吧，动静再大些就会被九重天发现了，你我都不好交代。"

水泽星君知道阿竹说得有道理，也只好收手作罢，但临走前，总会对阿竹小心翼翼地讨好一番："竹君，我在无极宫那儿又发现一副玉石打磨的棋盘，晶莹剔透，很衬你的风度，下回我带下来给你如何……还烦请一定要对赤焰多加照顾，一有事情务必第一时间告知我。"

这基本算是公然"行贿"了，阿竹每回都不想收，但耐不住阿九的眼神，也确实感叹水泽星君对赤焰星君的情深义重，所以次次都勉为其难地应承下来。

日子就这样一天天过去，浮云苍狗，山中斗转星移，眼见着离三百年刑期越来越近，却在还剩最后十七年的时候，赤焰星君不可忍受地爆发了。

他挣扎着、狂啸着、决绝着，双目赤红如血，对赶来的阿九道，他再也不愿受这烈火焚身的痛苦了。他恨宴秋山，恨无情的九重天，恨这困住他的岩洞炼狱，他宁愿自毁神元，以这种灰飞烟灭的决裂方式来反抗，他要自己决定自己的命运，哪怕是死，哪怕是彻底消失在天地间也无所畏惧！

他像真的忍耐至极点，说着仰头长啸，在就要自毁神元的一瞬间，阿九失色上前，再顾不了许多，疾声阻止道："赤焰星君，不要冲动，我……我放你出来！"

阿九当时想的是赤焰星君被困几百年太压抑痛苦了，也许让他出来呼吸一下山间的空气，感受一下自由的气息，他一颗暴躁的心就会渐渐平息下去，能够重回理智，继续回到岩洞里将那十七年熬过去。阿九这样想着，也的确这样说了。赤焰星君眼前一亮，再三答应了阿九，他只要出去透口气，透口气后就会重新回到岩洞里受刑。

阿九犹豫再三，终是不忍赤焰星君痛苦模样，下定决心，颤抖着手上前揭开了封印。阿竹比阿九晚一步赶到，只来得及叫了一声"不"。

但还是为时晚矣，封印解除，赤焰星君破洞而出，天地间刹那风云变色，炼狱之火席卷而来。

"我自由了，我终于自由了！"

那一刻，赤焰星君带着毁天灭地的暴戾，几欲入魔，他红眸红发红衣，整个人就像一团烈火，要一吐百年怨气，火烧宴秋山。

在他的狂啸嘶吼中，地动山摇，林间飞禽走兽四处逃窜。阿九大惊失色，飞身拦在他前方，与之抗衡："赤焰星君，你答应过我什么，你万不可重蹈覆辙，再酿一回大错！"

赤焰星君虽已逼近入魔状态，但还是不愿伤害阿九，只怒吼着让她退开，与她在半空中僵持不下，便趁这空当，阿竹赶紧上九重天，叫来了水泽星君。

水泽星君一至，也是震惊失色。那时赤焰星君已是丧失理智，只想着一吐怨气，火焚天地，就在他震开阿九，燃起一片熊熊烈焰时，水泽星君奋不顾身地扑上前，携周身水寒之气，紧紧抱住了他。

冰与火的碰撞间，赤焰星君痛苦嘶吼，大风掠过衣袂发梢，他双目赤红着，想奋力挣脱水泽星君，却又怕伤到他。就在这进退两难间，他终是支撑不住，气血逆行，一声凄厉长啸，从空中栽了下去，昏倒在了水泽星君怀中。

历史差点重演，一场惨剧还好被及时阻止，才未酿成滔天大祸。

水泽星君几人本想将事情压下不报，但赤焰星君闹腾得惊天动地，怎么可能瞒过九重天？

当下天帝震怒，不仅要惩治赤焰星君，连带着私放他的阿九也要一并受罚。

罚什么？四字——人世，历劫。

他们被撤掉山神与星君之位，罚去人间，历经磨难，染贪嗔痴爱之毒，受七情六欲之苦，历经坎坷后，才可归位。

阿九比赤焰星君先行一步，赤焰星君那十七年火刑还未受完，必须得在宴秋山熬完刑后，才可去投胎历劫，与阿九一并浮沉人世苦海。

而山神被罚去了人间，宴秋山该怎么办呢？天帝想了想，大手一挥，命阿九身边的阿竹暂代山神一位。

但阿竹与阿九感情甚笃，阿九被罚往人间历劫了，阿竹的心又怎能在宴秋山定下来呢？

他当即也跟着去了人间，罔顾九重天之令，悄悄守护着阿九。

义庄的老人有一双蕴满星河的眼，谁也不知道他从何而来，只知道他收养了一个棺材子，将她悉心养大成人，还为她将荒废的义庄改造成了一座蝉梦馆，给了她一个像样的家。

但老人说走就走，在孤女十二岁时，彻底消失在了她的生命中。

因为九重天上终是有所察觉，尽管他伪装得再好，也不能再以"爷爷"的身份照顾她了。

是水泽星君千拉万劝地带走了阿竹，在形迹败露之前。临走之际，阿竹做了一件事，他让女孩"不慎"跌入灼热的药水中，腐蚀了半边脸。

他知道她很痛，那时他守在床边，不住地安抚她："好了，没事了，小蝉别怕，爷爷在呢……"

可他又有什么办法呢？他在她脸上种下结印，封住她的美貌与灵气，不让她被人世间诸多肮脏盯上，那样丑陋的伤疤，又何尝不是一种"保护色"呢？

他知道她来人间是注定要受苦的，但他总还是想着能多护她一些，不让她太凄惨无依，太遍体鳞伤。

但那次回去后，阿竹没有想到，绝望无助下，他一手养大的那个孩子会去投海自尽，他惊愕下赶到海边，却在暗处被水泽星君死死按住。水泽星君道："你放心，她才多大呢，才历了多少劫呢，九重天上怎么会让她那么容易死掉呢？"

果然，月下打马而过的少年，扑入海中救了她，他在暗处松了口气，后背冷汗涔涔。

水泽星君瞧了打趣他："其实，死了才好，死了不就能归位了吗？可惜命格注定，想死都死不了啊，苦海无涯，慢慢熬吧。"

自那以后，阿竹就回了宴秋山，却仍是时不时去人间看阿九，天帝命

他暂代山神，他却对天上有怨，并不肯如何打理宴秋山的事。

宴秋山没了山神的管治束缚，久而久之，渐渐地沦为一座荒山，怪事层出，连山脚下的村民都搬走了，山间也有不少飞禽走兽选择离开，另择山址修炼。

但这些阿竹通通都不在意，除非是有畜生恶灵伤人了，他才会出手震慑，其余的时候，他更多的心思还是放在人间历劫的阿九身上。

这种牵肠挂肚让他在九重天风声小了下去后，又忍不住化为人形，悄悄接近阿九身边。

这一回，他成了盛都城里，神捕营新来的仵作——徐清宴。

阿九的……不，是孟蝉的徐大哥。

而另一边，赤焰星君终于受满十七年火刑，得以投胎人世历劫。

这一年，孟蝉刚好十七岁，付朗尘于宴秋山被雷劈中，送到蝉梦馆。

他腹中的赤焰星君，与人世浮沉十七载的九线冰蝉，就这样交汇了。

命运之轮缓缓转动，一切来得刚刚好。

3、生猛彪悍苗纤纤

"走吧，回宴秋山去，安安心心地做你的暂代山神，别再干涉他们的命格了。"

朗月下，水泽星君蓝发飞扬，向树下的徐清宴伸出手。

"爷爷也当了，仵作也玩了，下一回你是不是要当个送她出嫁的轿夫呢？你这套玩得当真没意思，执念再深又有什么用，她本来就是来人世历劫的，结局总是不会变的，你多加干涉反而会造成命格动乱，到时被发现了，天帝老儿一怒之下再加个十世历劫，你这株烂竹子怕都要守开花了！"

徐清宴盯着水泽星君，不动不言，许久，才淡淡开口："产期没几个月了，赤焰星君估摸就要降生了。"

那袭蓝裳一怔，笑意愈浓："生就生呗，等赤焰那浑小子一生出来，我就打算去缠你没日没夜地下棋，或者去西王母那儿看莲花，去紫宵阁那儿学炼丹，总之人间的事情一概不闻。等他历完劫了，欢欢喜喜归位了，我再同他一起去喝酒庆祝，游山玩水，把之前受的苦都补回来，岂不几多逍遥……你该学学我，怎么就这么想不开呢？"

月色摇曳，照得溪水波光粼粼，徐清宴又望了水泽星君半晌，终是缓缓呼出一口气，语调不明："你还真是无愧天性，利万物而不争，虚怀若谷，大胸襟、大气度、大境界，我自愧不如……怎样，夸得可还合心意？"

"妙极妙极，我听得很舒坦。"水泽星君笑靥如花，又是一副坦然接受的模样。徐清宴也忍不住扬了唇角，一声长叹，拂袖一把搭住他的手，轻巧起身。

"走吧，咱们回宴秋山下棋去。"

水泽星君大喜："那敢情好，咱们就下他个春夏秋冬，年年岁岁，谁先弃局谁是乌龟王八蛋！"

他说着就要拽走徐清宴，徐清宴却似想起什么，抬袖道："等等。"

他蹲下身，注视着那张熟睡的脸，目光柔和起来，伸手自她脸颊抚过，慢慢滑了下去，摸到她脖上系着的骨哨，笑了笑，指尖轻轻摩挲了下。

哨声在夜空中久久回荡着，吹完后，那修长的手指又抚上了少女熟睡的脸庞，温热的气息萦绕间，每一个字都莫名哀伤起来。

"阿九，这回'告假还乡'，我就真不来了，人世坎坷，你多保重。"

白鹤掠过夜空，一道挺着肚子的身影急切地跃下，远远地奔向树下的孟蝉……

暗处的水泽星君对徐清宴道："这回你放心了吧，走吧，别再看了。"

半空铺出荧荧水路，他拉着徐清宴踏入风中，那袭青衫却仍自回头，衣袂飞扬，眸中第一次闪烁起波光来。

他薄唇微动着，天地间谁也听不见他的呢喃，他说得那样小声、那样温柔。

再见了，希望下一次见到你，你能认出我来。

不是爷爷，不是徐大哥，只是阿竹，阿九的阿竹。

火光映照着山洞，夜风猎猎作响，苗纤纤坐在火堆前架着刀子，一边烤着兔子，一边心疼着自己的贴身爱刀。

她两眼写满了"暴殄天物"几个字，偏偏香味四溢中，一个讨厌的声音还不停自她身后传来。

"快点，烤好了没，怎么动作这么慢？"

苗纤纤气不打一处来，看也不想看那张大爷脸"催催催，催个头啊……我都心疼死了，你压根不知道，我这把御赐金刀多宝贝多威武，它跟着我砍过采花贼、捉过江洋大盗、破过大案无数，最后居然给你在这里烤兔子吃，真是要多糟蹋有多糟蹋，那些刀下亡魂地底若有知，真不知会作何感想？"

"糟蹋个鬼，这叫物尽其用，刚好帮你洗洗一刀子的血腥，那些地下亡魂知道了只会感谢我，不会想别的……话说你烤好了没，笨手笨脚的，我都饿了！"

叶书来探出脑袋，伸手推了苗纤纤一把。苗纤纤不胜其烦，回头瞪了他一眼："就快了就快了，饿死鬼投胎呀你！"

她明艳的脸上尽是不平，咬牙切齿道："我上辈子肯定是欠了你的，这辈子专门来还债的！"

叶书来不甘示弱地瞪回去，嗓门比她还大："我上辈子才是欠了你的好不好，和你待一块儿就没好事……最开始是撞上你夜游，后来跟你被困在宴秋山那鬼地方，还遇到了山洪，这回更离谱，居然被土匪追杀，你说你是什么体质，天煞孤星也没你可怕，你趁早去庙里烧烧香去去霉运吧！"

"你少倒打一耙了，那些土匪明明是来抓你的，我还救了你呢……"苗纤纤怒不可遏，奈何嘴皮子没叶书来利索，扯了半天最后只恨恨蹦出来一句，"你这个王八蛋，要不是看在你为我摔断一条腿的份上，我早把你扔这儿自生自灭去了！"

"你也知道我为你摔断一条腿了呀？"叶书来逮着话头，毫不客气地把腿一伸，俊秀的一张脸对着苗纤纤道，"你们江湖儿女不是最讲义气了嘛，成天说什么滴水之恩，当涌泉相报，现在我这可是断腿之恩，你是不是得一辈子为奴为婢伺候我了呢？"

"我呸，做你的春秋大梦吧！"苗纤纤一口啐去，愤愤地扭过身子，拿屁股对着他，再也不想理会他那张无耻嘴脸了。

说起来，真正倒霉的人是她才对吧！

想那日，马车行驶在崎岖的山道上，忽然尘土飞扬，涌出一窝蜂的土匪，扛着几面大旗杀气腾腾地袭来，吓得车夫一声大呼："少爷，不好了，山匪来了！"

为抄近路，他们走的本来就是土匪频出的偏僻山道，可却没想到，土匪还说来就真来了。叶书来掀开车帘，看了眼浩浩荡荡的架势后，第一反应就是扭头冲苗纤纤喝道："叫你别跟来偏跟来，果然沾上你就没好事！"

他话音还未落，那领头的土匪已经一马当先，大刀朝他一指："逮住那头肥羊，盛都城来的贵人，赎金一定少不了！"

要不人家怎么能当上头子呢，平日打家劫舍，路上绑人绑惯了，见多识广的，一看叶书来的穿着气度就迅速做出判断，他这话才一说完，车帘里又探出一个脑袋。

苗纤纤硬生生挤开叶书来，一脚把他踹回车里，掏出腰牌迎风赫然站起："神捕营第一女捕快在此，谁敢放肆？"

还别说，她一身鲜红的捕快服，配上那大嗓门，还真吼出了点气势，至少让逼近的土匪们惊了一惊："老大，有官家的人！"

那土匪头子微眯了双眼，上下打量了苗纤纤一圈，利索挥手："一起绑了，男的留活口，女的赏给你们了，尝完记得处理干净点！"

这次他一说完，探出的脑袋成了叶书来，他扣住苗纤纤胳膊就想往车里拖，恨铁不成钢："你蠢啊，这荒郊野岭的谁跟你认神捕营的威风啊，你脑袋是不是有坑啊！"

不露官家还好，一露必死无疑。

苗纤纤显然也在瞬间明白过来，她怒了，她掏出腰间金刀，仰天吼了出来："谁死谁手里还不知道呢，姑奶奶砍你们这群瘪三就跟砍黄瓜一样！"

事实证明，苗纤纤或许蠢了点，但绝不柔弱可欺，神捕营里，她的生猛彪悍若论第二，没人敢称第一。

接下来，叶书来与一众土匪便瞪大着眼，看着一道红影，在猎猎山风中，飞掠半空，大喊着一路砍去，气势犹如十年杀猪修罗道。

此刻若有什么民间的说书先生经过，大抵能出个武侠本子，红拂宝刀豪放女之类的。

骏马嘶鸣，鲜血四溅，土匪的阵列被突如其来地冲散，苗纤纤一人一刀大开血路，车夫大叔赶紧趁机扬起鞭子，带着马车里的叶书来左冲右撞地突围着，奈何——

黄瓜太多了，一下砍不完，悍女还得分心顾着车里的书生，再悍也难敌重重包围。

后来的后来，叶书来被颠得胃里翻江倒海，也记不太清了，只知道一片混乱中，有土匪跳上车伸手欲抓他，却被苗纤纤一个扭身扑来，一刀砍掉了一截手，血溅了他半边脸，他几乎当场就要吐出来了。

那道鲜红的捕快服却不给他丝毫间隙，如风欺来，一把将他拎出车里，背起他就玩命狂奔，飞沙走石，嗖的一下蹿入了林间。

苗纤纤好歹当过多年捕快，实战经验丰富，思路非常正确，山道上的马车大刺刺地显眼，两个人钻入林子里目标就小多了，林中树多叶茂，不仅是他们最好的遮掩，还平白为追来的土匪添了障碍，队伍越庞大反而越迈不开步子，哪及苗纤纤的身形灵巧。

一时间，队伍越甩越开，追赶得颇为吃力。

苗纤纤不敢停下，足下生风般穿梭在林间，使出平生吃奶的劲，让叶书来都疑心自己快飞起来了。

还好叶书来也不重，苗纤纤一边跑一边喘着气，当下还有工夫去算账："上次……上次宴秋山你背了我一回，这次……这次我还你……我可不欠你的了……"

叶书来哭笑不得，攥着扇子的手不自觉地就晃了晃，很想往苗纤纤脑袋上敲一下："你快点跑啊，这个时候还七想八想的，谁跟你算这些账啊，大姐？"

苗纤纤喘得更厉害了："我不，我就要算……不算的话，我就……我就把你扔下了……我一个人……一个人肯定能跑掉的……"

叶书来一个激灵，搂住苗纤纤的手赶忙一紧："好好好，咱们算，咱们算，现在两清了，咱们两清了，行了吧！"

苗纤纤继续喘着，脸上却露出喜色："这还……这还差不多……"

可惜，她还未喜多久，转弯时一下未看清，脚下一空，整个就乐极生悲了——

两道身影交叠着滚下山坡，飞鸟惊起，风掠林间，两人一路滚得七荤八素，好不容易滚到底儿时，叶书来头昏脑涨的，冷不丁瞧见一块尖锐的大石头，正对准苗纤纤的后脑勺，他不知怎么回事，鬼使神差地就翻身将她一搂，护着她堪堪躲过那块石头，自己的腿却避无可避地狠狠撞上！

"咔嚓"一声，他骨折了。

4、美色当前

山洞里，两个吃饱喝足的人各躺一边，望着洞顶不知在想些什么。

"喂，你让我做的那些记号到底管不管用啊，你确定奉国公府的人真能顺着找过来？别反倒把山匪给引来了……"

苗纤纤吃饱了就开始忧虑，隔着火堆没好气地冲叶书来喊话。

叶书来仰面朝上，眼皮眨也不眨："放心，那些山匪看起来脑子跟你差不多，引不过来的。"

"哦，那就好。"苗纤纤松了口气，却陡然醒悟过来，猛地坐起，"你什么意思啊你？"

叶书来依旧盯着洞顶，一动不动："字面上的意思。"

苗纤纤终于忍不住了："姓叶的我跟你说，我忍你一晚上了！"她腾地越过火堆，往叶书来身上一扑，伸手就去掐他脖子。

叶书来脖子不痛，腿倒痛了："腿腿腿，你压我腿了，这才用树枝固定好呢，得，骨头白接了！"

"少夸张，骨头我接的，我心里还没数啊，你就是比谁都娇气！"

苗纤纤话是这么说，身子却也挪开了些，尽量不碰到叶书来的腿，但手还依旧掐在他脖子上。

"你说你好好的干吗要替我挡那一下，搞得我又欠你了，这一轮一轮地扯不清有意思吗，什么时候才是个头啊？"

苗纤纤温热的气息喷在叶书来脸上，手虚虚的没用力，指尖的薄茧倒带来一阵酥麻的感觉，叶府任何一个丫鬟的手都比这双手细腻，但不知怎么，叶书来喉头吞咽了一下，忽然就不想挣扎了。

"那就别扯清了呗。"

他盯着她，漂亮的眼眸黑白分明，一字一句："我和你，说不定就是老天搭的线，扯也扯不清。"

火光映照着两人的脸颊，一上一下的身影摇曳在石壁上，苗纤纤垂下一缕发丝，撩过叶书来的嘴边，他舔了舔唇，气氛莫名就不对了。

苗纤纤脸上一热，陡然松开叶书来，翻回火堆另一边。

"有毛病，不想理你了。"

外头的风呼呼吹着，洞里静了许久许久，静到苗纤纤都以为叶书来睡着了，那边却忽然传来轻轻的一声笑。

"我睡不着，你跟我聊聊你那个徐大哥吧？"

苗纤纤一怔，那边接着道："你为什么会喜欢他啊？"

苗纤纤翻了个身，背向叶书来："喜欢就喜欢，哪有为什么，我才不和你说呢。"

"你脸皮那么厚居然也会害羞吗？"

"滚！"

"不说拉倒，那我来猜猜……他长得嘛，是还不错，大概算你们'神捕营一枝花'了吧，但我瞧你也不是那么肤浅的人啊，不然你跟我待那么久，美色当前，你居然还能把持得住？"

"……叶书来，你少恶心我了行吗！"

苗纤纤忍无可忍，做了个呕吐的表情，那边的叶书来却不以为意地一笑，握着扇柄缓缓在指尖打了个转："那难道是因为他有别的过人之处？他身材特别好？他声音很好听？他和尸体常年打交道，能克住你办案惹上的一身煞气？"

"行了行了，你别瞎猜了！"苗纤纤堵住耳朵，没好气地打断叶书来。

好半天后，她才望着火光映照的洞壁，幽幽地开口："徐大哥他啊……他是世上最温柔的人了。"

夜风呼啸，来回拍打着山洞，洞里静谧而温暖，苗纤纤自己都不知道为什么，不知不觉就说了起来。

"说来你肯定会笑我，我娘总担心我嫁不出去，不知帮我张罗了多少次相亲，还特想从神捕营里替我选一个。可神捕营那帮家伙，平时跟我称兄道弟，关系要多铁有多铁，这个时候就一个个跑得比兔子还快，生怕被我娘相中，嫌我跟嫌什么似的，事后还假惺惺地同我说，不是不想帮我的忙，是觉得配不上我这个第一女捕快，只有资格跟我做同僚，没有资格做夫妻……"

"真想拿刀砍了他们，滚一边儿去吧！"忆起往事，苗纤纤愤愤地骂了声，叶书来却扑哧一笑，看到苗纤纤瞪过来，他赶紧清了清嗓子，表示立场："的确是他们有眼无珠。"心里加了后半句，坦诚无惧。

苗纤纤哼了哼，这才继续说下去，说着说着语气却柔软起来，因为她终于说到那个心底的名字。

其实徐清宴来到神捕营后，也没有格外做些什么，他只是比其他人更淡然、更温和，对待苗纤纤从来似春风拂面，更不会在她娘面前如临大敌地躲开，几乎算是整个神捕营唯一没给过她难堪的人。

"那时我就知道，徐大哥是个好人了，同那帮家伙都不一样……更别说后来有一次，我娘又逮我去相亲，还不知在哪儿给我找了条裙子，套在我身上紧巴巴的，特难受，偏偏我赴约途中，还碰上了徐大哥，我都快丢死人了。街上却突然跑出个毛贼，我那个高兴啊，赶紧同他一起去抓，结果动作大了些，我的裙子就裂开了一截，我自己还没发现，徐大哥也没有在意，结果他送我到了那茶楼，我急匆匆跑上去和那人见面时，他眼珠瞪得都快掉出来了……

"对了，忘了说了，那人是个私塾先生，特迂腐那种，他当着媒人的面就翻脸了，把我从上到下数落得一无是处，还说我有伤风化，该多读几本《女诫》，少在街上丢人现眼。我当时气得呀，得亏我穿裙子没带刀，要不能直接拔刀砍他信不信……

"还好，在我差点掀桌子的时候，徐大哥出现了。"

说到这儿，苗纤纤语气明显又荡漾起来。叶书来扭头看她，见她眼睛都亮了一亮，不知怎么，心里怪别扭的。

徐清宴过来时，先为苗纤纤披上了自己的外袍，然后对着那私塾先生淡淡一笑，也没多说什么，只是慢条斯理地介绍了苗纤纤那把没带来的宝刀，细数了她为盛都城百姓破获的案件，最后才不经意般地提了提她裙子裂开的原因，末了，冲早已呆滞住的私塾先生一扬唇角。

"若没有她在街上'丢人现眼'，又哪来先生的日日闲暇安宁，可以开口闭口动辄搬出《女诫》来训人，这样的姑娘，先生配不上，我领走了。"

苗纤纤还愣着的时候，徐清宴已经揽过她肩头，拉着她径直下了楼，背影清俊如竹，头也不回。

"你都不知道，那天徐大哥有多帅，他牵着我的手，我心都要跳出来了！"

山洞里，苗纤纤回想起那日的场景，仍然心潮澎湃，两眼放光，看得叶书来不是滋味地一哼："就这样？"

他挑了挑眉："就这样就把你迷住了？你是有多没见过男人？"

手中折扇一打，叶书来撑起脑袋，对着苗纤纤："要我在场，我一定能把那私塾先生损得羞愧欲死，裤裆都恨不得当掉来买面具遮脸。"

苗纤纤"喊"了一声，满脸嫌恶："你懂什么，徐大哥那叫君子风度，得饶人处且饶人，哪像你，逮着话头就寸步不让，一副小人嘴脸。"

叶书来被堵得差点没喷出一口血来："你脑子有坑吧？那徐大哥替你出头就是君子风度，我替你去损他就是小人嘴脸，你不要太区别对待！"

苗纤纤得意扬扬，做了个气人的鬼脸："我就区别对待了，怎么着？"说着她一翻身，背朝着叶书来，还用屁股故意对着他扭了扭，"快睡吧，断了条腿还不安生，前世属蛤蟆的呀。"

叶书来气得快要七窍生烟了，不停地给自己扇着扇子，就恨不得拖着瘸腿过去咬苗纤纤一口了。

火堆的那一边，苗纤纤闭上眼，第一次占了上风，心情好得不得了，明艳的脸上满是窃笑。

5、更爱自己

蝉梦馆里，月洒入院，帘幔飞扬，一室静谧。

孟蝉打了盆凉水，跪在床边，拧着帕子为付朗尘擦拭着细汗，她不说话，付朗尘也不说话，只有外头的风声呜呜作响。

付朗尘仰面朝上，一动不动，目光一片空空。

自从回来后，他就成了这副模样，孟蝉知道，他是伤了心。

如果不是从白砚口中得知那夜断崖情景，孟蝉做梦也想不到沁芳小姐会如此待付朗尘，他们明明不是深爱着彼此吗？她不是为了他还信誓旦旦要守节一年吗？为什么就能因为一点点荒谬的变故而放手弃之？甚至还糟践中伤他？

真正爱一个人，不是无论他变成什么样，都不会嫌弃、不会害怕，反而为他的遭遇更加心疼、更加怜惜吗？

孟蝉想不通，也不敢去刺激付朗尘，只是每每瞧着他那心如死灰的样子，胸口都堵得慌。

孟蝉头一回对那美如天仙的表小姐产生了怀疑，她的弃如敝屣，可知是有人多少年的梦寐以求。

孟蝉压抑着自己的情绪，一声不吭地照顾着付朗尘，给他擦身、喂饭、梳头发……他木偶一般地任她摆弄着，始终没有什么反应，双眼就那样直愣愣地盯着前方，像是魂儿已经丢在了那夜青州断崖边上。

孟蝉心酸不已，端着水盆出去时，终于忍不住对他开口："付大人，你要是实在难受……你就哭出来吧，我爷爷从小就跟我说，人伤心了憋不得，一定要发泄出来才行，否则会憋坏自个儿的。"

付朗尘静静地躺着，月光透过窗棂洒在他身上，那张俊秀的脸无一丝生气，许久才发出一个幽幽的声音："谁说我伤心了，还不许怀孕的人身子懒一懒吗？"

依旧是他一贯的言语风格，但孟蝉这回却笑不出来，反而眼眶一涩，赶紧出了门，端着水盆快步至院中井边，站在月下大口呼吸了几下。

她撑着井沿，一不留神，"滴答"一声，泪水就坠入了井中。

井中那张脸清隽俊俏，灵秀动人间还有些超凡脱俗，美得极不真实，既陌生又熟悉，孟蝉一时有些恍神。

她轻轻抚上脸颊，青州发生的一幕幕又浮现在脑海中……那慕容钰被破了局，定不会善罢甘休，还不知日后会不会来蝉梦馆寻麻烦？还有徐大哥，他不辞而别，行事越发来无影去无踪了，是回家乡了吗？

脑子里一时乱糟糟的，有忧有惑，但最终都停在付朗尘那道腹部微微拱起的身影上。

他们起初一心飞往青州救人，满载热血而去，却从未料过会是这样的结局吧？

孟蝉忽然间很委屈，不是替自己，而是替付朗尘。

她眨了眨眼，有什么在月下闪烁着，一颗颗坠入井中，晶莹剔透，无声漾开。

哭倦了人便伏在井边睡着了，第二天，孟蝉醒来时却在帘幔飞扬的床上，一道身影与她并肩而躺，见她醒来也未有多大反应，只是依旧仰面朝上，依旧声音幽幽："是我被抛弃了又不是你，你至于一把鼻涕一把泪的吗？我还以为你要投井自杀呢，下回别难为一个挺着大肚子的人了，抬进来真的很艰难啊。"

孟蝉蒙了会儿，好一阵才醒转过来，脸上一红，赶紧起身，胡乱抹了把脸："我……我去给你做早饭，付大人，你再歇一会儿。"

她慌乱地正要下床，一只手却忽然被拉住，扭头望去，只对上付朗尘一双漆黑的眼。

他看着她，像要望进她心底似的，过了好半晌，才发出一声低不可闻的叹息。

"傻丫头，一切都会过去的，你别把我想得太不堪一击了，至少，至少我身边不还有你嘛……谢谢你。"

早饭才做到一半，蝉梦馆来了个不速之客。

看到袁沁芳手中的食盒时，孟蝉愣了半天，那张秀美依旧的脸却有些局促不安，细声细气道："这是我亲手做的桃花酥，我知道表哥暂时住在你这儿，你帮我拿给他吧，他喜欢吃这个。"

她自从上回在青州受到冲击后，便与太子说身体抱恙，先行回了盛都城，在家中休养了好几天，这才渐渐缓过来。

思来想去，她还是决定上一趟蝉梦馆来看看，一方面心中忐忑不安，一方面，也当做个……了断。

可她没有想到，这回的孟蝉却没有像往日那样热情，反而盯着她手中的食盒许久，裹在斗篷里的身影冷不丁抬头，对她道："你为什么不自己交给他？"

袁沁芳一愣，表情有些讪讪："我……我没打算见他，我那日在崖边都同他说清楚了。"

孟蝉看着袁沁芳，她仍旧秀美温柔，但却陌生得让人觉得不可思议。

孟蝉依旧没有伸手去接那食盒，只是轻轻地开口："那你来这儿做什么，送份桃花酥，求个心安理得吗？"

语气凉凉的，并不怎样冲，就像清晨院中掠过的风一样，却让袁沁芳霍然抬眸，涨红了一张脸。

孟蝉盯着她，神情认真，一字一句："沁芳小姐，我不明白，你不是很喜欢付大人吗？为什么要这样绝情地对他？"

她的架势并不咄咄逼人，相反很轻很缓，似乎要给足人时间思考作答，却仍让袁沁芳很不自在，甚至有些恼羞成怒。

"我和表哥的事情不用你管，你把这个交给他就是了。"

她像是急了，把食盒一把塞到孟蝉怀里，还从香囊里掏出几块碎银，隔着手绢不由分说地送入孟蝉手心："这些钱够了吧，你好好去做，总之不会让你吃亏的。"

孟蝉眨了眨眼，后退一步，那些碎银便陡然落空，从手绢中洒了一地，在院中发出清脆的响声。

袁沁芳的脸又腾地红了，像被人打了一记耳光般，她咬唇看向孟蝉。

孟蝉却不闪不躲，长睫微颤："你知道，我不是为了这个，我去宴秋山采千萱草，去和慕容小侯爷周旋，去陪付大人救你……都不是为了这个。我说过，我只是想有情人终成眷属，只是想让你和付大人美满地在一起，你为什么说放手就放手了。"

感受到孟蝉灼热的目光，袁沁芳一时也有些受不住了，情绪翻涌上来，她咬紧唇，泪花闪烁："你懂什么，我就是不能接受表哥那样，像书里说的怪物似的，我一想到他挺着大肚子的模样，夜里就全是噩梦，害怕极了………"

孟蝉听着这荒谬至极的理由，耳边忽然响起付朗尘曾对袁沁芳的评价，说她是个书呆子，一向就不怎么知道变通，也许，对于她这样一个名门望族、恪守礼制的大家闺秀来说，男人怀孕的确是太惊世骇俗了，即使是她表哥也不行，因为这根本就不在她自小接受的传统伦常里。

孟蝉心头一片焦灼，不知该怎么去说服袁沁芳，她尝试对症下药，试图改变袁沁芳的思维："其实，男人怀孕没有什么稀奇的，很多志怪古籍中都有记载的，山神一说也由来已久，能得山神降生的都是祥瑞之人，绝不是什么怪物，你只是一时看不习惯而已，等几个月后，付大人诞下山神就能变回原样了，你们还是可以……"

"别说了，即使表哥恢复了原来的模样，我心中阴影也散不去了，谁知道还会不会有什么隐疾……"袁沁芳激动起来，堵住耳朵，痛苦地看着孟蝉，脸上泪痕交错，"你天天与死人打交道，做的就是煞气阴诡的生意，自然不觉得可怕了，可我不同，我日后是要与他成亲厮守一生的，你只是照顾他一时罢了，当然说得轻巧了。"

孟蝉身子微颤着，心中升起一股无名怒意，她脱口而出："我就算照顾付大人一生一世也不会害怕，也不会嫌弃，因为天底下没有比这更大的福气了……"

她言及此声音陡然收住，似乎意识到什么，望着袁沁芳投来的诧异眼神，不再说下去了，只是将身上的斗篷又裹紧了些，埋下头，许久，才有些哀伤地开口，语气中带着恳求："付大人这些日子过得很不好，不管怎么样，沁芳小姐，你先去看看他吧。"

袁沁芳注视着孟蝉，眼神几个变幻，若有所思："我不想去看他，相见只会徒增不堪，你把东西交给他就行。"说着，她像是累了，拭去了脸上泪痕，略微整理了下仪容，便想提裙离去，却被身后的孟蝉一声叫住。

"沁芳小姐，你不觉得这样对付大人太不公平了吗？"

院中，斗篷下的纤秀身影握紧双拳，晨风掠过她的衣袂发梢，她肩头颤抖着，再难以抑制胸腔中翻腾的热血，几乎是含着热泪，对着袁沁芳嘶喊了出来。

"这并不是他的错，你只想到自己害不害怕，难不难堪，根本没考虑过他的感受……说到底，你从来都不是真的爱他吧！"

响彻院中的一记嘶喊，不仅让袁沁芳惊住了，更让暗处不知站了多久的一道身影为之一震。

斗篷下的孟蝉继续握着拳，她丝毫不觉自己失控的情绪，只是胸膛起伏着，泪水滚滚地滑过脸颊。

"如果是真的爱他，怎么会舍得抛弃他，舍得伤害他，舍得他这么难过呢？"

语气中的心疼刻入骨髓，每一个字都清晰地回荡在院中，让暗处那道俊挺身影心头一颤，眸里也跟着浮起水雾。

袁沁芳最终还是选择离去。

她走之前只说了一句话，低低的、轻渺渺的，风一吹就卷落无踪。

"也许你说得对，我终究还是太怯懦自私了，我爱表哥，但……更爱自己。"

6、表白

天色渐晚，乌云密布，窗外电闪雷鸣起来，似乎一场大雨马上就要滂沱而至。

付朗尘的肚子也在这时剧烈地疼痛起来，他咬紧牙关，额上冷汗涔涔，腹部不停地闪着红光，像是与屋外的电闪雷鸣遥相呼应般。

孟蝉急得不知如何是好，只好上了床，紧紧抱住付朗尘，不停为他擦拭汗珠，安抚着他腹中闹腾的山神，缓解他的痛苦。

付朗尘看了孟蝉一眼，她脸上的心疼真切显露，让他忆起她在院中说的那些话，眼眶不由得就一热。

她没有告诉他袁沁芳来过，也没有拿出那盒桃花酥，他知道她是怕他伤心难过，他便也装作不晓得。

可偏偏今夜又是打雷又是闪电，同那夜他在宴秋山被"劈死"的情景一样，勾起他脑海中无数画面，那些压抑的痛楚汹涌袭来，将他团团围住，叫他想忘也忘不了，想逃也逃不掉。

　　耳边只不停回荡着那个熟悉的声音，从憧憬到惊恐，从甜蜜到绝情，铺天盖地的一句句要将他撕裂般——

　　"表哥，一想到要与你成亲了我就欢喜不已，你送我一株千萱草好不好，我听说采到千萱草的人就能得到幸福，我想和你白头偕老……"

　　"表哥，都是我不好，我会为你守节一年的，我心里只有你……"

　　"表哥，你怎么会变成这个样子的？你别过来，别过来……"

　　"表哥，你实在太可怕了，你别再靠近我，我不想看见你……"

　　"表哥，对不起，我不想和一个妖怪成亲，我只要一想到就觉得恶心……"

　　……

　　无数句话如刀子般纷乱飞来，最终只汇成一个声音：

　　你是个怪物，是个让人恶心的怪物！

　　你是个怪物，让人见了只会做噩梦！

　　伴随着屋外的声声惊雷，这残忍的话像个魔咒般，不断回旋在付朗尘耳边，他猛地抱住脑袋，瑟缩进孟蝉怀里，浑身颤抖着。

　　"不，我不是怪物，我不是……"

　　黑夜将人的痛苦脆弱无限放大，他就像一只无所遁形的蝼蚁，被命运无情碾压操纵着，腹部袭来的一波波剧痛中，他似乎走上了街头，每个人都对他指指点点，嘲笑讥讽。他想藏住自己的肚子，可却怎么也藏不住，表妹就站在人群中，冷冷看着他，他伸手想去找她，她却厌恶地转身离去，他慌了，他踉跄地想要追上去，他喊着她，却反而一脚落空，重重摔在了地上。所有人讥笑着，通通都围了上来，那些恶毒的目光像一把把尖刀，刺得他鲜血淋漓，要将他吞噬一般……

"不，不要扔下我，我不是怪物，滚开，都给我滚开，别看我……"

蝉梦馆里，付朗尘双眸紧闭，在孟蝉怀中语无伦次，惨白着脸，陷入了魔怔般。

孟蝉抱紧他的脑袋，泪水滚滚而落，心疼得无以复加。她尝试去握他乱动的手，想将他拉回来，她俯身贴近他的脸颊，不停跟他说着话，一遍又一遍地重复着："付大人，你不是怪物，不是怪物，我不会扔下你的，我会永远陪在你身边的……"

乱糟糟的街上，重重包围的人群中，忽然伸出了一只手，柔软而坚韧。

付朗尘抬起头，恍惚看见了那张朝夕相伴的脸，她从斗篷里伸出手，泪眼蒙眬，身上像笼着一层薄光。

她说，你不是怪物，我会永远陪在你身边。

手心紧紧握住他颤抖的指尖，暖意涌遍全身，他陡然睁开眼。

轰然一声雷鸣，一划而过的闪电映亮两个紧贴的身影，狂风拍得窗棂呼呼作响。

大雨滂沱而下，噼里啪啦打在屋顶，瞬间席卷了整个天地。

蝉梦馆里，帘幕飞扬间，孟蝉还在伤心哭着，她贴着那张俊秀的脸，根本没有注意到他睁开的漆黑眼眸。

纤秀的身影像是再也压制不住，那些经年累月里藏在最深处的心事，浑然不觉地就溢出了唇齿。

"其实你不知道，我有多喜欢你，喜欢你好多好多年了……

"你不是怪物，你是这世上最好的人，十二岁那年如果没有遇见你，我可能早就葬身大海了。

　　"你跟我说，海里没有路，岸上才有路，一条走不通就走另一条，我一直都记着呢，我记得可清楚了。

　　"我后来偷偷跑到溯世堂去看你，可我不敢进去，就远远看着，你生得那么好看，声音那么好听，还替那么多人排忧解难，我就在想，世上怎么会有这么美好的人呢，美好到我根本不敢出现在你面前。

　　"知道你救了太子，当上祈音师后，我高兴得一夜没睡着，册封的马车从宫门里出来，经过长街小巷，我就跟了一路，在人群里仰望着你，你站在马车上，全身上下跟有光似的，我觉得你比从前离我更遥远了，可我还是忍不住替你开心，跟着大家一起喊你的名字。

　　"你回了付家，当上了一家之主，官也越做越大，我不能再去溯世堂偷偷看你了，但我能从各种地方听到你的消息，他们有时会说你目中无人、刻薄冷血，甚至见死不救，可我不相信，因为我知道你是个好人，我一直都知道的。

　　"你快要成亲了，大家都说你们是郎才女貌，天生一对，我听了还是暗暗为你高兴来着，可夜里又睡不着，我承认我是有那么一些羡慕的，我在想，能嫁给你的人是多么幸运啊。我还想着多攒点钱，在你成亲那天送你一份礼物，我本打算偷偷放在付家门口，虽然你不会知道是谁送的，但你如果能收下我的心意，我就会很开心了。

　　"可我没有想到，你的尸体居然会送到蝉梦馆来，我看到棺材里的你，你明明离我很近，我却觉得跟做梦似的，我愣在那里不愿相信，你这样无所不能的人，怎么也会死呢？"

　　……

　　泣不成声的话语间，孟蝉颤抖着情难自已，压抑多年的思慕倾泻而出，她紧紧抱着他，仍然没有发现那双睁开的漆黑眼眸，只有屋外闪电划过夜空，风雨呼啸拍打着窗棂，与她一起泪落不停。

　　"那天你说要给我寻门好亲事，我其实一点也不开心，我不是不想嫁人，我只是不想嫁给别人，我情愿一直远远看着你，看着你娶妻生子，看着你人生似锦，就算那人生里没有我也不要紧，我可以一个人守到老的，只要看到你过得很好，我就心满意足了。所以你回来好不好，你不要害怕，不要绝望，你不是怪物，就算所有人都恐惧你、背弃你，我也不会离开你的，我会永远陪在你身边，你快醒醒吧……"

　　帘幔飞扬间，孟蝉紧紧握住那只修长的手，她被哀伤笼罩着，浑然未察，仍以为他还陷在魔怔中，一心只想唤醒他。

　　电闪雷鸣间，她贴在他脸上，几乎是抛却所有，放声恸哭了出来——

　　"求求你快醒来，因为我真的好喜欢好喜欢你，高高在上的你我喜欢，怀了山神的你我喜欢，乱发脾气的你我喜欢，难过不振的你我也喜欢，只要是你，我都喜欢，好的坏的，美的丑的，我通通都喜欢……"

　　泪水像倾泻而下的银河般，几乎将那张俊秀的面孔淹没，他长睫微颤，心跳都氤氲湿润了。不知过了多久，他才抬起手，摸上那个哭得上气不接下气的姑娘，嘶哑开口。

　　"你这么喜欢我，为什么不睁开眼看一看我呢？"

　　闪电划过，世界像有一瞬间的静止，斗篷里的纤秀身影陡然一僵。

　　风吹，雨打，落叶，飞花。

　　蝉梦馆里，骤然响起一声尖叫，飞上屋顶，久久回荡在雨幕倾盆中。

7、重生

　　落了一夜的雨后，光风霁月，院中弥漫着凉丝丝的清新，天色干净如洗。

孟蝉弯腰做早饭时，却始终有一股挥之不去的尴尬，她正心神不宁着，一道身影不知何时走到她旁边，手中提着一个食盒，清朗的声音好听依旧。

"你藏得够深的，让我一顿好找。"

付朗尘的突然出现，叫孟蝉吓了一跳，几乎瞬间弹开，脸腾地就红透了。

付朗尘哭笑不得："怎么见了我跟见了鬼似的，你小心别摔了。"

孟蝉下意识地就想抓起锅铲挡住脸，却蓦地瞧见付朗尘手中的食盒，她愣了愣，有些无措："你……你都知道了？"

付朗尘点点头，坦然举起食盒，冲孟蝉一笑："抬个火炉子出来吧，咱们处理一下这玩意儿。"

院里，蹲在火炉边，孟蝉犹疑抬头，见付朗尘掀开食盒，拈起一块桃花酥，已经作势要扔进去了，她忍不住道："付大人，你……你真打算这样做吗？"

付朗尘一顿，手停在半空："怎么，你想吃？"

孟蝉赶紧摇头，白净的小脸像只温软的小兔子，风中乱发垂下，扫过她长长的眼睫，一丝还撩过秀挺的鼻尖，触到那双薄薄的绯唇，付朗尘莫名就有些心痒，想伸手替她拿开那根发丝。

说起来，自从上次回来后，他还是第一次这样细细打量她，先前沉溺阴霾里没心思瞧，此刻才后知后觉地为她恢复的容颜暗暗惊艳。

比他上回在十方泉边刹那瞥见的那一眼还要美，浑身上下再充盈不过的少女气息，清隽灵秀，宛若皎月霜雪，山水明净，动人不已。

院里静了半响，孟蝉见付朗尘没动弹，不禁开口："付……付大人？"

付朗尘眨眨眼，回过神来，对着孟蝉笑了笑，随手就将那块桃花酥抛入火炉中。

"既然你不想吃，我也不打算碰，那不就结了嘛，不烧了还留着过年吗？"说着他又拈起一块，拂袖抛入炉中，动作干脆得一气呵成。

孟蝉就那样瞪大眼，看着一块块的桃花酥飞落火焰中，燃起阵阵幽香，院里很快飘满了桃花的味道。

从头到尾，付朗尘神色始终平静如许，就盯着那跃动的火苗，漆黑的俊眸一丝波澜也未起。

有过堂风穿过，随着桃花清香四溢，仿佛有什么也飘入院中，被风带走，一并吹散了天边……

孟蝉撑着下巴，忽然间就觉得，这像是一个特殊的仪式，宣示着某种重获新生。

她一时间有些百感交集，看了看付朗尘，抿住唇，不知该如何表达，但只想让他感受到她默默传递给他的力量。

等到一食盒的桃花酥都烧完了，两人站在屋檐下，看灰烬随风散去，桃香中晨光飞舞。

付朗尘倏然开口："哎，你以前，真的常常去溯世堂偷窥我吗？我怎么从没撞见过你，你挺会躲的嘛，看来不仅藏东西藏得厉害，人也……"

孟蝉猝不及防，一张俏脸瞬间又涨红了。她一口打断付朗尘："我……我想起锅里还煮着粥，我这就去把早饭做好，付大人你再等等，马上就能吃了……"

那道纤秀的身影几乎是落荒而逃，把屋檐下的付朗尘看得忍俊不禁，摇头长喊着："我说你，跑那么快做什么，小心真摔了！"

有阳光斑驳倾洒，落在付朗尘白皙俊秀的侧颜上，勾出一圈金边，晨风拂过他的衣袂发梢，那个孟蝉眼中发着光的付大人恍惚又现。

他转过身，深吸口气，伸了伸懒腰，修长的手指轻敲腹部，望着澄净长空，微扬了唇角。

"喂，我好像……又活过来了，还挺想念那丫头做的早饭，你呢？"

一山神蝉梦一

第五章

蝉梦生情
SHANSHEN
CHANMENG

谢什么谢，以后不许谢我，
不许叫我付大人，不许随便收别人的东西，
听见没？

1、叶老五的不习惯

云卷云舒，花草盎然，院落静谧。

苗纤纤回来的那天，孟蝉正在院里给付朗尘炖鹌鹑汤，兴许是产期将至，付朗尘最近胃口奇好，一会儿想吃这个，一会儿想吃那个，把孟蝉忙得是脚不沾地，恨不能生出一对翅膀来了。

她正看着火候，弯腰扇着小团扇时，一个人忽然从身后一把抱住她，吓得她差点打翻汤罐。

"孟蝉，是你吗，你果然在这里！你知不知道你吓死我了，我在归逸园上上下下都找遍了，生怕那慕容钰没说实话，杀你灭口来着……"

苗纤纤的大嗓门一如往日，把正睡午觉的付朗尘都吵醒了，他披了件外袍，微挺着腹部，悄悄从里间出来。

院里的孟蝉都快被苗纤纤搂得喘不过气来了，她又蹦又跳着，好不容易才平复下来，却又是猛地尖叫一声——

"啊啊啊，你是谁？孟蝉呢？孟蝉哪儿去了？"

暗处的付朗尘忍不住就翻了个白眼，而孟蝉则是又惊又无奈，下意识地就摸上自己的脸。

"有……有这么大变化吗？纤纤，我就是孟蝉啊，你认不出我了吗？"

听到孟蝉熟悉的声音后，苗纤纤的嘴巴在瞬间张到最大，几乎都能塞下一个鸡蛋了。

"孟蝉，你真的是孟蝉！你去哪儿了，是遇到神仙给你画了张脸吗？！"

两个久别重聚的好姐妹凑在一起，望着彼此不知道有多高兴，说起青州之行各自的经历，简直有道不完的话。

孟蝉一张脸被苗纤纤左看右看，上揉下掐的，生生跟搓面团似的。孟蝉按住她的手，哭笑不得，用付朗尘教她的"于古籍里偶得妙手良方"这一借口，才好不容易让啧啧惊奇的苗纤纤消停下来。

而孟蝉也这才知道，原来苗纤纤和叶书来经历了那么惊心动魄的事情，险些丧命于山匪手中。

说起这个，苗纤纤还是不得不佩服叶书来有那么两把刷子，她按照他吩咐的在附近做了不少记号，居然还真给援兵指路，把他们从山洞里救了出来。

领头的就是那位大难不死的车夫大叔，那日土匪们光追他俩去了，车夫大叔驾着马车趁机逃回奉国公府，带人来救。

苗纤纤可高兴了，握着车夫大叔的手热泪盈眶，在劫后余生中，说了

第一句话："大叔，咱们都没事，真是太好了。那啥，收拾收拾，继续赶路吧，我妹子还在青州园子里呢！"

车夫大叔两眼一黑，差点栽倒。

洞里的叶书来跳着一只脚，推开侍卫的搀扶，上前就搭住了苗纤纤的肩头，带得她一个趔趄，他却一打折扇，冲她一笑："恶女，这回我和你站一边儿。"

车夫大叔还没醒过神来呢，就听到自家小少爷迎面下令道："听苗捕快的，继续赶路吧，咱们怎么也得去那青州，和慕容那小王八会会。"

苗纤纤倒吸口气，一扭头，从没觉得叶书来形象这么高大，这么有种过！

就这样，快马加鞭，星夜赶路，他们继续朝着青州进发。

叶书来的腿只匆匆上了药，路上他嫌麻烦，连个大夫都没带，都是苗纤纤在打理照料。奉国公府的人对苗纤纤那是千叮万嘱，生怕她笨手笨脚的，伤了叶书来的金贵身子。苗纤纤满口答应，回了马车里却对着叶书来皱眉道："我怎么觉得我跟你弄错性别了？其实你才是女的，我是铮铮男儿吧？"

叶书来倚在车厢里面，捧着他那条瘸腿，哈哈大笑："别把自己说得那么好听，你就是个带刀糙汉子。"

他一张俊俏的脸笑得花枝乱颤，招来苗纤纤一记怒喝，扑上去就想掐死他。

车里的闹声、笑声飘出窗外，前头驾马的大叔默默淌泪，一扬鞭，车子颠儿颠儿地继续上路。

只是这回，后头还跟了一长龙的侍卫队，浩浩荡荡的架势莫说山匪了，天王老子来了也能震一震。

一行人就这样风尘仆仆地赶到了归逸园，叶书来到底还是谨慎周全的，不知道园里究竟什么情况，让叶府的侍卫队都先候在外头，他只带了苗纤纤进园子，在太子跟前一番糊弄瞎掰，说不小心摔伤了腿才来晚了。

太子听了也没说啥，只是上下打量了一番苗纤纤，她已换下一身捕快服，作了寻常装扮，太子点点头，一脸了然于心。

他忽然没头没脑地对叶书来道："行了，小五弟，确实英姿飒爽、别具一格，有卿如斯，拼点也是正常的。"

出来时苗纤纤懵懵懂懂的，不知道太子什么意思，问叶书来，叶书来含糊不答，最后急了才道："你以为呢，他当我是为了讨你欢心，带你进园子看看，断了条腿都要拼死拼活赶过来呢！真不知道太子表兄什么眼光，我的品位何时降到如此地步了……"

这次苗纤纤听懂了，脸一红，怒不可遏地就要去掐叶书来，两人一路拉扯间，倒也没忘正事，直奔目的地，找上了慕容钰。

当下他们已经知道袁沁芳离开了归逸园，独身返回了盛都城，他们只怕她是被慕容钰设计得逞，污了清白，才羞愤而去的。

所以他们上门质问时有些火急火燎，慕容钰坏事做多了，早练出一副理直气壮的样子，压根不承认设过什么计谋，最后还亏叶书来拿出皇后的牌子镇了镇他，他才快快开口，说自己没得手，袁沁芳被孟蝉救走了，孟蝉也在他眼皮子底下莫名跑了。

他一说完，苗纤纤就着急了，什么叫莫名跑了，孟蝉个大活人能跑到哪里去，她一个小姑娘还跑得出狼窝虎穴吗，也没听说袁沁芳带她一块走的。总之，苗纤纤越想越揪心，一口咬定就是慕容钰把孟蝉藏起来了，指不定还已经杀人灭口了。

慕容钰向来只有栽赃陷害别人的份，何时被人这么倒打一耙污蔑过，他俊美的一张脸都快气疯了，要不是叶书来在，早就把眼前这个疯婆子踹出去了。

几人这便僵持下来，归逸园中气氛剑拔弩张，却终归没有摆到台面上来，没有声张开去，毕竟慕容钰的计划落空，没有实质性的罪证，不好治他。

两人各退一步，叶书来只用牌子诈了诈慕容钰，慕容钰忍着一肚子的火，任由苗纤纤天天跑他那儿发疯要人，好不容易才挨到一行人离园返程。

苗纤纤回来的第一件事，就是直扑蝉梦馆这儿，天晓得她见到孟蝉身影的那一刹那，一颗心跳得有多快，几乎都要蹦出嗓子眼了！

"原来你是被徐大哥救走了呀，我就说呢，你不知道我把归逸园上下翻了多少遍，太子看我的眼神都怪怪的，肯定觉得我是乡下人头一回进皇家园林，没见过世面……"

蝉梦馆里，苗纤纤说得都不带歇气的，听得孟蝉忍不住就想发笑，她却喝了几大口水后，一拍脑袋，冷不丁又将一样东西塞到孟蝉手心。

"对了，这个你拿着，叶书来说指不定能派上用场。"

孟蝉一愣，低头看去，那是一个小巧精致的扇坠子，刻着叶书来的名姓，一见便知是他平日里的贴身之物。

"他说担心慕容钰那家伙来寻你麻烦，让你把这坠子戴在身上，到时抬他的名号出来挡挡，也许慕容钰能忌惮一二，别的不说，就他那几个跟班，坏胆儿都没他大，见了这坠子，总会顾忌收敛点的。"

孟蝉收下扇坠，心头一阵暖意，感动于苗纤纤和叶书来对她的情谊，不禁开口："叶公子还真是心细周全呢。"

苗纤纤哼了哼："什么嘛，他为人就是太不爽利，磨磨叽叽的，做事还没我痛快呢。"

孟蝉笑了笑，不说话。苗纤纤转而又握住她的手："还好这回有惊无险，也不知徐大哥什么时候才会回来……"

她叹息着，似乎又陡然想到什么，一下起身："哎呀，不好，到时辰了，我得赶快去叶府了。"

孟蝉早对苗纤纤的一惊一乍习惯了，但从她嘴里听到"叶府"还是愣了愣："你还要去叶府干什么？"

"我得去给叶书来换药啊，还得告诉他你的消息啊。"

"你去给……叶公子换药？"

"是啊，还不是他说的，说之前一路上都是我在打理他的腿，忽然换个人他的腿不习惯，硬要我按时去叶府给他换药……我开始嫌麻烦一口就拒绝了，他就说我忘恩负义，不顾江湖道义，气死我了。后来我想着也是，干脆好人做到底吧，反正他也是为了我才摔断腿的，我趁早还清了就不欠他什么了……"

苗纤纤絮絮叨叨着，按住腰间刀已要急着出门了，根本没发现孟蝉的表情。

"他的腿不习惯……"

孟蝉心里好大一声哇，这句话，分明该改成……他不习惯吧……

而苗纤纤那嫌弃得不得了的语气里，也隐隐夹杂着几分说不出的关切亲昵，同之前谈到叶书来时根本不一样，恐怕她自己都没察觉到吧。

孟蝉看着苗纤纤远去的背影，和她挥手告别，暗自思忖，觉得自己洞察了一些了不得的东西。

却是一道俊挺身影从暗处走出，微挺着腹部，忽然一拍她肩头，气息萦绕耳侧。

"我说，你有没有发现什么？"

孟蝉一个激灵，扭头看见付朗尘唇边的笑，她为之一振，找到同好般，满脸兴奋地猛点头："有有有，是说纤纤和叶公子吗，你也看出来了？"

付朗尘对着一脸八卦的孟蝉，心中好笑，唇边却不露分毫："不。"

他俯身又靠近了些，盯着孟蝉的眼睛，依旧是神秘兮兮的语气："你有没有闻到什么东西烧焦的味道？"

孟蝉愣了愣，倏然一下站起，冲入了院中，院里很快响起她的鬼喊鬼叫："我的鹌鹑汤，我炖了一早上的鹌鹑汤！"

听着孟蝉的惨呼，付朗尘站到屋檐下，修长的手指轻敲腹部，俊脸含笑，懒洋洋地道："喂，我饿了，我肚里的也饿了……"

于是孟蝉手忙脚乱地差点打翻汤罐，痛心疾首的声音更加贯彻长空，久久回荡。

2、无论如何我都不会再扔下你

真是怕什么来什么，这苗纤纤前脚刚一走，到了下午时分，这慕容钰后脚就登门了。

当孟蝉看到那固定的"三加一组合"时，脸色都变了，但比她还要惊讶的，是慕容钰身后的肥猪、麻子、蛮牛三人。

"怎么……这丫头还真的变漂亮了？"

几个奇形怪状的大少爷面面相觑，慕容钰却当先一步，跨入院中，俊美无双的脸庞凑近孟蝉，逼得她步步后退，身子几乎都贴到了树干上。

"好久不见，想我了吗？"慕容钰挑起孟蝉的下巴，笑得凉飕飕的，"小美人儿，我可是很想你啊，这不一回来就来找你了嘛。你做了什么事情自己都一一清楚吧，从青云观里逃走，跑去归逸园里坏了我的好事，还把我打晕，你那个疯婆子朋友还天天跑来骚扰我，你说这笔账，爷该怎么和你算呢？"

温热的气息喷到孟蝉脸上，慕容钰造作的口吻让人发腻，孟蝉硬生生起了一背的鸡皮疙瘩，她情愿他还像从前一样叫她丑八怪。

可慕容钰却又靠近了一些，漂亮的眼眨了眨，慢悠悠道："不，还要加上一桩，你之前扮丑吓我的账，你算算，你欠了我多少，好像只有以身相许这一条路了。你说呢，小美人儿？"

拿腔捏调的语气更加恶心了，孟蝉胃里有些不适，扭过头艰难地开口："小侯爷，你可不可以不要这样说话？"

慕容钰手下一用力，将孟蝉下巴扳回来，笑得更令人发腻了："不行，对待美人儿就得这样，这是我一贯的风度。"

孟蝉终于忍不住，毛骨悚然，一把推开慕容钰。

她赫然想起上午苗纤纤带来的扇坠儿，被她忘在工房里了，她在那儿调制药水，一时落下了，此刻来不及多想，她拔腿便往那间房跑去。

慕容钰见她逃得比兔子还快，怒极反笑，微眯了眼："又和我玩捉迷藏了是吧，行啊，小爷陪你！"

他带着三个跟班追去，叫嚣着斗志昂扬，暗处的付朗尘瞳孔骤缩，挺着腹部，心中急切，也赶紧往后院绕去。

孟蝉才一蹿入工房，慕容钰便紧跟而上，一声阴笑："哟，这可是你自己进来的，就这么迫不及待，想跟我共处一室，补上那洞房花烛夜吗？"他说着冲身后三人使了个眼色，"你们在门外守着，既然美人热情相邀，我少不得又要做一回新郎官了。"

三人心领神会，满脸嬉笑，房门砰地一关，慕容钰饿虎扑食般，伸手就要去抓孟蝉。孟蝉却也在同时，终于在杂乱的桌上找到那个扇坠儿，猛地转身高高举起。

"等等，小侯爷你看，你看这是什么！"

隔着长桌，慕容钰脸色一僵，辨出扇坠上的名字："叶书来？"

"对，就是叶公子的，还望小侯爷看在叶公子的份上，不要为难民女，大人有大量，放民女一马……"

慕容钰怒了："看在他份上？我跟他有个屁关系！"

孟蝉手一颤，赶紧道："叶公子说了，小侯爷其实宅心仁厚，最是宽容，他经常在皇后娘娘面前夸小侯爷的……"

这话一出，慕容钰更怒，一拍桌子："不错啊，还知道搬出皇后来了，你别以为有他叶氏一族撑腰，我就不敢动你了！"

说是这么说，慕容钰当下却也犹疑不少，他脚步停滞，不再急着去抓孟蝉，只是隔着长桌，恼怒道："你口口声声叶公子长叶公子短的，你是不是看上那小白脸了？难怪三番五次帮袁沁芳，是不是就是冲着他是付朗尘生前好友？"

孟蝉不傻，见好就收，不敢再刺激慕容钰："不是的，不是的，我帮沁芳小姐只是因为怜惜她，再加上付大人就在我这儿入殓的，给我托过几次梦，我这才……"

听到跟叶书来无关，慕容钰心情略好了点，却仍旧一哼："那付朗尘也是个小白脸，他给你托梦你就去办啊，你那么听他的话做什么？"

孟蝉无语，心中忍不住就嘀咕，这三句话不离小白脸，真是没点"自知之明"，明明他自己才是最小白脸的，天天揣着镜子都不照的吗？

但腹诽归腹诽，她面上还是再温顺不过："我没别的念头，就是希望天下有情人终成眷属，不是存心要和小侯爷你作对的，真的。"

她从前就长得老实无害，现在更添万倍美貌，清隽灵秀的一张脸格外惹人怜，看得慕容钰眼神一动，气就消了大半。

"你倒是个心善的，果然脸蛋漂亮的人，心肠也坏不到哪里去。"

孟蝉被这话又弄得嘴角一抽，心中何止腹诽，这种话慕容钰居然也能说出口，他难道忘了她从前的模样吗？还是忘了自己的模样？

丑的人也有好心肠，譬如从前的她；漂亮的人也会是坏胚，譬如现在的他。

当然，这话又只能默默埋在肚中，孟蝉讪讪一笑，望向慕容钰的目光再真诚恳切不过："所以小侯爷你生得这么漂亮、这么玉树临风，就有一副大大的好心肠，肯定不会难为我这种无依无靠的可怜孤女，是不是？"

慕容钰向来是个性喜渔色的人，被孟蝉雪白美丽的小脸这么一夸，不自觉就代入进去："那是当然……"说完又清醒过来，几步上前，"不对，你少恭维我，我和你的账哪能这么轻易一笔勾销，我总得讨些什么回来？"

自从上回归逸园里，孟蝉在他手中逃脱后，他心里惦记她已久，梦里都是那张惊艳绝美的脸，此刻人就在眼前，虽有叶书来的些许牵制，但他也早就按捺不住。

"这样吧，你过来先让我亲一下，亲完我就走，不过这一下只算作利息，其余的我们来日方长，我自会慢慢向你讨要。"

他这话别有深意，只向孟蝉透露出，她早是他的掌中之物，就算不急在一时，他也会徐徐图之，总有一天会吞了她。

孟蝉脸色一变，赶紧摆手："不成不成，我身份低贱，一身再晦气不过，哪能玷污小侯爷呢？"

慕容钰眼一瞪："少啰唆，我说行就行，快过来！"

孟蝉哪能过去，身子下意识地就往后退缩，看得慕容钰眉头一皱，他耐心早就耗尽，当下也不再讲究什么风度，伸手又向孟蝉扑去："原来你喜欢玩刺激点的，行，小爷成全你！"

孟蝉一声尖叫，拔腿就跑。

不大不小的屋子里，两人围着桌子又绕起圈来，就像上回在归逸园里一样，不过上回慕容钰追到孟蝉是想就地打一顿，这回却是想搂住亲一口。

孟蝉一边跑一边高举着手里的扇坠子，迭声道："小侯爷，小侯爷，叶公子看着你呢，他在皇后面前那样夸你，你别因为我毁了一世名声啊……"

慕容钰脚步不停，恶声恶气："少来了，我就不信亲你一下，那叶书来还能告到皇后面前去？"

他说着衣袂飞掠，一只手已经扣住孟蝉肩头，正要扳过她身子时，后脑勺忽然一疼，他瞪大眼，难以置信："又来了……"

软绵绵的身子向前倾倒，同上回在归逸园一样，眼见着又要栽倒在孟蝉身上时，一只手忽然横空伸出，卷过孟蝉，那个身子便扑腾落空，摔在了地上。

一切只发生在电光石火间，孟蝉醒过神时，人已在付朗尘怀里，她一抬头，只对上他那双漆黑幽深的眼。

"你没事吧？"付朗尘一手抱着孟蝉，一手拿着捣药的棒槌，低头关切询问。

孟蝉目瞪口呆："你……你怎么会在这儿？"

"我从后门绕进来的。"

咫尺之间，两人鼻息以对，孟蝉脸有些红，才想起去看地上不省人事的慕容钰："你把他……把他砸晕了？"

付朗尘随手扔了棒槌，上前就对慕容钰毫无知觉的身子踹了几脚："这种人渣，死有余辜！"

他恨骂着，犹嫌不够，还要再往慕容钰脸上踹几脚时，被孟蝉赶紧拉住了，这小侯爷爱美如命，毁了脸岂不疯了去？

正拉扯着，屋外的三人听动静儿不对，喊了几声"阿钰"后不见回应，狐疑担心地就要推门进来了。

孟蝉心头一跳，赶紧捡起那棒槌塞到付朗尘怀里，把他往外推："你快走，我来应付，你把这收好，躲起来！"

三个奇形怪状的大少爷冲进来时，见到的便是慕容钰昏倒在地，旁边的孟蝉手足无措的一幕。

他们还来不及开口，孟蝉已经颤抖着身子，抬头泪眼汪汪："不关我的事，小侯爷自己不小心绊倒的，你们快抬他去看大夫，他好像撞到头了！"

她才说完，又把手中扇坠儿不经意地举了举，可怜兮兮："我劝小侯爷别冲动来着，看在叶公子的份上，放我一马，可他偏不听，还说告到皇后娘娘那里去也不怕……"

嘤嘤哭泣中，几个大少爷的眼神都发生变化了，面面相觑间，他们终究是一咬牙，啥也没说，直接上去抬慕容钰了。

等到几人全部消失，孟蝉眼角的泪水才止住，她暗松口气，身子瘫软在地，后背已是冷汗涔涔。

不知何时，付朗尘走到她身边，这回没有像从前一样，调侃她去唱大戏什么的，而是忽然幽幽开口："上次在归逸园里，也是这样的情景吧，要是你的徐大哥晚到一步，你是不是就……"

孟蝉不知他为何旧事重提，仰头怔怔地"嗯"了一声，却是眼前身影一闪，付朗尘忽然蹲到她跟前，修长的手一把按住她后颈，猛地凑近她，额头相贴。

"对不起。"

四目相对间，他望着她惊诧的眼神，脸上带着某种难以言喻的情绪，嗓音低沉："对不起，我不该扔下你一个人的，以后不会了，无论在何种境地，我都不会扔下你了。"

温热的气息喷在她脸上，他抵住她的额头，手心微颤着，每一个字都说得那样认真、那样郑重，甚至有些……后怕。

孟蝉不知怎么，眼眶莫名就一涩，她赶紧垂下眼睫，不敢去看他。

"那次啊，没有关系啊，我没有事啊，我一点事也没有的……"

她一边说着，一边还下意识地伸出手，拍了拍他后背，满怀安抚。

付朗尘盯了她许久，忽然就松开她后颈，一把抱住她，叹了口气："傻丫头。"

他下巴陷在她肩窝里，时光好像凝固一般，谁都没有再说话，不知过了多久，他才吸了吸鼻子，声音有些酥软："去给我做饭吧，我又饿了。"

3、世事难料

尽管叶书来递了几封帖子进侯府，各色补品也送了小一车，替孟蝉一力揽下所有责任，但孟蝉心里还是七上八下的，总觉得慕容钰这事不会就这么过去。

果然，不到半个月，她的预感就得到了验证。

这一回，慕容钰是一个人来的。

看到他头上缠的纱布时，孟蝉吓了一跳，怀疑他是故意弄这么唬人来讹她的。

"怎么……这么严重？"

慕容钰俊眸一瞪："你说呢，小爷伤的可是脑袋！"

孟蝉第一反应就是赶紧摆手："不……不关我的事啊，是小侯爷你自己不小心摔的，这是个意外，意外……"

慕容钰上前一步："扯淡吧你，怎么不关你的事，都连着两次了，你是袖里藏了暗器，还是身边藏了个影卫？"他说着就要去拉孟蝉的袖子。

孟蝉脸色一变，逃都逃不及，慕容钰却将她生生按住，没好气地一喝。

"躲什么躲，你放心，叶书来那小子不知跟我爹吹了什么风，他现在见天在我耳边念叨烦得紧，我暂时不会动你的。"

将袖子里里外外搜了好几遍，啥也没找出来后，慕容钰眉头一皱，就想踏入里间一探究竟。

孟蝉却是一激灵，赶紧拉住他，一指院里的小灶。

"对了，小侯爷，我这刚巧炖了鸡汤呢，你要不要尝尝，我给你盛一碗，你补补身子吧？"

孟蝉难得这般主动，慕容钰有些纳罕，顺着望去，微眯了眼："鸡汤？给我补身子？"

孟蝉猛点头，拉住慕容钰的手不自觉用力，眼神要多真诚有多真诚："不管怎么样，这事也是因我而起，我对小侯爷还是很愧疚的，希望小侯爷能给我点机会弥补，从前那些乱糟糟的账也不要再与我一般计较了。"

慕容钰听着这温声软语，目光从孟蝉的脸上，转到她拉住他的手上，不知怎么，心情莫名变好，哼了哼："算你还有点良心……我可是很挑的，盛一碗来吧。"

他一拂袖，往桌边一坐，跷起二郎腿来，背对着他的孟蝉暗暗松了口气。

却有一道人影隔着屏风，死死盯着慕容钰，心中恨得咬牙切齿："王八蛋，明明给我炖的鸡汤！"

香喷喷的鸡汤很快呈上，色泽诱人，料多浓郁，火候刚刚好，慕容钰只尝了一口，便抬头意外道："看不出啊，你的手艺不比我侯府的名厨差多少。"

孟蝉讪讪一笑，把碗又往慕容钰跟前推了推："小侯爷喜欢就好，多喝点。"

她才说完，就感觉身后寒光迸射，似有利箭飞来，她一哆嗦，强自挺直背脊，硬生生忍着不回头。

那慕容钰却是又喝了几口，忽然把汤勺一放，俊美的面庞看向孟蝉。

"说来奇怪，这受伤之后，手就总是提不起劲儿……不如，你喂我吧？"

孟蝉一怔，嘴边笑意一僵，看向慕容钰头上层层缠住的纱布，很想问一句，你伤的不是脑袋吗？

但她还是把这话咽进了肚里，脸上继续堆笑："这……不好吧，我笨手笨脚的，怕伺候不好小侯爷，小侯爷还是自己来比较方便。"

她才说完，慕容钰的眼神霎时就冷了下来，幽幽看着她，也不说话，就那样凉飕飕地瞅着，瞅到孟蝉自己受不了了，颤颤巍巍端起汤碗，想着就当照顾双臂齐断的孤寡老人了。

一口热汤进了嘴，慕容钰顿时笑逐颜开，孟蝉却笑得僵硬，只因身后那道寒光陡然暴涨，唰唰唰地快把她背都戳烂了。

袁沁芳提着食盒，跨入院中时，正听到慕容钰凑在孟蝉跟前喋喋不休。

"我这脑袋少说还得一个月才能恢复，你手艺这么好，一定要多给我补补，什么乌鸡、牛肚、鲍鱼、玲珑八宝鸭通通来一遍，我会常来你这儿的，你听到没？"

他说完还就着孟蝉的手又喝了口汤。

孟蝉一张雪白的小脸皱成了个团子："小侯爷，不成，我没钱，我还要开门做生意呢，也没精力给你捣鼓这些，你家里不是还有一堆的厨子嘛，想吃什么吃不到……"

"那不一样，我就想吃你做的，钱不是问题，伙食费我全出了，你吃不了亏，再说……我这脑袋，你不该负责吗？"

"怎么就该我负责了，明明是你先来寻我麻烦，自己不小心……"

两人正争执间，孟蝉忽然瞧见院中神色异样的袁沁芳，心头一跳，一下放了汤碗，站了起来："沁……沁芳小姐？"

袁沁芳甫一看清孟蝉的模样，目光一惊，难以置信："你的脸？"

她之前来时，孟蝉都藏在斗篷里，此刻才完全显露于她眼前，竟像换了个人似的，伤疤全消，清丽脱俗，美若瑶池仙子，让她在旁都有些黯然失色，隐隐被比了下去。

女人最在乎的无非就是这点皮相，更何况还是向来自恃美貌的袁沁芳，她一时间怔怔地说不出话来，握住食盒的手也一紧，心头酸溜溜的，形容不出是什么滋味。

偏偏慕容钰还从孟蝉身后探出个脑袋，上下睨了她几眼，怪声怪气地开口，话中带刺："我当是谁呢，原来是一心给付朗尘守节，坚贞不屈的未婚妻呀……袁小姐，你来做什么？"

自从上次在归逸园那么一闹，慕容钰对袁沁芳的兴致就淡去了许多，他本来就不缺女人，只不过是为了报复付朗尘，才刻意追求付朗尘的未婚妻，出一口气，但几次三番折腾下来，也被袁沁芳弄得索然无味。

可今时不同往日，袁沁芳再看到慕容钰时，感觉就有些微妙了，尤其是还看到他和孟蝉待在一块，举止亲昵，更是心中五味杂陈。

她是来给付朗尘送桃花酥的，当下慕容钰在场，她也不好多说什么，只得强打起精神冲着孟蝉一笑，说自己是来给孟蝉送些亲手做的小点心，知道孟蝉一向最爱吃她做的桃花酥，便带了些过来。

哪知孟蝉站在那儿，一动不动，好半天才望着她，慢慢道："桃花酥吃多了发腻，劳烦沁芳小姐惦记了，上次的还没吃完呢，放着也是浪费，这次的还请沁芳小姐带回去吧。"

袁沁芳提着食盒的手一颤，一张俏脸在刹那间血色尽褪，万万没想到孟蝉会当着慕容钰的面，如此干脆拒绝，一丝面子也不给她留。

她稳住呼吸，强自笑道："妹妹现在是不爱吃了吗？"

孟蝉摇摇头，轻轻开口，投向院中的目光有些哀伤："世事难料，人心都能说变就变，我换种口味又有什么奇怪呢？"

这一回，袁沁芳胸膛起伏，死死咬紧唇，再没什么可说的了。

慕容钰感觉两个人就像在打哑谜一样，他虽听不懂，但瞧见袁沁芳吃瘪，他乐见其成，不仅莫名解气，还对平日不声不响的孟蝉多添了几分惊喜，小美人儿居然还挺有个性。

袁沁芳走时，慕容钰一点表示都没有，视而不见般，反而更加肆无忌惮地去闹孟蝉，拍着桌子耍赖道："说好了，说好了，就一个月，你给我炖一个月的补汤，听见没？"

孟蝉堵住耳朵摇头，雪白清丽的脸上尽是不情愿："不成不成，小侯爷你别为难我了，我一天好多事要做呢……"

袁沁芳咬紧唇，提着食盒的纤指倏然一紧，脑中腾地冒出一个词——欲擒故纵。

蝉梦馆外，风掠长空，好不容易等到慕容钰的身影出来，袁沁芳整了整裙角，立刻迎了上去。

她仍有些放不开，微微垂首，脸红着细如蚊呐："我……我爹一直想请小侯爷过府畅饮几杯，还特意请了吉祥斋的大师傅，就不知小侯爷哪天有空……"

事实上，往侯府的帖子都递了好几封，但慕容钰一直都没回应过，把袁沁芳的父亲急得跟什么似的。

袁沁芳的心境也悄然发生变化，从青州回来后，付朗尘可怕的模样就始终在她脑海中挥之不去，她把自己关在房里哭了好几宿，渐渐地，也想明白了。

事已至此，她总要为自己寻出路。

当下，她鼓足勇气对慕容钰发出邀请后，慕容钰却只是掀了掀眼皮，往她身上转了一圈后，浑不在意地一扬手："最近这一个月恐怕都没空，等哪天有空了再说吧。"

袁沁芳急了，顾不得男女大防，抬头去望慕容钰，眼中略带恳求："那吉祥斋的大师傅手艺特别好，小侯爷尝尝就知道了，我爹还新寻到了几块极为罕见的湖石，想给小侯爷瞧瞧……"

不是她不矜持，而是形势由不得她矜持，慕容钰先前那么追求她，架势弄得那么大，早传遍了整个盛都城的圈子，还有哪户高门子弟敢和他抢人？更何况，那趟归逸园之行，不知哪里传出的风声，明里暗里地说她已是小侯爷的人了，她听了又羞又急，可她一个大家闺秀，如何好出去自辩清白，再加上表哥已成了那副模样，她什么指望也没了，事情到了这一地步，似乎只有嫁给小侯爷这最好的一条路了。

但偏偏从青州回来后，慕容钰那边就熄了火，没了风声，好似全然忘了自己下的那些聘礼，把袁父可算急坏了，天天在府里埋怨袁沁芳，不该冷落了小侯爷。袁沁芳有苦难言，只得以泪洗面。

蝉梦馆外，慕容钰显然没注意到袁沁芳脑中的这些弯弯绕绕，他呬呬嘴，还在回味孟蝉喂给他的那碗鸡汤，心情好得不得了，一点也不想同袁沁芳纠缠了，随意挥挥手："行了行了，别说了，我有空了再去吧……对了，让你多少往侯府递帖子了，怪烦人的。"

说完，他看也不看袁沁芳，只迈着轻快的步子离去，一边走还一边摸着嘴唇，一副意犹未尽的模样。

袁沁芳站在风中，眼睁睁看着慕容钰的背影渐行渐远，她死死握紧手中的食盒，一双美眸微颤泛红。

究竟，究竟是哪里发生变化了？

她扭头看向身后的蝉梦馆，望向院中那道远远的倩影，心中搅作一团，眼神里不自觉就带了几分怨毒。

她脑中甚至蓦然浮现出一个可怕的猜测，难道那些关于她失身的传言是孟蝉故意传出去的，就是为了报复她抛弃了付朗尘？孟蝉的脸也忽然好了，以美色一下迷得小侯爷神魂颠倒，让小侯爷看也不看她一眼，是故意要断了她全部的后路吗？

有什么越想越明朗，袁沁芳呼吸急促起来，提着食盒的手也越捏越紧。

不过是去了一趟青州，她就一下从云端跌到泥里，想来想去，能动手脚的也只有亲历其中的人了。

想到那日院中，孟蝉情绪激动地维护付朗尘，今日又推了她的桃花酥，袁沁芳顿时就仿佛明白了什么，她脑中的那个念头也越来越坚定。

殷红的裙角在风中摇曳，她一双美眸死死盯着院中的人影，每一个字都咬得浓烈如墨：

"你说得没错，世事难料，人心果然说变就变，是我小觑你了。"

4、人生三大不幸

夜里的风有些凉，蝉梦馆里一片静寂，只有月光漫过窗棂，洒在飞扬的帘幔间，如梦似幻。

屋里，付朗尘在榻上辗转反侧，全身上下透着一股深深的怨念，孟蝉甚至能从他盖的那床被子上，清清楚楚看到"我不开心""我在生气""我闹别扭了"几个字。

她躺在地铺上，提心吊胆的，想着大概是今日沁芳小姐来了，又勾起付大人的各种小情绪了，她忍了又忍，到底还是没忍住，起身小心翼翼地开口道："付大人，你是不是燥热难安，睡不着啊？要不要我打盆水给你擦身子？"

那个颀长的身子背对着她，扭了扭，闷声闷气道："不要。"

孟蝉眨眨眼，慢慢"哦"了一声，又躺了回去，却是付朗尘冷不丁翻过身来，攥住她的眸。

"喂，你干吗要答应他，给他炖一个月补汤？"

恶狠狠的声音里透着十足的不爽。

孟蝉长睫微颤，好一会儿才反应过来："你说小侯爷吗？"

她难以置信，敢情……敢情是因为这个才睡不着的？

孟蝉有些哭笑不得："我没有答应他啊，是他耍无赖，我没应下，不算数的。"

付朗尘哼了哼，眼神依旧恶狠狠的："那你今日还喂他喝鸡汤了呢，还是我的鸡汤！"

"这个……"孟蝉撇撇嘴，"那不是情势所迫嘛，我也不想分你的鸡汤给他喝啊……"

说到这儿，她真心实意地肉疼起来："你都不知道那锅鸡汤有多贵，我加了多少料在里面，费心守着炖了一上午，就那么白白给糟蹋了一碗，我自己都没舍得喝一口的，看他喝的时候别提多心疼了。真是不当家不知柴米贵，那个混账小侯爷……"

听着孟蝉的声声"讨伐"，榻上的付朗尘有些愣了愣，他一肚子气好像忽然就烟消云散了，不仅没处发了，甚至在孟蝉的碎碎念中，还情不自禁想笑出声来。

而他也的确扑哧一笑，孟蝉的数落戛然而止，她后知后觉反应过来，有些不好意思。

榻上的付朗尘却探出脑袋，对她道："天越来越冷了，地上凉，你上来睡吧。"

孟蝉脸一红，提起被角，往里缩了缩，莫名心虚："那怎么成，床又不大，现在是你安胎的要紧时期，万一挤到你肚子，压到了山神宝宝怎么办？"

付朗尘一哼："压死他最好！"

孟蝉："……"

她摆摆手："还是不要了，万一有个闪失呢，再说我被窝挺暖和的，不冷……"说到后面已没声了，人都钻到被里面去了，脑袋都瞧不见了。

付朗尘被她这没出息的尿样逗笑了，伸出手指就往她被面上一敲。

"借口，你就是害羞，有什么可害羞的？那日是谁搂着我，滔滔不绝，一口气说上那么多的……"

被里忽然一个扭动，传出几声鬼喊鬼叫，火速打断付朗尘："我睡着了！"

说睡着了还真不动了，付朗尘拉了几下都没扯开那被子，最后只得一敲那中间。

"呆瓜。"他骂着，唇角却不自觉扬起，俊秀的脸庞在月下笼了层柔光。

付朗尘睡了一夜好觉，做了一夜好梦，然而接下来一段日子，他却时不时就要闹一下不爽，因为慕容钰开始隔三岔五地上门来……和他"分食"了。

不仅他意见大，肚里的山神仿佛也有所感知，经常闪着红光表示抗议，叫孟蝉只能连哄带劝，贴着肚皮教小山神人世之道："乖宝宝，民不与官斗，你忍忍就过去了，听话啊。"

付朗尘又气又好笑："你还混成人精儿了。"他低头也看向腹部，轻轻一拍，"行，那你就在肚里忍忍，日后且看着，等你老子官复原职了，怎么加倍向那王八蛋讨回来！"

兴许是怀着怀着就有了感情，不知不觉，付朗尘就以一副"老子"的口吻自居了。孟蝉也觉得那腹中山神跟付朗尘亲昵不少，不再见天地发疯折腾他，她暗自高兴，炖起各种补品来也更加卖力了。

就这样，转眼过去小半月，孟蝉正数着指头盼着一月之期快点到时，苗纤纤却上门了。

这一日的她，格外有些扭扭捏捏，欲言又止。

"孟蝉，跟你商量个事儿……你替我去相亲好不好？"

人生三大不幸——吃饭被噎，上厕无纸，女大当嫁。

说起这个相亲，苗纤纤就格外愁。

她娘不知从哪儿又搜罗到了一名"上天入地绝无仅有人中龙凤"的优秀男子，据说还是个宫廷画师，斯文清俊的，一手妙笔丹青不知迷倒了盛都城里多少女孩子。

据苗纤纤的娘夸耀，是她抢破脑袋，千辛万苦才从媒婆那儿挑过来的上等"货色"，错过了绝无分店。

苗纤纤那个无语啊，给叶书来换最后一次药的时候，忍不住就嘀咕了几句。叶书来登时一挺身，眼一瞪："我腿才一好利索，你就跑去相亲，你也未免太……重色轻友了吧？"

苗纤纤正烦躁着，伸手就往叶书来腿上一拍："你这什么贱腿，拖了这么久才好周全，我还没嫌你耽搁我时间呢，你管我去做什么！"

不过说归这样说，她还真不想去跟那画师见面，对她娘安排的相亲一万个不情愿。

"那画师也不知给我娘灌了什么迷魂汤，托媒人送了几幅画过来，我娘宝贝得跟什么似的，我搁那儿瞧了两眼，也不怎么样嘛，还没你画得好呢。"

这话一说出来，苗纤纤就知道自己错了。果然，叶书来长眉一挑，脸上露出促狭的表情，还拿扇子戳了戳她："那啥，没我画得好，嗯？"

苗纤纤莫名就红了耳朵，一手拍开那讨厌的扇子，没好气道："你少得意了，你就那点画拿得出手了，我这人坦诚罢了。"

叶书来不改促狭："你这人脑子不灵光，眼光倒还不错，成天往我这府上跑，把我的画都偷偷看了个遍吧？"

苗纤纤耳根子继续红着，被一语戳穿后有些恼羞成怒，狠狠往叶书来腿上一打："谁偷看你的画了，你少自恋点会死吗？"

叶书来吃痛，赶紧把腿从苗纤纤怀里缩回来，脸上还挂着笑："好了好了，我不逗你了。"

两人闹了一阵后，他折扇一打，正经起来："那你怎么打算？你会去和他相亲吗？"

苗纤纤深吸口气："我觉得吧……"

她不自觉地把叶书来的腿又抱回怀中，习惯性地按往日的手法给他按摩，一边揉，一边道：'这种自命风雅的宫廷画师跟我肯定不合适，我还真不怎么想见他，但听我娘的描述，我倒觉得他跟一个人很般配……"

"他喜欢文静内敛，乖巧一点的，他自己也斯斯文文，心细如尘，会照顾人，还没有花花肠子，这样说来……"

苗纤纤脸上露出笑意，叶书来也福至心灵，扬起唇角，与她一对视，默契非常地道："你是说……孟蝉？"

蝉梦馆里，苗纤纤握住孟蝉的手，两眼放光："我和叶书来都是真心觉得，那个宫廷画师跟你特别般配，就像茶壶和茶盖，准能贴得严丝密合，一挨上就分也分不开了。"

这种文绉绉的比喻手法，孟蝉坚信是叶书来教给苗纤纤的，不然以她的风格，一定说的是些"母猪配大郎，山鸡娶凤凰"的话。

孟蝉当下对着苗纤纤的殷切目光，也不好直接抽出手，只能为难道："可这只是你们单方面猜测罢了，你怎么知道那画师就一定能看上我，我就一定喜欢他那种呢？"

苗纤纤"啊"了一声："你不喜欢那种温柔性子的吗？"

孟蝉一愣，温柔？她脑袋里登时冒出一张坏脾气的俊脸，经常说不爽就不爽，三句话能把人挖苦死，但有时候又会很奇妙的……很温柔，她不觉抿了抿唇："说不准，得分人，我还是……不太想去。"

"为什么，那画师其实不错的，是我娘千挑万选出来的，宝贝着呢，只是不太适合我罢了，但和你简直是绝配啊，难道……你已经有心上人了？"

苗纤纤一双明艳的大眼睛闪啊闪，瞅得孟蝉一阵心虚，莫名就往里间瞥了几眼，压低声音道："不是，我就是最近不太想出门，要去和那画师见面觉得挺不好意思的……"

"为啥啊？你现在都这么漂亮了，老闷在蝉梦馆里也不是个事儿啊，你也总得嫁人不是？"苗纤纤凑近孟蝉，"好孟蝉，去吧去吧，求你了。"她眼睛眨巴着，双手合十，可怜兮兮的，后面就差一根摇晃的尾巴了。

"好孟蝉，你就帮我这一回吧，就当去喝个茶，散散心，你可以顶着我的名头的，看不上就回去和媒人推了，再不联系；看上了就告诉他，你是谁，用你真正的身份和他认识，说不定一段姻缘就来了，怎么样？"

孟蝉被苗纤纤拉着袖子摇啊摇，一时不知该怎么办好了，心软之下含糊无奈道："那我就去替你喝个茶，喝完就回来，不同那画师多说一句。"

"好啊好啊，孟蝉你最好了！"苗纤纤欣喜若狂，一把抱起孟蝉，兴奋地在屋里转起圈来，"我就知道你会答应的，你对我最好了！"

孟蝉被她的大力甩得晕头转向，人却才被放下来，就听到苗纤纤对着外面一声吼："来来来，你们可以进来了！"

她话音才落，一群俏丽的小姑娘已欢欢喜喜，在一位老嬷嬷的带领下鱼贯而入，还抬了几个大箱子进来，像是在门外等候已久，此刻迫不及待地拥入院中，瞬间就把小小的蝉梦馆围满了。

孟蝉惊住了："这……这些人是……"

苗纤纤双手抱肩，眉飞色舞："这些啊，都是叶府的丫鬟，个个心灵手巧的，最会梳妆打扮了。你看，最前面的是李妈妈，她在叶府待了三十年，伺候过数十位大夫人与小姐，经她的手化妆出来的美人，那叫一个天香国色，倾国倾城……"

那为首的老嬷嬷听苗纤纤这么夸她，喜滋滋的，上前就给孟蝉施礼道："老身见过孟姑娘，孟姑娘如此人间绝色，老身一见便知自己无太大用武之地，只是略施几手，锦上添花罢了。"

她身后的丫鬟们眉眼含笑，像训练好似的，也跟着一个施礼，异口同声道："孟姑娘人间绝色，我等能伺候孟姑娘梳妆打扮，三生有幸。"

孟蝉被这架势吓得退后一步，目瞪口呆，不知情的还以为她要被接进宫去当皇后娘娘了。她脑中第一反应就是，叶书来和苗纤纤这对"相好的"太舍得下血本了！

她扭头跟苗纤纤咬耳朵，略觉难为情："至于这么夸张吗？就……就算要去，我自己也可以梳妆打扮啊，哪用得着这么兴师动众……"

苗纤纤正舒爽着呢，伸手一把揽过孟蝉肩膀，背对着众人就跟她窃声道："得了吧，你化的那是死人妆，你会化活色生香的美人妆吗？你平时就素面朝天，从来没沾过脂粉，当然，我也不会，所以我跟叶书来就给你找了呀。你放心，她们一定会把你打扮得漂漂亮亮，美如天仙，让那画师一见你就挪不开眼的！"说完又拐着孟蝉转回身，对着一院的叶府女侍，笑得春风洋溢，"行，那就麻烦李妈妈，麻烦大家了！"

众人齐声应下，李妈妈两手一拍，斗志昂扬："姑娘们，开始吧！"

唰唰唰，一排的妆盒一字摆开，一箱箱的衣服同时打开，一堆堆的首饰琳琅满目，院里顿时金光闪闪，艳彩四射，小小蝉梦馆摇身一变，跟座仙池琼宫一般。

孟蝉倒吸口冷气，两只眼睛瞪得要多大有多大，人还愣在原地时，已有几个丫鬟上前笑嘻嘻地按住她："我们先伺候姑娘沐浴更衣吧。"

她稀里糊涂被拉走的那一瞬，苗纤纤还凑了上来，在她耳边贼贼笑道："对了，忘了告诉你，见面的时间就在今儿个下午，地点在吉祥斋三楼，靠窗的位置，风光无限好，你俩最好多待一会儿，还能瞅瞅树梢头的大月亮呢！"

"我……"孟蝉一句话还来不及说出口，几人已将她拖走，她扭过头，忽然生出一种……被贼公贼婆合伙卖了的感觉。

苗纤纤站在原地冲孟蝉挥挥手，笑得一脸欣慰灿烂，事实上，她的确有种嫁女儿的感觉。

她是真心希望孟蝉能和那宫廷画师成一对，在她看来，两个温温柔柔的人再适合不过了，她拿孟蝉就当亲妹子似的，能给孟蝉找到一段好姻缘比啥都强。

正这样想着，苗纤纤忽然感到一阵寒意袭来，一股深深的怨念包裹住她，她打了个喷嚏，左顾右盼，感觉有人在诅咒她似的。

而暗处有一道人影，也的确在咬牙切齿，挺着大肚子咒骂她："相个鬼的亲，惹事精、没脑女，跟叶五坏一块儿去了，就知道坑呆瓜！"

5、你居然瞒着我去相亲

风掠长空，街市熙攘，人来人往，一阵馨香忽而远远飘来，环佩叮当，众人回头望去，几乎在刹那间忘记了呼吸，一道倩影款款走来，仙气袭人，美得如梦似幻——

那道身影轻笼白纱，长裙随风摇曳，墨发如瀑，眉目如画，每一步走来都像绽开一朵莲花，圣洁无瑕，灵秀不可方物，清隽绝美得让人为之神魂颠倒。

人群自觉分开两道，给琼宫仙子让路，个个屏气凝神，眼睛都看直了。

孟蝉在这些灼热的注视下不由得有些紧张，拉了拉身旁的苗纤纤，悄悄对她道："纤纤，会不会……太招摇了啊？为什么咱们不坐马车呢？"

苗纤纤挽住孟蝉，脑袋高高昂起，与有荣焉地接受着行人目光洗礼，她嘴巴不动，声音从齿缝间溢出："就是让你招摇招摇，给你点自信，让你知道自己有多美，省得你成天闷在蝉梦馆里，跟死人打交道……你快别说话了，抬头挺胸，好好享受凡人的瞻仰吧。"说着一捏孟蝉的手。

孟蝉无法，只好硬着头皮继续往前走。

她不知道，在人群的后方，有一道戴着头纱、挺着腹部、颀长高大的身影，已经鬼鬼祟祟地跟了她们一路。

付朗尘很气，非常气，十分气……快要气死了！

如果眼神能化成利箭，那么前头的苗纤纤早已被他万箭穿心，当街射死了。

搞什么嘛，让孟蝉代替她去相亲也就算了，还把孟蝉打扮得那么漂亮，打扮得那么漂亮也就算了，还带孟蝉招摇过市，炫耀得意，是生怕盛都城治安太好，没有色狼觊觎惦记吗？！

真是气死了，气死了，气死了！

付朗尘罩在披风里，头纱遮面，浑身上下散发着滔天的怨气。

街上恰好一个人没长眼，不小心撞到他身上，正要跟他道歉时，却抬头被他诡异违和的身高和肚子吓住了，嗓子卡着说不出一句话来。

付朗尘心情正不爽，肚子一挺，当即狠狠一脚踩回去，捏着嗓子道："看什么看，没见过长得高的孕妇啊，土包子！"

那路人猛地缩回脚，脸色大变，落荒而逃。

付朗尘哼了哼，裹住披风，把头纱又往下扯了扯，继续跟着前方的孟蝉二人。

多亏孟蝉天仙下凡似的，替他吸引去了绝大多数的目光，他的怪异才没被多少人注意到，路人至多只在心里嘀咕一句，那边有个鬼鬼祟祟的高个大肚孕妇。

苗纤纤将孟蝉带到吉祥斋门口就走了，临走前拍拍她的手给她打气。

孟蝉一颗心七上八下的，上楼时紧张不已，满楼吃吃喝喝的人忽然就安静下来了，压根没注意到这天仙后面还跟着个奇怪的大肚孕妇。

孟蝉提着长裙上了三楼，画师姓岳，早已与媒人候在窗前，一扭头，正好见到上来的孟蝉，呼吸一窒。

孟蝉记得那窗边的位置，数到第六个时，对上一张清秀斯文的脸，正痴痴入迷地看着她，她脸一红，微微垂首走过去，施礼轻声道："见过岳公子，我是今日与你有约的……神捕营女捕快，苗纤纤。"

那岳画师身子一颤，不敢相信自己的耳朵："你……你就是苗……"

他先前见这天仙般的人左右寻望，似乎与人有约，还暗道谁这么好的福气，却万万没想到她竟向自己走了过来，她就是自己今日要等的人，这天大的好运竟凭空砸在了自己脑袋上！

实在不能怪岳画师这般惊喜万分，只因他来之前就打听清楚了，想象中的苗纤纤是个五大三粗、凶神恶煞的女捕快，他压根就未对这次相亲抱多大希望，从一开始就是碍着熟人面子来的，却不想……

此刻反应过来，岳画师简直要心花怒放，他连忙起身，两眼放光，又生怕唐突了佳人，只差把"我很中意你"几个字写在脑门上了。

"见过纤纤姑娘，早闻姑娘大名，倾慕已久，不想今日一见，当真气质卓绝，风华冠世，不似凡尘俗物。"

这夸得叫一个上天入地，孟蝉还没怎么着呢，鬼鬼祟祟跟在她身后的付朗尘就已经白眼一翻，暗呸了声："色中饿鬼。"

那厢孟蝉施施然落座，这边付朗尘也寻了个不起眼的角落，扯了扯头纱，紧盯"战况"。

窗边，孟蝉与那岳画师对面而坐，旁边还坐了个媒人，这是城里鼎鼎有名的沈媒人，早叫叶书来给收买了，此刻嘴皮子上下碰得欢快，一心想要撮合眼前这对"假捕快"与"真画师"。

"……好了，两位的情况也都介绍得差不多了。说来感慨，老身做了这么多年媒，还没见过哪对有您二人般配的，不怕笑话，您二人往这儿一坐啊，我就瞧出了夫妻相，那眉眼气度简直绝了，这要真成了，一定是盛都城里最引人艳羡的一对！"

收了金叶子就是不一样，沈媒人还是头一回这么露骨殷切地做媒，把孟蝉说得脸上微微泛红，更叫不远处角落里的付朗尘气不打一处来，顶着头纱恨恨磨牙，猛地就一拍桌子："去你的夫妻相，还眉眼气度绝了呢，说亏心话也不怕被凉水呛死！"

他极力克制下，动静不算太大，但还是招来了店小二，见多识广的店小二也对他这身奇怪的行头不由得多看了几眼。

"这位夫人，您看进了咱这吉祥斋，您这头纱要不要……摘了比较好？"

付朗尘正不爽着，当下捏着嗓子一声冲道："摘什么摘，我脸上被马蜂蜇了，挡挡还不行吗？"

店小二被吓了一跳，只觉这位大肚夫人的气势太足，他一时不敢说什么，只好赔着笑道："那……那夫人您要吃些什么呢？"

"吃媒婆肉！"

"这……这个……"店小二脸上的笑快挂不住了，还好付朗尘也不想跟他多扯，直接掏了银子扔桌上，没好气地哼道："行了，行了，给我上壶牡丹三景吧，叶尖儿择干净了，别烦我了。"

这熟稔的口气一听就是吉祥斋的常客，而吉祥斋又是盛都城里数一数二的大酒楼，能成为常客的，一定是非富即贵，来头不一般，小二当下也不敢怠慢，拿了钱上了茶后，唯唯诺诺地就退去了，还特意叮嘱酒楼其他人，不要去招惹角落里那个脾气不好的怪异孕妇。

那边窗下，沈媒人还在唾沫横飞，却不知正有一群人走过酒楼，当中一人"哎"了一声。

"阿钰，你看，那不是蝉梦馆那丫头吗？"

说话的正是李尚书家的麻子少爷，一行人齐齐抬起头，慕容钰目光一亮："还真是，今儿个怎么打扮得这么漂亮，仙女似的……"

"可她对面坐的那个男的是谁？"孙丞相家的胖胖一言抓到重点。

后头跟着的小厮中，有人认出，奇道："旁边坐着的那个，不是城里有名的沈媒婆吗？专给人说亲的，要价不菲呢……"

这一下，慕容钰与麻子、肥猪、蛮牛三人组陡然明白过来，一阵寒风吹过，慕容钰一张俊美无双的脸，在一瞬间难看至极。

"媒婆？说亲？"

他阴森森地从齿缝间溢出这两个词，抬头看着美如天仙的孟蝉，忽然觉得格外刺眼，更别提她对面坐的那个男人，还望着她不停地笑，起身为她倒茶夹菜，殷勤万分。

"真是岂有此理！小爷的女人也敢碰！"慕容钰怒不可遏地一挥袖，想也未想地就要冲上楼。

那"奇形怪状三人组"也面面相觑，暗道有人要倒霉了，带着手下们一同跟了上去。

而楼上窗边，那沈媒人终于把该说的都说完了，清清嗓子，向两人施礼"功成身退"了，桌边一时间只剩下孟蝉与岳画师两人对坐。

那岳画师清秀的脸上浮起红云，越看孟蝉越心动，他一只手不由得就想伸过去："纤纤姑娘，窗边风大，你冷吗？"

孟蝉的手赶紧往后缩了缩，讪讪一笑："不冷的。"

"还是不成，你衣裳单薄，小心寒风入体。"岳画师脱下自己的外袍，起身就想给孟蝉披上，嘴里还温柔道，"你披我的衣裳吧，可别冻着了，女子如花般娇嫩，定要悉心呵护才行。"

"不用了，真的不冷的，风吹得很舒服……"孟蝉有些哭笑不得，连连摆手，被岳画师的举动弄得又尴尬又无奈。

但那岳画师还是不停地凑近孟蝉，兴许是真的心含关切，一双手都要搭上她肩头了："你别与我客气了，快披上吧，风这么大，你定会冷的……"

角落里的付朗尘怒火中烧，再也看不下去，就在他一拍桌子，忍不住想要站起时，一道人影却比他还要快上一步——

勾了金丝云纹的靴子一脚踹去，小侯爷漂亮的脸上满是怒意，将那岳画师踹得猝不及防，一个跟跄，差点跌跪在地。

"你个色鬼少动手动脚的，冷什么冷，人家姑娘都说了不冷，你想占人便宜是不是？"

孟蝉起身惊呼间，一只手却陡然伸出，将她一把拉入怀中，她扭头只对上慕容钰那张俊美的怒颜。

"你居然瞒着我来相亲，还是跟个这样的穷酸色鬼？你眼睛是不是瞎了，看不见我成天往你那儿跑吗？盛都城里哪个男人比得上我，要钱有钱，要权有权，要模样有模样，你都不长眼睛的吗，放着我不要偏偏跑来相亲？"

慕容钰抛出一连声的质问，当真是气疯了，孟蝉始料未及，涨红了脸在他怀里拼命挣扎："你……你胡说些什么，你放开我……"

她甫一挣开便气喘吁吁，不顾慕容钰的怒视，赶忙去扶地上的画师："岳先生，你没事吧？"

那岳画师整个蒙了，被慕容钰领着的一帮人团团围住，如此大的架势叫他措手不及，脸色大变："纤纤姑娘，这是……这是你的朋友吗？"

孟蝉扶起岳画师，还来不及回答，她身后的慕容钰已经一接口："什么纤纤姑娘？"

他眸光一动，上前就揪住那岳画师衣领，疾声喝道："你说，她是谁？你叫她什么？"

岳画师清秀白皙的脸上俱是惊恐，仰头望着慕容钰吓得浑身直哆嗦："她，她是……神捕营女捕快，苗纤纤姑娘啊！"

慕容钰手一顿，忽地哈哈大笑，所有怒气在瞬间消散无踪，取而代之的是一脸欣喜。

"什么苗纤纤，我就说嘛，有我成天在跟前晃悠，还能看得上那些凡夫俗子？"

他松了画师，把人往外一推，眼角眉梢都止不住地得意："滚滚滚，我告诉你，这不是苗纤纤，不是要和你相亲的那姑娘，这是小爷的女人，是你八辈子也够不上的孟蝉姑娘，你趁早快去找那正主吧，同她成双成对，再别出来祸害小爷的人了！"

那岳画师听得云里雾里，还待问个究竟时，屁股上已经又被踹了一脚，他何曾见过如此阵仗，当即抱起外袍，跌跌撞撞地差点滚下楼，连孟蝉也一眼都不敢瞧了。

慕容钰拍拍手，站在三楼往底下瞧，色如秋月的一张脸霸气十足。

"今儿个小爷包场了，吃完的没吃完的通通都滚出去，账小爷全结了！"

6、连个孕妇都不放过

酒楼上下的人鱼贯而出，角落里，付朗尘裹着披风，戴着头纱，冲来赶他的喽啰尖着嗓子耍横："别碰我别碰我，没看我大着八个月肚子嘛，我走不动，你要是硬来推我，我不小心滚下楼了，肝啊肠子什么的糊一地，胎儿也血淋淋地冒出个头来，那可是一尸两命，你赔得起吗？"

即使捏着嗓子，付朗尘的声音依旧魔力不减，充满了画面感，那手下打了个哆嗦，摸摸鼻子，见的确是个大肚婆，只好悻悻嘱咐道："行行行，你就老实坐着，千万别出声，别坏咱们小侯爷的好事。"

付朗尘冷冷一哼，看向慕容钰那张欠揍的色脸，暗暗捏紧了拳头："我呸，还好事呢，怎么不来个雷当场把这王八蛋劈死呢！"

远处的慕容王八蛋一点被人咒骂的自觉都没有，只是得意扬扬，满脸调笑地走近孟蝉："怎么样，我替你包下一整座吉祥斋，你面子够大吧？"

孟蝉一声不吭，瞅准空子就想混着人群一起往外逃，却被四周手下瞬间围住，她慌不择路，差点直接撞到慕容钰怀里。

"哟，又这么迫不及待地投怀送抱了？"慕容钰伸手就想揽过孟蝉，"来，满足你，小美人，先香一口……"

孟蝉跟触电似的霍然弹开，一下退到了窗边，惊魂未定。

慕容钰抱了个空，却也不恼，只是将目光往孟蝉身上打量了一圈，越看越满意："你总算换了套像样的衣服，用了点像样的胭脂水粉，这才像个女人嘛，多漂亮。来来来，今天好好陪我吃顿饭，吃完了我就带你游湖去，再给你包一整条画舫下来，你说好不好？"

他一边说着一边扬唇走近。

孟蝉被那语气弄得一阵恶寒，摆手不及："不好不好，我今天是来帮朋友的忙，你将那岳先生吓走了，我得赶紧去和人解释……"

她话还未说完，慕容钰已经脚步一顿，俊眸冷了下来："岳先生？叫得好亲热啊，你帮人还帮出真情实感来了？你是不是看上那穷酸书生了？"

"你，你别乱说，我是受人之托，得有始有终才行……"

"你还想有始有终？我跟你说，以后这种忙，你再敢随便揽到身上试试？看我不把那奸夫的腿打断！"

眼见慕容钰越说越离谱，孟蝉终于忍不住，一把解下腰间系着的那个扇坠儿，挡在胸前高高举起："等等，小侯爷，你别过来了……其实……其实叶公子一直挺想和你吃个饭，择日不如撞日，干脆就今天吧，我现在就去通知他，你们吃完还可以去游湖泛舟，喝喝酒，吹吹小风，谈谈天南地北的趣事，加深一下惺惺相惜的情谊，你看怎么样？"

"惺惺相惜个屁！"慕容钰俊脸一黑，"你少恶心我了，总用这一招烦不烦？别再拿那个破扇坠儿搁小爷眼前晃悠了，今天就算天王老子来了，我也吃定你了！"

他说着向前猛地一扑，就要去捉住孟蝉。

孟蝉失声尖叫地拔腿就跑，绕着桌子又跟慕容钰转起圈来，一边绕一边高举那扇坠儿："小侯爷，你冷静点，你别乱来，其实我还是那个丑八怪，现在不是我的本来面目，障眼法而已，你想想我从前那张脸。对了，我还成天给死人化妆来着，一双手不知碰过多少肮脏东西，身上染没染病还不清楚呢，万一不小心传给了小侯爷，我就算死一万遍也难辞其咎啊……"

慕容钰脚步略微一滞，却哼了哼，对着孟蝉继续饿狼扑食："你少再糊弄我了，伶牙俐齿的，装得比谁都像，我才不上当了呢，你这张小嘴还是用来跟我亲亲比较好！"

闹腾的动静中，角落里一道身影越看越急，心里已将慕容钰祖宗十八代都骂遍了，两只手更是死死攥着，差点忍不住要拍案而起。

就在慕容钰伸手一扑，快要抓住孟蝉的那一瞬，酒楼里忽然响起尖锐刺耳的一声："哎呀，要生了要生了，奴家肚子好痛啊——"

　　慕容钰还没看清楚时，已经有一团移动的物体飞速地扑到他眼前，大肚子顶得他往后一退，害他身子一个趔趄，差点摔倒。

　　"不行了不行了，要生了……"一片混乱中，众人瞠目结舌，那腹部高挺的身影拦在孟蝉跟前，紧紧握住她的手，"姑娘快……快帮我接生，我不行了，我孩子要出来了……"

　　孟蝉呆如木鸡，一张嘴大大张着，头纱下的付朗尘却往她手背上狠狠一拧，她立刻反应过来："生，生，现在就生！"

　　话音才落，慕容钰已发出一声怒吼："生什么生，怎么回事，哪儿来的大肚婆，不都把人赶走了吗？"

　　那先前将付朗尘私自留下的小厮哆嗦地站出，吓得脸都白了，赶紧上前去拉付朗尘："夫人你别害我了，忍忍先别生了，你回去再生……"

　　"不得了啦，杀人啦，草菅人命啦！"付朗尘斗鸡般尖声喊了起来，大有一副谁赶他就是要一尸两命的架势。

　　孟蝉也连忙拍开那小厮的手，把付朗尘头纱又往下拉了拉，牢牢护住他："别碰这位夫人，我会接生，快，把酒楼那屏风全扯过来，我给这位夫人接生，小侯爷你也快带人回避一下……"

　　"回避什么啊回避！"慕容钰被搅得稀里糊涂，忍无可忍地上前推开那小厮，伸手就要去拉扯付朗尘，"要生回家生去！"

　　他拉着拉着，却忽然一歪头，发出"咦"的一声："我怎么觉得你这么眼熟呢？"

　　"是啊是啊，跟在哪儿见过似的……"慕容钰身后的奇形怪状三人组也连忙附和，他们一早就觉得这忽然冒出的大肚婆眼熟极了，特别是那诡异过头的高大身躯。

　　记性最好的李麻子迷惑开口："阿钰，你看这是不是那……"

付朗尘一激灵，"哎哟"一声叫唤，整个人不堪疼痛般，一下倒在慕容钰脚边，顺势将他一把抱住："小侯爷，您不能这样赶奴家啊，奴家肚子好痛，奴家要生了，人命关天啊，一刻也耽误不得啊……"

慕容钰被他这一抱，浑身鸡皮疙瘩都起来了："撒手，快给我撒手，再不撒手我可踹你了！"

他说着真抬起脚来，付朗尘毫不怯弱，反将肚子一拱，挺得高高的，直接送到慕容钰脚下："踹吧踹吧，反正孩子没了奴家也不活了，变成厉鬼也要夜夜去小侯爷床头闹腾，抱着我那夭折的苦命孩儿一起哭泣……"

他声音里似乎带着魔力，寥寥数语却画面感十足，酒楼瞬间仿佛真刮来一阵阴风，叫所有人都汗毛一竖，慕容钰更是又气又躁，恨不能立刻踹下去，他那只脚都到了边上，却到底迟疑了下，生生刹住了。

他一拂袖，气急败坏："真是倒了什么霉，来人，快把这疯婆娘给我抬下去，随便扔个医馆，别再让'她'撒泼捣乱了！"

四周的手下得令，立刻就有几人上前来拉付朗尘，付朗尘却像黏在慕容钰身上似的，叫得一声比一声凄厉，叫那些来拉他的人纷纷有些手足无措，旁边的孟蝉也瞪大眼睛，为付朗尘的演技叹为观止。

一片乱糟糟中，楼下酒楼门口，两道身影迎面碰上，正是刚巡完街的苗纤纤和腿刚好的叶书来。

他们站在吉祥斋那块大招牌下，异口同声道："怎么是你？"

"我来看看孟蝉的情况啊，你呢，怎么腿才好就瞎跑？"苗纤纤一身捕快服，回答得再自然不过。

叶书来却莫名有些心虚："我……我这不是和你一样吗？"

事实上，他才不会告诉某人，他是在府里坐立不安，总有些放心不下，这才决定亲自来看看相亲的到底是谁。

当下，两人还未说上几句，楼上已传来混乱的声响，苗纤纤脸色一变："是孟蝉，孟蝉的叫声！"

她按紧腰间刀，风一阵掠入酒楼。

这边叶书来也是耳尖一动，抬起头看向楼上："我怎么……听到付七的叫声了？"

他疑心自己幻听了，甩甩头不再多想，也赶紧一握折扇，跟了上去。

"一、二、三，走起！"

说抬就抬，几个小厮好不容易掰开付朗尘，齐心协力将他一举抬起，个个都跟抬了座山似的吃力，满脸涨红，正要艰难迈步时，楼梯口却忽然跃出一道鲜红身影。

"住手！"

苗纤纤大刀一扬，气势如虹，叶书来跟在她后头，踮起脚，从她打趴的那些手下之间择路而上，才一上楼，却是对着眼前的场景吃了一惊。

"乖乖，慕容钰，你搞什么，连个孕妇都不放过啊，你怎么越来越下流了？"

那楼梯口七零八落躺了一地的小厮，领头的爬起来，哭丧着冒出个脑袋："小侯爷恕罪，小的们没用，拦不住他们……"

慕容钰五指成拳，怒道："一群废物！"

他旁边的奇形怪状三人组，一见到叶书来，便纷纷心虚地躲到慕容钰身后，用袖子挡脸的挡脸，装喝茶的喝茶，最老实的孙胖胖则干脆蹲下去看桌腿，一副敲敲打打，认真钻研的模样，总之谁都不敢正视叶书来一眼，显然是上回在归逸园里吃了亏，被叶书来拿的皇后令牌震慑了一番，心有余悸。

上头的都这样，底下的人自然也不傻，付朗尘趁机身子一翻，一骨碌便从那几个愣神的小斯手上滚了下来，他按紧头纱撒腿就跑，哪还有之前半点痛苦模样，身手矫捷得压根不像个大腹便便的妇人，看得孟蝉都心惊肉跳，生怕他肚里的山神提前蹦出来。

一溜烟躲到一根大柱子后，付朗尘才气喘吁吁地靠坐下来，他探了探脑袋，手心都是汗，一把将身上的披风又裹得紧了些。

不怕出门没福星，就怕出门遇到鬼，叶五居然会忽然出现，老天爷玩他呢！

他捏着嗓子，扭个腰，蒙蒙慕容钰那群白痴还没问题，但要骗过曾经跟他形影不离，连他身上哪里长颗痣都知道的叶书来，简直是痴人说梦！

太可怕了太可怕了，这要是被叶五认出来了，下半辈子不用活了，抱着叶五的嘲笑每天当饭吃就行了！

还好苗纤纤一颗心都只在孟蝉身上，叶书来才想往付朗尘方向看个究竟，就被苗纤纤的一声狮子吼震得耳朵一痛——

"孟蝉，你快过来，叶公子在这儿呢！"

孟蝉赶紧点点头，提裙正要奔向苗纤纤时，却被慕容钰一抬手拦了下来，他声音阴沉得几乎要滴出水来："叶公子？我还夜壶呢，当我是死的啊！"

骤然拔高的怒喝中，满楼噤若寒蝉，孙胖胖更是吓得差点撞在那桌腿上，唯独叶书来折扇一打，皮笑肉不笑："小侯爷，给个面子吧。"

"我呸，你有什么面子可言，怎么哪儿都有你，你不多管闲事会死吗？你属狗的啊？"

叶书来扬扬眉，这回笑得很真诚了："我不属狗，我只喜欢抓狗。"

慕容钰一怒："你！你……你今天甭想把人带走了，小爷就吃定你这块狗肉了！"

叶书来还想开口，苗纤纤已经将他一把推开："跟他啰唆那么多做什么！我是神捕营的人，小侯爷你若是再加阻拦，我就以'强抢良家妇女'之名将你逮捕，你最好快快放人！"

慕容钰对苗纤纤印象奇差，现下更被她这口气惹怒："神捕营算哪根葱，你个小小捕快也敢这么跟我说话，上回归逸园的事还没跟你算账呢！"

"天子犯法，与庶民同罪，我有何不敢？"

苗纤纤上前一步，正欲再说，叶书来的折扇却已往她胳膊上一敲，示意她让开。

柱子后面探脑袋的付朗尘一见便知，叶五要认真了，果然，那边传来悠悠一叹："慕容钰，我素来就知道你是个没品的人，可不曾想你居然没品到这等地步，得不到姑娘的芳心，就强取豪夺，无赖耍尽，称你一声纨绔，都丢了我们这些正经纨绔的脸，你的段数啊……真是太不入流了，跟我姑姑说说都怕污了她的耳朵。"

一听到"姑姑"这两个字，慕容钰身后装不存在的三人脸色同时一变，喝茶看桌腿什么的都难掩内心惶恐了。

慕容钰却只有愤没有怕，他像是积压的怒气到了顶点，手恨恨一指："叶书来，你不要欺人太甚，一次两次抬叶皇后出来压我，你以为我会怕你吗？！"

叶书来冷冷一笑："压的就是你！"

他话才落音，已经向旁边的苗纤纤一使眼色，语气森冷："还愣着干吗，动手抢人啊，别跟我说你连这个色胚都打不过？"

苗纤纤一怔，被叶书来的气势唬住了，半天才反应过来："哦哦，我，我当然打得过了！"

她说完手中刀一扬，长喊一声冲了上去，楼里那些剩余的手下立时围了上来，一拨拨护在慕容钰跟前。苗纤纤以一敌十，毫不客气地砍了一拨又一拨，整个过程中，叶书来始终盯着慕容钰，摊摊手，笑得气定神闲。

当倒了满地呼痛打滚的手下，苗纤纤带着孟蝉回到叶书来身边时，慕容钰快要气炸了："叶书来，你等着，我不会就这么算了的！"

叶书来带着俩姑娘转身就走，只给了慕容钰一记不屑的余光："这话都说了八百年了，别等付七都投了三轮胎了，你还搁那儿装鳖孙呢。"

简直像一把刀戳在慕容钰心口上，他怒吼着就想冲上来和叶书来拼命，却被三个跟班死死拦住。

叶书来才不管他们几个了呢，只是往那大柱子的方向又瞧了瞧，却发现不知什么时候，那奇怪的大肚孕妇早已经离开了，他皱了皱眉，一时陷入思索当中。

"看什么呢，怎么不走了啊？"苗纤纤推了他一把。

"我好像……发现了一个很像付七的孕妇。"

7、付朗尘在生气

孟蝉回到蝉梦馆时，一轮明月高悬空中，小院树影婆娑，寂寂如许，她莫名就打了个冷战。

果然，踏入里间，看到坐在床边的付朗尘时，她就知道那种不太妙的预感从何而来了。

月光透过窗棂洒入，付朗尘脱了头纱，解了披风，漆黑的长发如云散下，拥着一张俊美阴沉的脸，整个人像笼了一团幽怨的黑气，见到孟蝉进来，也不说话，只在帘幔飞扬间，屈起修长的手指，一下下轻敲着腹部。

　　孟蝉敛住呼吸，小心翼翼地走近，试探性地问道："付大人，你是不是……肚子又疼了啊？"

　　那双漂亮的眸子盯着孟蝉，没有回答，眼底似藏了惊涛骇浪。

　　孟蝉抿了抿唇，有些无措，又有些无来由的心虚，她蹲下身，默默收拾起散落在地的头纱和披风，却才将它们抱入怀中，头顶已经响起一记幽幽的声音：

　　"今天玩得开心吗？"

　　孟蝉抬头，看到付朗尘似笑非笑的俊脸，下意识地就咽了下口水："开……开心？怎么会开心，我……"

　　她话还未说完，身子已被一把扯起，怀里的头纱披风又簌簌掉落下去，天旋地转间，她猝不及防，只被一只有力的手按倒在了床上，再抬眼时，只看到付朗尘不爽到极点的一张脸。

　　"你知道错了吗？"

　　两人一上一下，四目相对，孟蝉的一声尖叫生生卡在喉咙里。

　　她努力平复紊乱的气息，想推又不敢推开付朗尘："错？我……我也没有想到会遇到小侯爷啊……"

　　"不是这个错，你还跟我装傻！"

　　孟蝉身子一颤："啊？那……那是……"

　　她急得背后已渗出细汗来，付朗尘却攥住她的眼："谁让你随便答应去替别人相亲的？"

　　"……"

　　孟蝉两只眼睛瞪得大大的，付朗尘却将她压得更紧了，几乎是贴着她的心跳，恶狠狠地道："你不是口口声声说喜欢我吗？怎么还要去跟别人相亲？还打扮得花枝招展，美若天仙的，你什么意思啊你？你对我的喜欢难道是假的吗？"

"……"

"你不是十二岁的时候就看上我了吗？还成天跑去溯世堂偷窥我，还躲在人群里跟了我的马车一路，看到我尸体时还难过得掉眼泪……还说不管我什么样你都喜欢我，你既然这么喜欢我，干吗随便被人忽悠跑去相亲，你怎么意志一点都不坚定呢？"

"……"

孟蝉被付朗尘一连串话砸得晕晕乎乎，脸上发烫，终于再也听不下去："我……我就是去帮个忙，不是真的相亲……"

"帮什么忙，药可以乱吃，忙可以乱帮吗？"

"……"

孟蝉一片晕乎间，还想到说药不可以乱吃，但被付朗尘一瞪，又咽了回去。

付朗尘越说越来气："我看你对那个画师挺有意思的嘛，笑得那么夸张，嘴巴都要咧到耳根子上去了，你是不是跟他特别聊得来，对他特别欣赏啊？慕容钰要是没来打断，你是不是还准备穿他的衣服，让他趁机握握小手，搂搂肩膀什么的？"

简直歪曲到没边了，孟蝉瞪大眼睛，怀疑自己失忆了，又惊又委屈："我没有笑得很夸张啊，而且……而且我明明有拒绝的，我说了不冷，是他非要……"

"狡辩！"付朗尘一喝，"你那叫拒绝？你那叫欲拒还迎！"

"我真的没有……"

"还狡辩！长这么大就不会说拒绝两个字吗？嘴巴是干什么使的？"

孟蝉被堵得面红耳赤，硬是被付朗尘欺负得一愣一愣的，她身子微颤着，水润润的一双眼睛像只兔子似的："我没有欲拒还迎，我……我一直说不要，可他毕竟也是一片好心，我不能太……"

绯红的两片唇上下翻动着，透着荧荧水光，付朗尘一时盯住不放，目光有些发直，呼吸也急促起来。

就在孟蝉还要为自己再多辩解几句时，一样柔软的东西忽然覆上了她的唇，含住了她所有声音和心跳。

孟蝉头皮瞬间发麻，瞳孔骤缩，压在身上的人却扣紧她的手，忘情地辗转深入着，甚至撬开她牙关，缠住她舌头，吮吸舔舐着，不断汲取她馨香的气息。

耳边的呼吸声越来越粗重，孟蝉整个人被亲得晕晕乎乎，身子软绵绵的没有一丝力气，任付朗尘与她唇舌交缠，灼热萦绕。

不知过了多久，孟蝉才被迷迷糊糊放开，付朗尘一翻身，仰面喘息着，半天没有缓过来。

两个人的脸颊都又红又烫，孟蝉一双唇更是水光潋滟，染了胭脂般诱人，她脑袋都放空了似的，直到身边的付朗尘哼了哼，她才回过神来。

"慕容钰没说错，嘴巴是用来亲的，不是用来给你狡辩的……所以，要不要再来一次？"

碧空如洗，湛蓝澄净，小院树影摇曳，屋檐下的风铃发出飒飒轻响。

付朗尘披了外袍走出里间时，远远地便看到孟蝉在院里忙活着，一股浓郁的芳香弥漫在风中，勾得人食指大动。

付朗尘想到昨夜，不由得伸手抚向薄唇，眼角微扬，正要开口唤孟蝉时，蝉梦馆的大门却被人轻拍起来：

"孟姑娘，孟姑娘你在吗？"

孟蝉似乎正沉浸在某种思绪中，盯着小灶脸颊泛红，好半天才听到敲门声，赶紧放下团扇去开门。

来的不是别人，竟是昨日那位落荒而逃的岳画师，他抱着一卷画轴，清秀的脸上升起红晕，说明来意后，孟蝉愣了愣，第一反应便是往身后看去，莫名地心虚不已。

原来这位岳画师回去后，找到媒婆知晓了一切，但依旧对孟蝉念念不忘，也不愿再和那真正的"苗纤纤"接触了，只是花了整整一宿，施尽生平所学，为孟蝉画了一张像。

他自知得罪不起那慕容小侯爷，他只是个小小的宫廷画师，是万万不敢同皇孙贵族抢人的，所以他只能将所有心意都付在这张画像上了，祈盼来世再与孟蝉相会，一续那今生断掉的缘。

"孟姑娘，还请你理解我，也不要嫌弃我的小小心意，收下这幅画像……就当作一份纪念，好吗？"

柔声细语中，孟蝉有些尴尬，又有些无措，她下意识地又往里间的方向看了看，似乎一片平静，却不知道，此刻正有一道身影站在暗处，两眼冒着火光，快要将那岳画师来回对戳几个大窟窿了。

好一阵推脱未成后，孟蝉终是在岳画师恳求的目光下，无奈地收下了那卷画轴。

本以为到此结束，哪知那岳画师走到门边，又忽然折了回来，欲言又止："孟姑娘，我……我以后大概不会再来找你了，在临走前，能不能有个不情之请，我可以……可以……抱你一下吗？"

他清秀的一张脸几乎红透，像是鼓足了全部勇气，却还是将孟蝉吓了一跳，抱着画轴连退两步："这个不行，不行……"

院里也陡然刮起一阵阴风，暗处眸光似箭，凛冽射出一股寒芒。

那岳画师讪讪了许久，苦涩一笑："对不起，是我一时唐突了，我这便离开，还请孟姑娘不要放在心上，多多保重。"

人一走，孟蝉绷紧的脊背一软，总算松了口气，才发现手心都冒出汗来了。

她站在院中，一时展开那画像，低头看去，却是目光中流露出惊艳之色。

画中人清丽脱俗，美若天仙，一颦一笑栩栩如生，比她本人都还多添几分神采，果然不愧是宫廷画师，也看得出的确是用心描绘。

正暗自感叹着，一道身影悄无声息地走到她背后，低头瞥去，冷冷一笑："是不是后悔了，没让人家抱一下？"

孟蝉猝不及防，脸色大变地转过身来，手忙脚乱间差点把那画像都飞出去。

付朗尘一脸阴沉地盯着她，声音愈加幽幽："只怕人还没走远，你现在去追还来得及，要不要把人喊回来当面重谢一番啊？"

"重谢"二字咬得极重。

孟蝉慌不择路："我……我的汤快炖好了，马上就能喝了！"

付朗尘在生气。

付朗尘很生气。

孟蝉胆战心惊地坐在桌边，感觉他每根头发丝都在写着不爽，就连桌上那碗热气腾腾的鸡汤也没能冲淡几分。

"付大人，要不……要不快趁热喝吧，不然凉了就……"

"别叫我付大人！"

付朗尘目光如箭，狠狠一瞪孟蝉手边的那卷画轴，孟蝉顿时领悟过来："我……我这就收起来，绝对不会再让你看到它！"

她说着拿起画轴就要起身，却被付朗尘一把扣住手腕："拿来。"

画轴在桌上长长摊开，画中人笑靥如花，旁边的孟蝉却冷汗直流。

付朗尘冷眼扫了好几圈后，才从鼻子里哼出一口气："这样拙劣的画技也能让你看呆了，你是有多没见过世面？"

孟蝉不敢再触他的逆鳞，赶紧点头："是是是，我也觉得难看极了，所以赶快让我收起来吧，省得搁这儿碍眼……"

"收什么收？"付朗尘抬眼瞪向孟蝉，表情一下变得很难看，"你还真准备当宝贝似的留着，跟他下辈子再续前缘？"

孟蝉一怔，慌忙摆手解释："不是的不是的，我没这个意思，这不是他随口乱说说的嘛，只是一幅画像而已，哪有那么多玄机，当不得真的……"

"你是不是不识字啊，这么恶心的表白，还要我念出来吗？"付朗尘一口打断，并起两指在画像上重重敲了几下。

孟蝉顺着他的指引看到了画像最下方一角，那里果然用蝇头小楷写着几行诗：

巧笑倩兮，美目盼兮。

一见痴兮，夜难寐兮。

权贵阻兮，无奈凋兮。

吾心寄兮，来世盼兮。

付朗尘一脸嫌恶地念完了，手指敲得更厉害了。

"你听听，拼凑得狗屁不通，还好意思来世盼兮，盼他来世断子绝孙好不好啊？这人还有没有一点廉耻之心？上边还盖着他的印章呢，几个意思，这就给你盖了戳，你就是他的人了，下辈子跑不掉了是吧？"付朗尘越说越来气。

孟蝉盯着那几行诗，只道被这岳画师害惨了，叫苦不迭："不是的，这都是他自己一人瞎写的，我根本没有这么想……"

"当然，你要是乐意收着我也无所谓。"付朗尘继续一口打断，望着孟蝉冷笑，"你就记住一点，最好放在要多显眼就有多显眼的地方，反正慕容钰那王八蛋三天两头就来寻麻烦，你最好让他一进门就能看到，他一定立马成全那岳画师，直接送他一个来世了，棺材咱们这都有现成的了，你说多好？"

付朗尘的尖酸刻薄孟蝉此刻才真正体会到，她赶在下一轮狂风暴雨来临前，赶紧一把抽出那画像。

"我……我明白了，我不收这画像了，也不准备给那岳画师收尸，可是……那到底要怎么处理呢？"

付朗尘一听她这么说，脸色才稍缓起来："这还不简单。"

他一抬手："去，把外头那个火炉子抬进来，就上回烧桃花酥的那个。"

孟蝉身子一僵："这样不太好吧，毕竟……"

"去啊！"

孟蝉瞬间扔了画轴，蹿得比兔子还快。

8、以后不许谢我

火炉里冒着热烟，付朗尘卷了画像就要一把扔进去时，孟蝉忽然一声叫住："付大人！"

付朗尘抬头狠狠一瞪："不许叫我付大人！"

孟蝉不知这称呼哪里又惹恼了他，只好惴惴道："那……那你真的要烧了它吗？"

"不烧还拿来辟邪吗？画得这么丑，鬼都嫌难看呢！"

说话间，画像已经抛入火炉中，一点点被火舌吞噬，屋里顷刻白烟缭绕，孟蝉呛得捂住了嘴，心中对那岳画师暗暗致歉。

付朗尘却坐在桌边，伸了个懒腰，雨过天晴般，笑逐颜开地端起那碗鸡汤："啧啧，味道真不错啊，下回多做点，听见没？"

这变脸之快简直令孟蝉瞠目结舌，她咽了下口水埋下头，心想孕父情绪果然变幻无常，她日后一定要更加注意，别再让付大人生气伤身了。

待到一切处理干净，孟蝉也将碗筷收拾好后，付朗尘心满意足地往榻上一坐，修长的手指轻敲腹部。

"行了，吃饱喝足，得干点正事了。"

孟蝉听着起身上前，贴心地想要为他放下帘幔："是要午睡了吗？"

付朗尘却将她手一按，抬头促狭一笑："你脑袋里净想些什么呢，就这么想跟我睡啊？"

孟蝉脸上绯红闪过，急道："不是，平常这个时辰，你都是要午睡的……"

付朗尘勾着唇，摇摇头："今天先不睡了，我送你样东西好不好？"

孟蝉下意识道："什么东西？"

付朗尘在她手臂上慢慢画了个圈，薄唇微扬："先不告诉你，你去把笔砚取来，待会儿就知道了。"

孟蝉被痒得一下缩回手，心跳加快，不敢再看付朗尘眼里的笑意，也顾不上问他做什么用，赶紧转身替他去拿。

东西很快拿来，桌上一下摆满了笔墨纸砚，付朗尘挑挑拣拣看了会儿，脸上露出惊喜之色："居然都是翰墨轩的上等货色，太难得了，看不出你还有点追求嘛，我都没想到……"

孟蝉双眸一亮："是吗？东西很好吗？这些都是徐大哥留下来的，他以前常教我和纤纤写诗作画，闲来玩玩，不过也难怪，徐大哥的东西肯定……"

"难怪这么粗糙简陋，赶明儿我回了付家，让你看看什么才叫真的好东西。"付朗尘冷冷一哼，打断了孟蝉，手指又在笔砚中拨拉了下，似乎很嫌弃般，"今天就先凑合着用吧，反正有我一双妙手在，什么都能化腐朽为神奇。"

孟蝉识时务地埋下头，不去和他争辩，只帮他将墨色研好，毛笔洗净，便静立一边，想看他究竟欲做什么，却谁知付朗尘拿起毛笔轻轻一转，向她一挑眉："去，坐到床上去，我给你画张像。"

孟蝉一下怔住了："画像？"

她眼里写满了吃惊和怀疑，看得付朗尘一哼："怎么，不行啊，我这么才华横溢的人，区区妙手丹青难得住我？虽然比不上叶五，但压压那什么狗屁画师还是绰绰有余的，不信你待会儿就瞧瞧？"

话是这么说，孟蝉还是将信将疑地坐到了床上，付朗尘上前来给她摆动作，捣鼓了好一阵后，摸摸下巴打量自己的杰作，自觉坐姿挺好，人也挺美，就是脸色苍白了些，没有太多血色。

"怎么不多吃点红枣补补？"

付朗尘嘴里嘀咕着，左看右看，一时找不到可用的胭脂水粉，他忽地灵机一动，叫了声孟蝉，趁她抬头时，俯身凑近，险些亲到她唇上。

"昨晚睡得好吗？"

四目相对，气息灼热间，他的手在她脸上慢慢抚过。

孟蝉猝不及防，果然脸上开了桃花似的，一下红透，不胜娇美。

她刚要开口，付朗尘却连手带人猛地撤走，风一样跃回了桌边。

"对，就是这样，保持住，别动啊！"

他拿起毛笔，蘸了墨，挥袖如云，一刻不停地开始画了起来。

可怜孟蝉眨眨眼，心跳依旧如擂鼓般。

整个过程中，付朗尘担心孟蝉脸上的红晕褪去，时不时就来上一句："你别动啊，看着我，还记得昨晚我跟你说的吗？你当时怎么不回答我，还吓得差点滚下床，我都险些没拉住，我就那么可怕吗，嗯？"

孟蝉一动也不敢动，任付朗尘各种言语撩拨，心扑通扑通跳着，整张脸从头红到了尾，付朗尘要的就是这样的效果，不禁呢喃道："果然涂什么胭脂，吃什么红枣都没我管用……"

他这边沾沾自喜着，孟蝉那边却长睫一颤，脸红得更厉害了。

当手中毛笔一搁，付朗尘高兴得如孩童一般："行了行了，大功告成，快过来看看！"

孟蝉晕晕乎乎起身上前，坐了太久，腿脚发软，到桌边时一下没站住。

付朗尘手疾眼快将她一扶，低头凑近她，气息撩人："说不动就不动，真乖。"

孟蝉一张脸又烧了起来，赶紧从付朗尘怀里一挣，撑着桌子好不容易才平定下心神，勉力看向那画像，这一看，人却是愣住了。

画中人墨发如瀑，双瞳剪水，纤秀的身影坐在帘幔间，脸上绯红如霞，一点点细微的神情都跃然纸上，说不出的灵动动人，清隽如斯。

如果说那岳画师笔下的是清冷的琼宫仙子，那么付朗尘则画出了一个真正有血有肉，有着脉脉温情，盛满人间烟火气息，彻底活了过来的灵秀少女。

孟蝉痴痴看着画像，久久沉浸其间，心中触动难以言说，直到耳边传来付朗尘得意扬扬的声音："怎么样，喜欢吗？没骗你吧，我不输那狗屁画师吧？"

孟蝉怔怔点头，轻轻拿起画像，一点点抱入怀中，情难自已："我很喜欢，这是我长这么大……收过最好的礼物。"

她长睫微颤，眼眶似有些湿意："谢谢你，付大……"

话还未说完，已被人从身后一把抱住，付朗尘下巴陷在她肩窝里，温热的气息萦绕在她耳边："谢什么谢，以后不许谢我，不许叫我付大人，不许随便收别人的东西，听见没？"

孟蝉身子发烫，又开始晕晕乎乎："那……那叫什么？"

搂住她的那只手一紧，恶狠狠道："自己想！"

一山神蝉梦一

第六章

炎君降世
SHANSHEN
CHANMENG

付家墓园给你留块地，
百年之后，你愿与我同葬一起，冠我之姓吗？

1、骗子，都是骗子

慕容钰再次找上蝉梦馆时，距离上回酒楼一事已过去了大半月，这期间孟蝉其实一直提心吊胆的，担心他来寻麻烦。但后面又听苗纤纤说，叶书来去了趟侯府，在侯爷面前先告一状，那慕容钰似乎是被关了禁闭，她这才稍许放下心来，哪知这日上午，一记马鸣打破了蝉梦馆的平静——

慕容钰不仅来了，还来得气势汹汹，十万火急！

他骑着一匹马，破门而入。

孟蝉正在院里炖汤，闻声回头，还来不及开口，慕容钰已经翻身下马，携风欺近一把拉住她，动作之大，险些掀翻灶台。

孟蝉一惊："我的老母鸡汤！"

慕容钰扯着她就要推她上马，满脸急切："还什么老母鸡汤啊，快跟我走！"

"去哪儿？"孟蝉脱口而出，死命挣扎着，"我不去，我哪儿也不去，小侯爷你不能这样……"

喧闹间，付朗尘早已摸了出来，藏在屏风后，瞳孔骤缩，五指成拳。

院里慕容钰比孟蝉情绪还激动，拉着她愤愤道："去西郊的狩猎场，去太子跟前，我要你给我做证！"

孟蝉抬头一怔："做证？"

慕容钰咬牙，俊美的一张脸气到快要变形："袁沁芳那贱人讹上我了，竟然告到太子面前，说我在归逸园里轻薄了她，现在逼着太子给她做主，要我娶她。真是做她的春秋大梦，我娶头母猪都不会娶她，明明一根手指头都没碰过她，还说被污了清白没法活了，她怎么不干脆找棵树吊死算了……"

这番话简直石破天惊，孟蝉听得瞪大眼，一时间忘了挣扎，连屏风后的付朗尘也是身子一颤，难以置信。

真正憋屈的还要数慕容钰，他这辈子横行霸道惯了，从没想过有一天会被一个女人算计到头上来！

说起来袁沁芳这一次也算是孤注一掷了，她本就为慕容钰的态度暗暗着急，父亲也是三天两头催她，前段时日，她更是听说慕容钰在酒楼一掷千金为佳人，终于再也坐不住了。她不知从哪儿打听到太子有狩猎的习惯，便天天候在那西郊的狩猎场前，总算等到了太子一行，她顾不上矜持，一不做二不休地拦上前，嘤嘤哭诉，求太子为她做主。

她说起归逸园那桩事，虽未失身，但该摸该看的，慕容钰都做了，她清白被污，圈中也早已盛传她不洁的流言，她越想越难以安生，走投无路之下才来求太子主持公道。

归逸园那会儿，袁沁芳称身体不适，一人提前离去，太子还有印象，如今听她这样一哭诉，他当即抓了身边几个陪同的贵族子弟盘问。那几个贵族子弟并不知内情，只是听到小侯爷"得手"的风声，支支吾吾下，太子一拍案几，勃然大怒，再不疑有他，立刻派人去侯府传召慕容钰，让他和袁沁芳当面对质。

慕容钰到了西郊狩猎场，简直是百口莫辩，情急之下才想到了孟蝉！

"还好有你，你快跟我走吧，太子还在那儿等着呢，救人如救火，你可定要还我清白！"

这恐怕是慕容钰第一次说出要人还他"清白"的话，孟蝉尚自震愕难言时，慕容钰已将她一把卷上了马，火急火燎地扬鞭而去。

屏风后的付朗尘眸光一紧，正要出来，腹部却剧烈一痛，他低头望去，红光闪现间，冷汗涔流。

"你闹得还真是时候！"

西郊狩猎场，偌大的帐篷里，太子位居首座，看着慕容钰火急火燎带来的少女，微眯了眼。

"太子哥哥，人我已经带到了，她可以替我做证！"

孟蝉糊里糊涂地被卷来，慌忙行了礼后，一抬头，才看清帐篷内的情景——

不知是为给慕容侯府遮丑，还是顾及女方的名声，帐里早就屏退了闲杂人等，此刻只有三个人，除却太子外，自然少不了首座下方，正以帕拭泪的袁沁芳，但还有一个人，孟蝉却是万万没想到，竟是手握折扇，青衫斐然，站在太子身后，一脸波澜不惊的叶书来！

孟蝉心下一惊，对上叶书来的目光，却分明看到他暗暗摇了摇头，似乎在示意她什么，而一旁的慕容钰显然已经等不及了，催促着孟蝉道："说啊，你快说啊，当着太子殿下的面，替我澄清事实！"

太子望向孟蝉，之前显然是已听过慕容钰一番说辞，此刻只等着有人来证实，他道："数月前青州之行，你当真去过那归逸园？"

那问话里听不出什么情绪，只是让孟蝉觉得隐隐不安，一时间，帐中所有人的目光都聚到她身上，她不知不觉后背已沁出冷汗。

太子的审视、慕容钰的焦急、叶书来的暗示，以及座上袁沁芳的……哀求。

是的，隔着暖炉中的袅袅青烟，那双秀美的泪眼里分明写满了哀求，似乎在说请不要拆穿我，不要绝了我的退路，我亦是逼不得已，才会孤注一掷……

求求你，求求你。

孟蝉读懂了，心头愈加发颤，抬首又撞见叶书来的目光，他以扇掩了半边面，不动声色地摇着头，眼里也写满了暗示——不要说，不要承认，不要做证。

孟蝉手心微颤，不明白叶书来的用意，但她知道他肯定不会害她，可身旁慕容钰的气息又强势逼来，她第一次看他急成这副样子，就像个坐了十年冤狱，好不容易找到证人，恨不能立刻洗脱罪名的倒霉囚犯。

孟蝉脑中乱糟糟的，冷汗越流越多，天人交战中又想到了付朗尘，想到了自己，现下正是胎儿落地的最后关头，如果慕容钰娶亲了，是不是就会有所收敛，不会三天两头跑到蝉梦馆寻他们的麻烦，缠着她为难她？害付朗尘时不时动胎气？

背上的汗一点点流下，脑中的那杆秤也一点点倾斜，仿佛有个小人在尖声叫着，打倒一个慕容坏胚，造福千千万万家，袁沁芳也称心了，叶书来也合意了，付朗尘也能好好安胎了，她也可以松口气了——

这样看来，的确是件一全多美，欢天喜地的事情，除了坑了慕容钰一个人以外？

但坑慕容坏胚，好像不该算坑？

"如何，当日青州之行，究竟是否去过那归逸园？"

首座上，太子的声音适时唤醒孟蝉，她一个激灵，不敢去看身旁慕容钰的殷切目光，只上前一步，把心一横。

坑就坑吧，佛曰，尔不入地狱，谁入地狱？

"回禀太子殿下，民女……并未去过那归逸园，慕容小侯所说之事，一概不知。"

话一出，孟蝉明显感觉帐中紧绷的气氛骤然一松，袁沁芳倚靠在了座椅上，叶书来放下了折扇，太子也哼了哼，一副果然如此的模样，除了——

"撒谎，你在撒谎，你为什么不给我做证？你明明去了归逸园，救了人，知道得一清二楚，我一根手指头都没有碰过她……"

慕容钰像个被平白诬陷，抢去了糖果的孩子，瞪大了眼，涨红了脸，又是气愤又是难以置信，孟蝉甚至觉得他会扑上来掐死自己，她心虚地赶紧往后多避几步，不敢对上他那双水汪汪，委屈不已的眼睛。

"够了！阿钰，你还要闹到什么时候去？！"所幸太子及时拍案一喝。

身后的叶书来也折扇一打："大丈夫敢作敢当，事实摆在眼前，小侯爷还不认吗？"

"没做过的事我认个屁！"慕容钰怒极，拂袖一指叶书来，刚要开口，太子便怒不可遏地站了起来："慕容钰，休要放肆！"

他成功震慑住了慕容钰，帐里一时静寂起来，只有炉里的烟袅袅升着。

不知过了多久，太子才按按额角，语气疲惫："此事告一段落，勿要再声张了，回去通知慕容侯府……准备大婚吧。"

"什么？"慕容钰霍然抬头，身子止不住地剧颤，一旁的袁沁芳却赶紧出来叩谢太子。

太子凝视着她柔弱的身影，不由得想到付朗尘，叹息间又多添了几分怜惜，转而对慕容钰喝道："记住，要明媒正娶，许正妻之位，给一个堂堂侯夫人的名分，不要随便塞个妾位糊弄我，糊弄沁芳小姐，糊弄付家！"

掷地有声的喝令中，慕容钰握紧双拳，深知再无转圜，一双眼睛几欲滴血。孟蝉盯紧他不住颤动的肩头，总觉得他下一刻就要哭出来了，然而帐中却乍然响起绝望委屈的一声——

"骗子，都是骗子，全部都来欺负我，就欺负我一个！"

2、美得根本不像个人

慕容钰失踪了。

消息传来时孟蝉正在帐中与叶书来对话。外头天色已晚，叶书来不放心孟蝉独自回城，便为她安排了一处营帐，待第二日一早就遣人送她回去。

对于此番的"坑侯"行为，叶书来十分坦然："是付七的表妹先前找到我，让我一定不要说出真相，成全她的无奈之举，我也是没有想到，才一年都不到，她就变了心，枉费当初说得那般信誓旦旦，真替付七感到不值。"

孟蝉听得张大嘴："那你还让我……"

"她要嫁，就让她嫁好了呗。"叶书来一打折扇，满不在乎道，"这样薄情的女人，怎么配得上付七？自己蠢得要往火坑里跳，谁也拦不住，那就不要拦好了。只一点，你犯不着为她搭上自己，归逸园那桩事你向谁也别提了，万万不可将自己再卷进去，如今太子都介入了，可不是闹着玩的，要是你出了什么差池，我如何跟纤……咳咳，没什么，总之这是为你好，你已经帮了付七够多忙了，别再给自个儿揽麻烦了……"

叶书来说的话不无道理，孟蝉却埋下了头，有些难言的滋味："可是慕容钰好像很委屈，这么冤枉他是不是不太好……"

"冤什么冤？"叶书来一声嗤笑，"那计谋不是他设的吗？人不是他下药的吗？他可一点缺德事都没少做，只是难得被截和一次，装得那么委屈给谁看呢，之前不择手段逼娶袁沁芳的不是他吗？根本就是自作自受……"

孟蝉抿了抿唇，正要开口，帐篷外却忽然传来一阵混乱。

叶书来顿时起身，一掀门帘，外头火把通天，门外的侍卫长慌里慌张："禀告叶公子，小侯爷、小侯爷不见了！"

据说下午骑了马就往林子里奔，杀气腾腾，众人只以为他去狩猎，却直到现在还没回来，他奔去的那方向可不太妙，尽是猛兽出没，陷阱无数，危险至极。

此刻月上中天，连太子都被惊动，再也坐不住了，正命人分拨三队，密切进林搜寻呢。

得知一切后，叶书来把扇柄往掌心一打，拔腿就往帐外走："这小子耍什么脾气呢，真是唯恐天下不乱，我去看看……"

才走几步，他又折了回来，对满脸焦急的孟蝉道："你早点歇息吧，这事跟你无关，你别胡思乱想……"

孟蝉担心不已："他……会不会出什么事啊？"

"能出什么事？说不定就醉在哪个角落，痛哭流涕地要娘哄呢……又不是第一次见识到了。"叶书来摇摇头，显然见怪不怪，也没时间再跟孟蝉多说了，只径直出了营帐，投入外头搜寻的火把中。

　　火光冲天，声声呼唤，外头的情况不断传入漆黑的帐篷中，孟蝉躺在床上，瞪大眼，竖起耳朵，怎么也睡不着。

　　眼前仿佛浮现出那张委屈至极的俊脸，咬牙切齿着，似乎下一刻就要哭出来：

　　"撒谎，你在撒谎，你为什么不给我做证？"

　　"你明明去了归逸园，救了人，知道得一清二楚，我一根手指头都没有碰过她……"

　　"骗子，都是骗子，全部都来欺负我，就欺负我一个！"

　　孟蝉深吸口气，终于一下坐起，猛地掀开了被子。

　　不成，她得去找他，就算再怎么"坏胚"，他也还是个人啊。

　　是个有血有肉，会伤心会难过的人。

　　"小侯爷，小侯爷……"

　　提着灯，孟蝉深一脚浅一脚地踩在林子里，不知为何，她一到这山林中，心就跳得格外快，有一种说不出来的滋味，浑身似乎蓄满了一股暖流，四肢充盈，头脑清明，好像回到了……属于自己的地方？

　　而冥冥之中，更是有某种直觉，为她指引着前行的方向……只是找着找着，她没有发现，自己离营帐越来越远，也离那些影影绰绰的火把越来越远。

　　风中飘来一丝血腥的味道，当孟蝉在丛林深处，一棵大树底下，看到腿上全是血的慕容钰时，她几乎惊呆了。

　　这个金香软玉的小侯爷恐怕一生都没这么狼狈过，脚上踩着一个捕兽夹，鲜血汩汩流着，靠在树底下一动也不能动，身边的马儿也不知跑哪儿去了，脸上还挂着两串泪珠，形容要多可怜有多可怜。

察觉到声响，他扭头望来，一见到提灯的孟蝉时，神情一怔，紧接着却狠狠抹了一把脸上的泪。

孟蝉奔至前来，提灯蹲下时，有些不知所措："你……你真的在哭啊……"

她手还没触到他，已被他扭头一喝："滚开，别碰我！"

孟蝉自然是不敢"滚开"的，她放下灯，赶紧去察看他的伤势，见他还要扭动，她正色道："再动血流得更快，得赶紧把这兽夹掰开，不然你的腿要废了的。"

那道身子一僵，果然不再动弹，却还是咬牙道："不用你假好心！"

孟蝉也不再和他多说，只是低头去细看捕兽夹的装置："我爷爷曾经教过我怎么打开这种东西，但你脚上这个不太一样，估计是抓大型猛兽用的，我没有把握……"

话是这么说，孟蝉还是小心翼翼地伸出手，开始尝试地往左右掰弄。

"可能会有点痛，你先忍一忍……"

她心里其实并无多少底，但神奇的是，风掠山野，一股说不出来的力量灌注在她双手间，她稍稍一用力，竟然就将那捕兽夹轻而易举地掰开了——

慕容钰抬头，与她对视了许久后，面无表情地一哼："装丑、装弱、装老实，你还有什么是我不知道的？"

孟蝉大窘，低头看着自己的双手，一副难以置信的模样。

慕容钰把头别开："惺惺作态。"

孟蝉这时才体会到什么叫百口莫辩，她抿抿唇，把那鲜血淋漓的兽夹往旁边一扔，算了，先替他包扎止血再说。

不用怀疑，那莫名而来的力气，自然又让她轻易撕下衣角，手脚麻利地将那伤口包裹住，慕容钰这回连哼都懒得哼了，只是过程中痛极了才会发出一记闷声。

"来，我背你走……大概，能背起来吧？"

孟蝉不太确信自己的力气到了什么程度，倒是慕容钰直接伸出两只胳膊，往她背上一搭，冷讽道："你要装到何时去？"

这种笃定了孟蝉是绝世高手的语气是怎么回事？

唉……真是误会大发了。

孟蝉心里有一万句解释，却在轻易背起慕容钰的那一刻，只化作一句尴尬讪笑："好神奇。"

慕容钰在风中翻了个白眼："假女人。"

一路上慕容钰并不十分配合，兴许是心中还有着怨气，时不时就在孟蝉背上动一动，扭一扭，给孟蝉增加不必要的难度。

孟蝉担心他把伤口绷开，心念一动，脱口而出："你不想早点见到你娘吗？"

话一出口，慕容钰整个人都僵住了。孟蝉趁热打铁："我之前过来的时候，看到你嘴里念念有词，你是在……喊你娘吗？"

慕容钰提灯的一只手暴出青筋，眼底也迸射凛冽寒意，孟蝉却毫无察觉，依旧道："别担心，你很快就能见到你娘了，再忍一忍……"

"够了！"

随着划破夜空的一记怒吼，慕容钰狠狠推开孟蝉，整个人从她身上翻了下去，连带着孟蝉也跟跄跄跌倒，猝不及防间，只对上一双通红的眼睛。

"你不要欺人太甚！你以为我娘不在了，我就可以任你们欺负吗？！"

孟蝉震惊莫名，耳边嗡嗡作响，好半天才忙不迭道："对不起对不起，我不是有意的，我不知道……"

"你少再装了，你就是和叶书来那杂碎一起欺负我！"慕容钰怒吼着，像头凶狠的小兽，不仅眼里波光闪烁，连鼻头都红红的。

他把手里的灯胡乱地向孟蝉掷去，咬牙切齿地咒骂着："骗子、杂碎、龟孙子，不用你们假好心……"

孟蝉从没见过他这么伤心欲绝的模样，她心都像被揪了起来似的，顾不上许多，爬到慕容钰身边就连声愧疚："对不起，都是我的错，我真的不知道……"

正语无伦次解释着，密林深处忽然传来一阵异动，这回，是真正的猛兽嘶吼声了——

月下林间，一庞然大物咆哮接近，影影绰绰间竟是一头黑熊！

孟蝉率先反应过来，脸色大变，一拉慕容钰："快走，小侯爷快走！"

慕容钰尚自赌气发狠，孟蝉不顾他的挣扎，等他回神时人已经在她背上，由她狂奔入林了。

虽然有不明神力灌注孟蝉全身，但毕竟还是第一次遇到这等险情，她大脑一片空白，只觉熊啸在身后越来越近，根本躲不过去。

终于，慕容钰觉得身子一轻，竟被孟蝉放了下来，他抬头时已看不见她人影了，他心头猛地一跳——她这是要扔下他了吗？

熊吼声声传来，天地肃杀，慕容钰脸上泪痕未干，挣扎着想要起来逃生，腿上却升起一股钻心的疼痛，他发狠咬牙，拖着狼狈的身躯，硬是靠着树一点点站起。

扔下就扔下吧，反正他谁也不靠，谁也不信，谁也没指望，这么多年本来就只有他自己，从头到尾都只有自己一个人，他难道还没习惯吗，不就是一条命吗……

"快，小侯爷，快踩着石头爬上树！"

孟蝉的声音乍然响起，她满头大汗地搬来几块大石，利索地垫在慕容钰脚下，不住催促。

慕容钰满脸震愕，声音发颤："你……你不是走了……"

孟蝉气喘吁吁地摇头："我没走，我去找大石头了，快爬上树，我爷爷说遇到熊瞎子不能跑，得上树！"她说着伸手就去推慕容钰。

慕容钰身子怔怔一颤，张了张嘴，看着孟蝉，一时间胸口被什么堵住似的，又酸又涩，竟说不出一句话来。

孟蝉却没心思注意那么多了，她只是用尽全力去推慕容钰上树，可几次下来根本不行，她又急又慌，忽地灵机一动，自己踩着石头，轻巧一跃，麻利地就抱着树爬上了顶端，她扭头向底下一伸手：

"来，小侯爷，拉住我的手，踩着石头快上来！"

慕容钰愣愣地看着那只手，又看着满脸焦急的孟蝉，汗水滑过她长长的睫毛："快啊！"

他胸口酸胀，不由自主地就将手伸过去，指尖轻触，陡然抓紧……心头升起一股奇异的感觉。

温热、细腻、纤瘦，很小很小的一只手，可是包裹住他的那一瞬……莫名安心。

"使劲啊，再使点劲，先忍忍痛，保命要紧……"

树上，孟蝉声音急切，奋力将慕容钰往上拉，慕容钰也咬紧牙关，不顾绷开的伤口，踩着石头极力向上攀爬，鲜血在树干上汩汩流下。

可惜天要他亡般，无论他怎么奋力发狠也依然无济于事，身后林中黑熊的咆哮越来越近，慕容钰余光一瞥那团黑影，不知怎么，忽然仰首，没头没脑地对孟蝉说了一句："算了，我不怪你了，你好好活下去……"

他毫无征兆地就松开了孟蝉的手，眸光也陡然一厉："下辈子不许再撒谎害我了！"

孟蝉猝不及防，眼睁睁看着慕容钰跌落下去，失声道："小侯爷！"

黑熊携风扑来，转眼已近在咫尺，慕容钰闭上眼睛，心里竟然还冒出一句话，希望不要死得太难看……

就在那熊掌高高抬起，即将落下时，慕容钰只听到一声长啸响彻夜空，仿佛有什么释放出来一般，树叶纷飞，地动山摇，漫天狂风大作间，他睁开眼，只看到一道人影护在身前，竟然徒手接住了那巨大的熊掌。

慕容钰觉得自己嘴巴都要合不上了。

那是……孟蝉？

冰蓝色的一双眼，长发飞扬，衣袍鼓动，浑身寒气瘆人，压得周遭草木虫兽退避三尺，宛如山林之主般，叫人在猎猎大风中不敢直视。

天地间陡然风云变色，冰寒笼罩，慕容钰瞳孔骤缩，看到了令自己永生难忘的一幕——

那黑熊在小小的少女面前，忽地扑通一跪，仿佛见到了极其可怖的事物，连连磕头，然后拖着自己受伤的一只熊掌，几乎是屁滚尿流地蹿入了林间，眨眼就消失不见。

大风还在四野狂掠着，无形的寒气弥漫整个天地，那道纤纤身影一点点转过头，慕容钰便对上一双冰蓝幽深的眼睛，他下意识发出一叹——

好美！

周身仿佛笼了层冰蓝色的光芒，每走一步都带起草木摇曳，长发在空中飞舞着，如仙似梦，从头到脚就像换了个人似的，不……是美得根本不像个人。

慕容钰抵靠着树，无法呼吸，无法动弹，只看着那道身影走到自己面前，光芒却渐渐散去，她冰蓝色的眼睛蒙了层雾般，恍惚失神着，忽地一头往他怀里栽去，彻底脱力。

"对……不……起……"

慕容钰接了个满怀，清寒幽香扑鼻而来，他手脚都不知道往哪里放了，低头看向怀里的少女，整颗心狂跳不止，月光洒在他们身上，他好半天才回过神般。

"你到底、到底是什么人？"

3、难道我是狐狸精转世

袁沁芳对孟蝉的妒意，在看到慕容钰将她搂在怀里，共骑一马，由侍卫们护送着回到营地时，一瞬间达到了顶点。

她迎上去，努力调整脸上的表情，仰头对马上的慕容钰关切道："小侯爷，你没事吧，我担心了你一宿……"

一记马鞭从天而降，慕容钰看也未看袁沁芳，驾马直奔入营："滚开！"

袁沁芳差点被那马鞭抽到，踉跄地跌至一旁，却是瞪大眼，难以置信地看着马上那远去的背影，比起慕容钰对她毫不遮掩的戾气，她发现一件更可怕的事情——

就在刚刚的擦肩而过中，她在电光石火之间的一瞥，发现慕容钰怀里那张昏迷不醒的脸，居然……变得更加漂亮了？

午夜幽寂，孟蝉迷迷糊糊醒来时，慕容钰还守在她床边，听到动静时，他抬头，正对上她诧异的一双眼。

"你……你的腿？"

孟蝉的嗓音有些嘶哑，兴许是消耗过多，但慕容钰还是听懂了，一边扶她起来喂她喝水，一边对她道："放心，已经处理过了，不碍事的。"

喝完水后，帐里又静了下来，有些什么东西在空气中弥漫着。

终于，还是慕容钰先问了出来："你能告诉我……你究竟是谁吗？"

窗外的月光洒在孟蝉脸上，半明半灭着，她眨了眨眼，还沉浸在梦中一般。

"我不知道。"

密林里发生的一切，两人心照不宣，但他的疑问，同样也是她的疑问。

"我真的不知道，我怎么……怎么会变成那样呢？好像有什么藏在我的身体里面，控制不住……"

慕容钰一言不发地盯着孟蝉，她眼里的惶惑与恐惧毫不造作，他相信她的确一无所知，甚至比他还要震惊。

"难道我是……我是……怪物吗？"

心底深处的不安终被勾出，慕容钰一激灵："怎么可能，你见过这么好看的怪物吗？"

孟蝉依旧很惶恐："狐狸精就很好看。"

"别胡说，反正你不是怪物，绝对不是怪物！"慕容钰挥挥手，不由分说地打断孟蝉。

帐里的气氛一时又凝重起来，即使不知道孟蝉究竟是什么"东西"，但那肯定是不寻常的。

慕容钰忽然压低声音："你千万记住，这事你不要和任何人提起，包括叶书来那鳖孙。"

孟蝉长睫微颤，慕容钰又向她凑近了些："别这样看我，人心险恶，你不知道这世上有多少你想象不到的事情，总之……保护好自己。"末了，他五指成拳，像是下定什么决心似的，"我肯定也不会说出去的。"

昏暗中，孟蝉看着慕容钰那张坚定的脸，莫名地，有些哭笑不得，他肯定不知道……他这种独树一帜的安慰方式，让她更加心慌，仿佛自己真是什么隐藏在世间的大魔头。

不过，她舔了舔唇，还是小声道："谢谢……你。"

月悬长空，风掠四野，天地静谧。

连绵起伏的宴秋山里，湖水波光粼粼，山间摆着一副棋盘，两道谪仙般的身影正在月下对弈。

其中一人却忽然抬首，清俊温雅的脸上闪过一丝异样，正是身姿如竹的徐清宴，他遥望天边，微眯了眼："你有没有……感觉到什么？"

这话自然是问对面的水泽星君，可惜那袭蓝裳一心钻在棋盘里，对外界异动全不在意。

徐清宴不由得又低喃了句："山神之魂……是不是要觉醒了？"

"淡定。"水泽星君放下一枚棋子，这才开口，"觉醒也不奇怪，毕竟赤焰也要降世了，不是吗？"

他似乎心情极好，抬眼露出一笑。徐清宴的目光却在棋盘上转了圈，淡淡看向对面，摊出手："拿来。"

水泽星君眼里的笑一顿，还想装傻蒙混过去，徐清宴修长的手已然一动，他袖中几枚棋子便直接飞了出来，啪嗒落在了棋盘上。

这就很……尴尬了。

水泽星君笑得好不讪讪，看看棋子，又看看徐清宴，刚想开口，那张清俊的脸已经慢条斯理道："趁人心神不备，偷换棋子，赢了也不光彩，你是当我傻呢，还是当我傻呢？"

孟蝉回到蝉梦馆时，一颗心惴惴不安，却是才踏入里间，便听到床上传来有气无力的呻吟。

"付大……"孟蝉一惊，赶紧上前，刚要出声，床上的付朗尘已经苍白着脸瞪她一眼："叫我什么？"

于是那后面一个字便咽了下去，孟蝉爬上床，跪到付朗尘身边，伸手探向他额头："你、你怎么了？"

付朗尘把她的手挪到腹部，有气无力地哼哼着："你都不知道，疼死我了，这家伙足足闹了一宿，我差点以为要生了……"

那隆起的腹部像蓄了一个火炉，正一闪一闪地泛着红光，灼热不已，孟蝉的手才一覆上去，付朗尘便觉得有股冰寒之气透肤而来，让他舒服地展眉一叹。

"你的手好凉啊，快给我捂捂。"

说者无意，听者有心，孟蝉手一颤，那冰寒之气自指尖更甚传出，她一时心乱如麻，想到自己四肢常年冰冷，过往没有在意，现下却不得不在意了……

正胡思乱想着，付朗尘的声音响起几遍，孟蝉才一激灵回过神来，对上他的目光。

"发什么愣呢，我是问你，慕容钰有没有为难你？"

才缓过一口气来的付朗尘，最关心的就是这个问题。孟蝉与他对视半晌，定了定心神，开始一五一十讲起狩猎场发生的事，包括慕容钰失踪，自己入林去找，只是将过程中的某一段稍稍隐去。

说完后，她才陡然意识什么，后知后觉地去看付朗尘的表情："沁、沁芳小姐要嫁给别人了，你会不会……"

"她嫁给谁同我还有什么关系吗？"付朗尘懒懒打断，握住孟蝉的手，抬眼看她，"叶五说得没错，还好你没替慕容钰做证，要是把自己卷进去就麻烦了。"

顿了顿，他神情似乎认真起来："比起她嫁给谁，我更担心你的安危。"

这话让孟蝉脸上一热，心里也跟着一热，只是才要开口，付朗尘又"哎哟"疼了起来，她赶紧把两只手都覆了上去，身子也挨了过去。

付朗尘一疼就想骂人，躺在孟蝉怀里，哼哼唧唧着："说起来，你干吗要去管慕容钰那小王八蛋？你怎么不让他在荒郊野岭多受点苦呢？巴巴地去找他干什么？"

孟蝉低下头，良久，才道："其实，他人也不算太坏，这次说到底是我们冤枉了他……"

"那都不算坏，什么才叫坏？你就是心太……"

付朗尘气得肚子更疼了，刚要给孟蝉多上几课，却忽然盯住她的脸，发出一声"咦"。

"我怎么觉得，你变得有点不一样了？"

孟蝉心头一颤，吓得手都不由自主哆嗦起来。

付朗尘却又凑近几分，左看右看后，得出结论："好像……变漂亮了？"

孟蝉正心虚闪躲着，闻言一愣："啊？"

"真的变漂亮了，你别动，让我瞧清楚点！"付朗尘固定住孟蝉的脑袋，凑近间几乎快要碰上她鼻尖，仔仔细细瞧了个够后，一声笑出，"还能不能行了，那泉水这么管用吗，你这样美下去，我都不放心让你出门了，你以前那破斗篷没扔吧？"

笑闹打趣间，孟蝉也跟着扯了扯嘴角，一颗心却仍吊在半空不敢放下，她忽地鬼使神差，莫名问出一句："如果，我不是我，我忽然变成了另外一个人……你会害怕吗？"

帘幔飞扬，蝉梦馆里一时间静悄悄的，谁也没说话，孟蝉紧张得呼吸都不稳起来。

付朗尘却捧着她的脸，眼神不知在望哪里，喉头动了动，声音飘忽："我不害怕，但我现在有点想亲你，可以吗？"

孟蝉腾地红透了脸，始料未及，却就在付朗尘想要吻上来时，他肚子红光一闪，整个人忽地往后一倒，"哎哟"又痛了起来，孟蝉赶紧从床上一跃而下，慌不择路。

"我……我去给你打水擦身子！"

直到狂奔出门，一口气靠到院子里的树下时，孟蝉的心还在扑通扑通跳着，她微喘着气，好不容易才平复下来，又想起付朗尘的话，慢慢伸出手，摸上自己微微发烫的脸颊。

"奇怪……怎么还会变漂亮呢？"

她若有所思着，目露迷惑："难道……我真是狐狸精转世？"

一说完，人一激灵，赶紧呸呸呸，这话若是让别人听到了，肯定觉得她太不要脸了。

"还是谁都不是比较好，我就是我自己，不会变的……"

孟蝉拍拍胸口，不住安抚自己狂跳的心，让自己别再胡思乱想了。

她不会变的，她谁都不是，她只是孟蝉，也只想做孟蝉——

平平凡凡开间小铺子，做点小生意，交点好朋友，给付大人做点好吃好喝的孟蝉，这就够了。

4、我给你摘星星你别赶我走

朔风渐起，寒冬来临，侯府大婚的消息转眼就传遍了整个盛都城。

　　孟蝉一边置办着年关货物，一边照顾着即将生产的付朗尘，其他的都抛诸脑后，倒是慕容钰，在侯府的严加看管下，居然还能溜出来，神神秘秘找过她几次。

　　一次给她送了个铜铃，说是放在床头，每晚摇一摇，能驱邪；

　　一次给她带了几张奇奇怪怪的符纸，让她每天冲水喝一碗，什么乱七八糟的东西都能赶走；

　　还有一次更夸张，直接往胸前藏了面古镜，一见到她，猛地掀开衣服，拿起那镜子就直冲她照，嘴里还念叨不停："急急如律令，快快显形，速速离去……"

　　孟蝉都被折腾得没脾气了，到最后哭丧着脸，人一来就抬手往门外推："小侯爷，你不是要娶亲了吗？不应该很忙吗？"

　　慕容钰抵在门口，手里还拿着古镜不停晃着："娶什么娶，娶回去迟早还得休，我才懒得管那婚事呢！"

　　就这样，一个见天地胡来，一个费心地苦拦，动静到底没能瞒过付朗尘。

　　"那小王八蛋得什么疯病？究竟想干什么？"

　　孟蝉提心吊胆的，瞎掰了一番想含糊过去，却被付朗尘盯住眼睛，狐疑道："我怎么觉得，你自从上次回来，就跟那王八蛋的关系不太一样了？好像和他之间……多了什么秘密似的？你是不是有事情在瞒着我？"

　　孟蝉吓得心头一颤，赶紧摇头，唱大戏的本事又使了上来，只说付朗尘是产期将至，才会疑神疑鬼，她得多炖点骨头汤给他补补，说完一溜烟就往灶房钻了。

　　不管怎么样，也算换得一时平静，只是这期间，袁沁芳居然也来了一回。

　　她没有跨进院子，只站在门边，先是就上回的事情向孟蝉道谢，后又拉着孟蝉扭捏了半天，才低头说了一大堆话，孟蝉听得糊里糊涂，最后总算明白过来，意思不外乎是——

小侯爷是要成亲的人了，他没有分寸，她却不能不避嫌，还是少来往为好。

孟蝉激动得快要热泪盈眶，握住袁沁芳的手猛点头："对，我就是想要少来往，你有什么好法子吗？是不是成亲之后就会收敛一点，到时侯府有少夫人了，小侯爷就不会再出来乱跑了？"

袁沁芳措手不及，怔怔地看着孟蝉握住她的手，唇角微动，一时不知心中是何种滋味。

如果孟蝉知道袁沁芳在想些什么，她大概不会说这些真情实感的"蠢话"了。

对于袁沁芳而言，她只感受到一种变相的炫耀，一种故意的讽刺，她几乎待不住了，讪讪地收回手，匆匆离去。

孟蝉愣在门边，不明所以，直到耳边传来一声咳嗽，付朗尘不知何时走了出来，靠在一旁的墙上，双手抱肩，冲她摇摇头："别理她，我这个表妹啊，从小心思就多，《女诫》读傻了，你大概是让她误会了……"

"误会什么？"

"误会……你好像又漂亮了些，你真不打算穿回以前的斗篷吗？"

付朗尘勾唇一笑。

孟蝉猝不及防红了脸，急急又往灶房钻去。

付朗尘看着她背影悠悠一叹，抬头望天："要过年了，真好啊……"

修长的手指轻敲腹部，不知道今年的第一场雪何时会落下，付朗尘看向院里的一花一草一木，微眯了眸："你说，这里像不像一个三口之家？"

没有付府那么大，人也没有那么多，但偏偏每一处角落都透着令人安心的气息，所谓吾心安处是吾家，古人诚不我欺，只可惜……

"可惜你娘有点笨，快把你爹憋死了，真是愁啊，难道我表现得还不够明显吗？"

口里低喃着，略带一丝苦恼，手指也越敲越快，一个主意浮现在心头，有些话迟早得说，不如就许个新年愿望吧？

即使慕容钰再不情愿，也终是到了他迎娶袁沁芳的这一天。

盛都城中，烟花漫天，热闹非凡。

这桩婚事早传得沸沸扬扬，几乎可称万众瞩目，侯府门前，宾客络绎不绝，红灯笼摇曳在风中，里头觥筹交错，排场好不气派。

这桩大婚更夹带着一丝不可言说的传奇，关于祈音师，关于付朗尘。

谁人不知袁沁芳曾是付家的未婚妻，如今嫁入侯门，个中缘由多有议论，有人感慨、有人惋惜、有人写了话本折子全当看戏，却有一个地方，此刻静静无言，只有两道身影并肩站在窗下，抬首看天边璀璨烟花。

一片寂寂中，孟蝉终于忍不住，偷偷瞥向旁边的付朗尘："付大……你在想什么？"

他们都不知在窗下站了多久，此刻怕是侯府那边堂都拜完了，即使付朗尘嘴上一直说着不在意，但孟蝉觉得，他心里一定是不好受的，不然，为什么他站在窗下，一副心事重重的样子，盯着头顶烟花半天都不说话呢？

孟蝉又小心翼翼问了一遍，付朗尘才倏然回过神般："你……你刚才说什么？"

孟蝉一颗心于是更苦涩了："沁芳小姐……嫁人了。"

付朗尘："是啊，她嫁人了，怎么了？"

孟蝉："你、你一点都不难过吗？"

付朗尘："我为什么要难过？她嫁人跟我有什么关系吗？"

孟蝉："……那你刚刚一直在想什么呢？"

付朗尘："我在想……你有什么新年愿望吗？"

"啊？"这对话跳转太快，孟蝉一时有些没反应过来，付朗尘却是眼睛发亮，心思活络过来，兴冲冲对她道："我们来个约定好不好，今年除夕肯定只有我跟你一起过，你有什么新年愿望，我都会帮你实现，同样的，我有什么新年愿望，你也都要满足我，行不行？"

这话来得莫名其妙，孟蝉愣愣地看着付朗尘，不知他葫芦里卖的什么药，却还是下意识地点点头，他一下笑逐颜开，烟花映衬得一张脸俊如美玉，她眨眨眼，也跟着笑了起来。

似乎是她……杞人忧天了。

正欲再开口，院里忽然响起一阵敲门声，又急又乱，像是哪家醉汉找错地方似的，敲得毫无章法。

孟蝉和付朗尘对视一眼，同时纳闷，这么晚了，谁会来？

门一开，皓皓月下，一袭鲜艳的喜服映入孟蝉眼帘，慕容钰抱着一坛酒，悠悠打出一个酒嗝儿，酡红的脸颊吃吃笑着："孟蝉，我来找你玩儿了。"

简直像一道雷劈了下来，孟蝉震在门口，目瞪口呆："小侯爷，你、你怎么会在这儿？今夜不是你大婚吗？"

慕容钰扯了扯衣领，月光洒在他身上，他眼角眉梢含了一汪秋水般，比之平日更要俊美几分，说是艳压全盛都城的新娘子也不夸张。

"是啊，堂拜完了，那婆娘已经送我房里去了，盖头都还没掀呢，我瞧着没意思，所以来找你玩了。"

理直气壮的醉话中，带着一股不自知的孩子气，孟蝉长睫微颤，尚未反应过来时，慕容钰已经抱着酒坛将她一挤，长腿就要跨入院中。

"你看，今晚夜空多漂亮啊，你陪我喝喝酒，说说话，看看月亮吧？"

醉醺醺的身子晃入院里，孟蝉阻拦不及，失色道："这怎么行呢，你怎么能把新娘子扔在房里不管呢，今天可是你的……"

"嘘！"慕容钰一扭头，漂亮的眼睛眨了眨，反将孟蝉的手一把扣住，"我们去屋顶上好不好，我给你摘星星，你别赶我走好不好？"

像是怕孟蝉不答应，他还摇了摇她的衣袖，像个眼巴巴讨糖吃的孩童。

孟蝉一对上他红红的鼻头，就想到上回树林里他委屈喊娘的一幕，心中莫名一软。

"……那你喝完这坛酒就得走，行不行？"

才说完这句话，窗下立刻射来两道寒光，孟蝉装作没看见，上前去扶慕容钰，不管怎么说，在这桩阴错阳差的婚事上，她的确是坑了他一把。

慕容钰欢天喜地，小鸡啄米般连连点头，还不待孟蝉凑近，他已经牵着她直奔屋顶："走，摘星星去！"

5、得罪谁都不能得罪付朗尘

对于一个大腹便便的孕父来说，踩着梯子爬上屋顶并不容易，但付朗尘还是一刻也不敢耽误，他怕他再晚上去会儿，他头上的绿帽子就要点亮夜空了。

屋顶上凉风习习，星斗闪烁，孟蝉正拉着兴奋蹦跶的慕容钰，千哄万哄，生怕他掉下去，却是一回头，正对上冒出个脑袋、怒目而视的付朗尘，她一惊，差点自己都一脚滑下去。

付朗尘踩在梯子上，借着院里一棵老槐树的遮掩，身形隐在暗处，只露出一张蒙了黑气的俊脸，怨念丛生地盯着孟蝉，孟蝉后背冷汗涔涔流，心惊肉跳的。

她一边拖着慕容钰，一边冲他做口型，让他快下去，别摔着了，却被付朗尘一瞪眼，口型凶狠地顶了回来："你让他先走！"

孟蝉无法，只得揪着一颗心，将身子一挪，把付朗尘遮得更加严实，不让慕容钰发现他。

好不容易慕容钰的兴奋劲过去，一屁股坐了下来，抓起酒坛仰头饮了一口，喝完后却在月下鼻子一抽，开始掉眼泪。孟蝉手一颤，觉得自己今晚受到的惊吓太多了。

"其实，我一点也不喜欢那婆娘，我娘肯定也不会喜欢她……"

抽抽噎噎中，平日里作威作福的小侯爷撇着嘴，委屈不已。

孟蝉忍不住道："可之前不是你自己逼着她嫁给你吗？"

"我那是想跟那个死人斗气，让他进了棺材也不安生！"慕容钰骤然拔高声调，通红的一双眼睛更加委屈。

梯子上的"死人"眸光陡厉，孟蝉赶紧将后背又挪了挪，对慕容钰小声道："人都死了，你干吗还要争一口气呢，你就跟他有那么大的仇吗？"

慕容钰抱住酒坛，又继续开始抽噎："因为他太讨厌了，太张狂了，太不可一世了，也太……光芒四射了。"

最后那句孟蝉没听清，或者说听清了也没敢相信："你说什么？"

"我说他……"慕容钰肩头轻颤，情绪似乎激动起来，"光芒四射，他光芒四射，你满意了吧！"

他咬牙泪流不止，神情发狠一般，在月下像头要吃人的小兽，不仅是孟蝉，连槐树底下的付朗尘也一怔。

"他怎么就能那么耀眼呢？有我没有的东西，做我做不到的事情，他是那么幸运，天赋异禀，老天爷都帮他，赐了一把好嗓子给他，让他一步登天，尽展宏图。可是我呢，我有什么，同样都是庶子，他凭什么就能顺风顺水，得到自己想要的一切……"

在他嘶哑的泣诉中，孟蝉整个人都惊呆了，好半天才找回自己的声音："庶、庶子，你怎么会是……"

"对，我就是个庶子，跟那死人一样，你没想到吧？"

泪水滑过慕容钰的脸颊，他像是醉糊涂了，又或是憋太久了，拍着胸膛对孟蝉一股脑儿地吐露出来："我娘跟我爹的时候，他还屁都不算，厚着脸皮四处巴结权贵，最后甚至入赘上门，捡了个便宜侯爷当，自个儿还觉得特光彩呢，你说这人要不要脸？

"可怜我娘，不仅正妻的位置没了，还要受人使唤欺负。那大夫人是个药罐子，脾气特别坏，我天天掰着手指盼她死，好不容易挨到她双腿一蹬，我那装模作样的爹也坐稳侯位，回头想要来补偿我娘了，我娘却不行了……

"她走的时候我七岁都不到，连去灵堂为她哭丧都要瞒着我爹，因为我早就过继给那大夫人了，名义上是不能为我娘披麻戴孝的，那药罐子生不出，要我做她儿子，我呸，还真以为我稀罕那声小侯爷吗？

"我只想要我娘，只想要我娘回来，她一心盼着我长大出息，可是她不在了，我出息给谁看去？我爹也不管我，这么多年来，他看起来容我纵我，不过是因为我长得像我娘，他在歉疚，在赎罪罢了，可这有什么用？人都死了，惺惺作态给谁看？

"他又何曾真正认可过我？他只会嫌我闯祸，嫌我给他丢人！但我不跟孙启礼他们玩还能做什么呢？我好不容易才在圈子里混熟了，有了一帮弟兄，得了几声便宜老大听听，要是离了他们，我更加屁都不是了！"

说到这里，似乎想到不太愉快的往事，慕容钰吸了吸鼻子，眼圈泛红："我其实……其实本来也想把付朗尘拉进来的，只要他乖乖听我的话，我肯定带他玩儿，我甚至还觉得他也是个庶子，瞧着亲切，可他偏偏不识相，就是要同我作对，他瞧不上我，我还未必看得上他呢！"

如果不是喝醉了酒，这些深埋在心底的话是万万不会吐露半句的，孟蝉乍然听到这一切，整个人又惊又乱，看着脸颊酡红的慕容钰，竟一时不知作何反应，可很快，慕容钰就泪眼汪汪地向她扑了上来——

"娘，钰儿好想你啊，你抱一抱钰儿，钰儿就不冷了……"

他不知想到什么伤心事了，嘴里胡乱地喊起娘来，抱着孟蝉痛哭流涕，小狗样不肯撒手，一身鲜红的喜服都皱巴巴的了。

孟蝉躲也不是，推也不是，扑鼻的酒气间，她满心酸涩，糊里糊涂地就搂住了慕容钰，伸手抚上他的背："乖，乖，不哭了，睡吧睡吧……"

轻柔哼哼中，竟是不由自主把哄山神宝宝的那一套搬了出来，孟蝉也不知自己在做什么，甚至忘了树影下陡然瞪大眼的付朗尘，直到慕容钰迷迷糊糊睡了过去，身后一股怒意携风逼近时，她才怔怔回过神来。

"你当娘还当上瘾来了？你到底有几个好儿子啊？"

付朗尘挺着腹部，高高站上屋顶，五指成拳，俯视着孟蝉与她怀里的慕容钰，眼里的火光几欲喷出。

孟蝉吓得一激灵，猛然松开了怀抱，伸手欲拉他："你、你担心别摔下去！"

付朗尘愤愤一拂袖："摔就摔吧，反正你也不在乎！"

他一屁股挤开慕容钰，在孟蝉身边坐了下来，低头对腹部道："对吧？"

那隆起的肚子动了动，仿佛与付朗尘同仇敌忾般，还真朝孟蝉闪了闪红光，又似委屈，又似责备。

孟蝉脸上一红，心虚莫名地就想去摸付朗尘的肚子："我……我只是觉得有些触动不忍，没有别的……"

付朗尘把肚子一扭，不让她摸，俊脸青黑："触动不忍？"

"你会不会同情心太过泛滥，忘了他之前是怎么欺辱你的吗？"

孟蝉语塞，月下付朗尘气不打一处来："他就是狡猾，知道你吃软不吃硬，所以跑来打得一手好悲情牌，看看，果然吧，你就差搂着他喊儿子了，你到底怎么想的，是不是现在的小姑娘都吃这一套啊？"

孟蝉："……"

"全天下就他一个人苦吗？我小时候也很惨，我不说罢了，好像谁还没当过庶子，没死过娘亲似的，至于这么一副被天下人所负，愤世嫉俗的样子吗？"

孟蝉："……"

"过不好只怪自己没本事，成日花天酒地，不务正业，领着一群牛鬼蛇神走街串巷的，还指望能被谁高看一眼吗？"

孟蝉："……"

"遇到个狼心狗肺的爹确实是倒霉，但没被正眼当过儿子瞧也是活该，哪个儿子怀里天天揣面镜子的，又娘又骚气的？"

孟蝉："……"

"还来跟我比，我开溯世堂，奔波劳累的时候，他只怕还在秦楼楚馆里喝花酒呢，自己不努力怪谁呢？"

孟蝉："……"

"少那样瞧我，我才不像你这种妇道人家，被人三言两语就能收买了，傻不傻？"

孟蝉一激灵，怕付朗尘说到动胎气，赶紧去扶他："消消气，消消气。"

付朗尘却将她一把拉近，气息灼热："我跟你说，你的善良和同情心，对他用不着，搁我一个人身上使就够了，听见没？"

他几乎快碰上她鼻尖，一字一句："你只能对我好，如果对别人也是这样，我就不要这种好了。"

孟蝉心头狂跳，一下低头不敢看他，好半天才讷讷道："那现在怎么办？他都喝醉了……"

"简单啊。"付朗尘掀掀眼皮，脚尖一点烂醉如泥的慕容钰，孟蝉循着望过去。

"你去找你那个捕快好姐妹，让她直接把人拖到神捕营，随便拣个牢房扔进去，就说在街上抓到的醉汉，宵禁了还满街乱跑呢，等侯府来领人的时候就说没认出来，万万没想到是小侯爷，小侯爷不是在大婚吗？放心，这事侯府不敢声张的，太丢人，慕容钰这小王八蛋也只能吃个闷亏，就算给他上点刑他都得打碎银牙往肚里咽……"

孟蝉迎风抬头，惊得嘴都合不拢了，真是……太损了。

她想起叶书来曾无意说过的一句话，满盛都城的纨绔圈子里，得罪谁都不能得罪付朗尘，他懒得生事，但一旦被招惹火了，绝对有一百种方式整死你，还让你不自知，上天入地声讨无门。

"我想……我知道慕容钰为什么对你恨之入骨，连死了都不放过了。"

"嗯？"

"他以前一定吃过你很多暗亏，很多很多。"

"呵，那是他蠢，自己没脑子，怪不得我。"付朗尘微眯了眼，攥紧孟蝉的手，"怎样，又要同情他了？"

孟蝉耳尖一红，被烫到一般："没没，我们先把他抬下去吧。"

6、慕容小侯大婚失踪

费了九牛二虎之力，两人才把慕容钰烂醉如泥的身子抬在了榻上，孟蝉抹了把汗，就欲出门，付朗尘赶紧一把拉住她。

"干什么去？"

"我去打点水，给他擦擦，然后通知侯府来领人。"

"打水？"付朗尘声音怪异起来，"给他擦擦？"

孟蝉瑟缩一步，点点头。

付朗尘盯了她许久，道："你懂什么叫男女授受不亲吗？"

孟蝉抿抿唇，依旧迟疑道："只是擦擦脑袋脖子，应该不碍事的……"

付朗尘："……"

无声的坚持弥漫在蝉梦馆里，夜风掠起帘幔，付朗尘一张脸阴了许久后，终是从齿缝间溢出几句："你待着别动，我去打水，我来伺候他，行了吧？"

他说着摇头踏出里间，颇有一番认命的挫败感。

如果付朗尘知道打完水回来会看见怎样的一幕，那便是打死他，他也不会离开孟蝉半步——

飞扬的帘幔间，一道沉沉的身子压在孟蝉身上，呼吸灼热，酒气浓烈，身上的喜服卷得皱巴巴的，不顾孟蝉的挣扎，一边强吻着她，一边满口胡言着："我是在做梦吗？孟蝉，是你吗？是你要嫁给我吗？我好高兴啊，我一定会好好待你，不像我爹一样……"

孟蝉失色尖叫，用手死死挡住自己的嘴巴，拼命要将身上的人推开，但哪里推得开，那些炙热的吻细密落在她掌心和脖颈间，就在她目生绝望之际——

"哐当"一声，一个脸盆霍然砸下，冰凉的井水瞬间浸湿全身，嗡嗡余响中，慕容钰应声栽倒，脸盆坠地，一只手将孟蝉陡然拉起，天旋地转，她猛地扑入一个怀抱，再抬头时，只对上一双赤红的眼睛。

"付大……"

孟蝉浑身湿漉漉的，不住颤抖着，从没见过眼前人这样可怕的模样，血红着眼，像失去全部理智般，一副随时要拔刀杀人的样子。

而下一瞬，房中遽然爆起一声嘶吼，那股杀意当真漫了出来："老子宰了他！"

长腿狠狠向榻上人踹去，捞起地上坚硬的脸盆就一顿猛砸，孟蝉吓得大惊失色，赶紧拦腰将他抱住，拼了死命才把人从床边拖开。

月光倾洒下来，那道戾气陡然转头，玉面修罗一般："碰哪里了？"

孟蝉还来不及回答，付朗尘的衣袖已经擦上她的嘴唇、脸颊、脖颈……每一下都擦得无比用力，发狠一般，活生生要将孟蝉擦破一层皮似的，直到听到孟蝉闷哼吃痛，那力度才一顿。

付朗尘血红着眼，胸膛剧烈起伏着，恨声咬牙："让你不要管他，你偏偏要管，被人这样欺辱很开心吗？！"

孟蝉被吼得红了双眼，心里又酸又涩："我……我……"

她脑袋尚在乱糟糟时，付朗尘已经大力将她一拉，直往院里拖去："你跟我来！"

井边还歪着一个木桶，付朗尘径直打了水上来，就着月光，一言不发地就开始给孟蝉擦洗，每一下依旧擦得发狠用力。

井水冰冰凉凉，孟蝉却觉得擦洗过的地方火辣辣的，说不出的难受，她脖子都被擦红了，嘴巴也麻麻的，见付朗尘撩了水还要再来，她赶紧向后一避："可以了，嘴、嘴巴没有碰到的，我用手挡住了……"

付朗尘在月下看着她，动作虽停了下来，眼神里却像有墨浪翻滚，透着凶悍阴鸷，从未有过的情绪，异常而浓烈，像要扑上来吃人一般。

孟蝉长睫濡湿，下意识想逃，却忽地被他扯入怀中，一把按住后脑勺，狠狠地就吻了下来，或者说是，啃了下来——

他的呼吸又粗又重，啃咬得毫无章法，像要极力抹去那些不存在的痕迹般，辗转掠夺后，又一路啃到了脖颈，乱咬吮吸着，每一处都不放过，灼热地将孟蝉团团包围住。

孟蝉有些呼吸不过来，下意识地要将他推开，手却被紧紧禁锢住，使不出一丝力道来，男女力量的悬殊直到这时才真见分晓。

好不容易等到一轮攫取结束后，那张俊脸才气喘吁吁地放开了她，眼底的情欲还未完全褪去，只是在月下盯着她红肿的双唇时，已不似先前那样戾气冲天，毕竟留下的已经全部是他的痕迹了。

孟蝉胸膛起伏着，长睫微颤，正要开口时，门外已响起一阵急切的敲门声——

"孟姑娘，孟姑娘，你在家吗？"

孟蝉去开门时，一身湿漉漉的，眼眸蒙了层水光，不仅衣裳凌乱，脸颊双唇和脖颈处还到处都是痕迹，她自己看不见，却叫门外的车夫和绿衫小婢吓了一跳，心里霎时涌出诸多猜测。

来的不是别人，正是袁沁芳身边的贴身丫鬟——染儿，她来的目的也不是别的，只是来问上一句："我家新姑爷在姑娘您这儿吗？"

慕容小侯大婚失踪，侯府不敢声张，只是派人四处悄悄寻找，但能找的地方都找遍了，还是袁沁芳心念一动，想到了蝉梦馆。

事实证明，她的判断是对的。

将一身酒气，狼狈不堪的慕容钰弄上马车后，染儿回头看了看孟蝉，欲言又止，眼神说不出的怪异。

但到底还是什么也没问出口，马车绝尘而去。

孟蝉松了口气，却不会知道，有个天大的误会已然深深种下。

等回新郎的袁沁芳，在自家丫鬟的附耳禀报中，双眸陡厉，几乎要将一对蔻丹红指甲都掐断。

鸡飞狗跳的一夜，月冷如刀，恨也刻入了骨中。

而当下的孟蝉却毫无所知，只是在关上门的一瞬间，一阵劲风袭来，身子被人一揽，又被重重抵在了门上。

她惊魂未定，正要抬眼时，耳垂却被灼热的长舌轻轻一卷："人走了，我们继续。"

孟蝉心都快蹦出来了："继、继续？"

她对着月下那双潮红的眼，身子发颤，双手不自觉地拦在胸前，一副抗拒的模样。

月下，付朗尘没说话，只是看着她，交睫之距，呼吸相闻。

有夜风撩过他们的衣袂发梢，许久，他眼中那抹红才一点点褪去，炙热的身体也渐渐冷却。

"没意思。"

孟蝉陡然被放了下来，双脚一软，背靠着门喘气不及，却看到付朗尘已经扭头，一步一步向里间走去。

"什……什么没意思？"她有些慌乱，"付大人！"

"说了不要叫我付大人！"

那道背影在月下一顿，衣袂飞扬，散发着幽怨的寒气。

"我表现得难道还不够明显吗？

"你究竟还要装到什么时候去？

"真要我给你开家戏楼让你去唱大戏吗？"

孟蝉张了张嘴，脑中一片混乱，那道背影一拂袖，消失在了月下，徒留她心跳久久未停。

夜风拂来，有些什么泛起涟漪，她长睫微颤，觉得自己好像明白了，又好像不明白……

7、先把孩子生下来

这场别扭持续到除夕当天，孟蝉在院里忙活着做年夜饭时，还不时往里间望去，担心她的孕父大人。

期间蝉梦馆来了两拨人，一拨是苗纤纤，她像往年一样，想邀孟蝉去她那儿过除夕，和她一起守岁。孟蝉自然是找了些身体不适的借口，推脱留在蝉梦馆里守岁。

另一拨是侯府的马车，好家伙，满满当当几大箱的年货，把孟蝉都看呆了。

是慕容钰除夕夜溜不出来，只能遣人送点东西过来。孟蝉千推万拒才让车夫把东西带回去了，但她却不知道，这些原封不动运回去的东西，恰恰被廊上一个挂灯笼的丫鬟瞧见了。那丫鬟不是别人，正是上回来蝉梦馆要人，袁沁芳的贴身婢女染儿。

染儿一番"忠实禀告"中，袁沁芳气得连梳妆的心情都没了，无形之中，孟蝉又被记上一道，自己却浑然不知晓，只将心思放在里间的付朗尘身上。

付朗尘立在窗下，竖起耳朵，听完外头的所有动静后，满意地哼了哼，扭头望向了镜子中的自己。

要是孟蝉知道他把自己关在房里做些什么，只怕她会吓得把手中锅铲都飞出去。

付朗尘鬼鬼祟祟地虚掩好窗子，透过小小的一条缝隙，最后望了一眼院里的孟蝉，清清嗓子，继续练习。

衣袖一拂，镜中人换上一副深情眉目，以故作不经意的姿态道：

——"付家有座观星楼，站在上面能看见全城的夜景，等孩子生下来后，要不要我带你上去看看？"

有什么好看的？不行不行，太隐晦了，那丫头肯定又要装傻了，不，是真傻！干脆说得更直白点？

——"城里有家锦缎庄，老字号了，付家几代夫人的嫁衣都在那儿定做的，你要不要也去挑一件？我可以付钱。"

庸俗！镜中人脸上一红，脑中冒出某些奇怪画面，赶紧揉揉抽搐的嘴角，下巴一扬，又换上另一副肃然面孔。

——"付家墓园给你留块地，百年之后，你愿与我同葬一起，冠我之姓吗？"

呸呸呸，大过年说这个也忒不吉利了，又装腔作势得很，酸死了，再换再换！

——"你不是很喜欢钱吗？如果有个机会摆在你面前，让你可以一夜暴富，你愿意吗？"

啊呸，这什么玩意儿！

随着台词转换，镜中人动作扭个不停，犹如抽风中邪一般，时而深情款款，时而高高在上，时而温柔凝视，时而冷峻傲然……一张脸仿佛倏然跨过春夏秋冬般，都快抽成一条九曲十八弯的山道了。

当晚上孟蝉在一大桌年夜饭前坐下时，看到付朗尘的一张脸，就隐隐觉得有些不对劲了。

"付……你的脸，怎么有点僵？"

付朗尘坐在一碗甲鱼汤前，挺着腹部，面不改色："风吹麻了，你过来给我揉揉呗。"

孟蝉身子一抖，他他他……他跟她说话了，居然还是说这样一句话！

带着见鬼一般的心情，孟蝉颤颤巍巍地上前，正要往那张白皙俊秀的脸上揉去时，却忽然被他一把扣住手腕。

他抬头，目光熠熠："孟蝉，你的新年愿望是什么？"

孟蝉吓了一跳，反应过来后讷讷道："我希望付……能顺顺利利生下山神宝宝，父子平安。"

付朗尘眉头一挑："这算什么愿望？说个跟你自己有关的。"

孟蝉一怔，忽然想起慕容钰成婚那天，她与付朗尘似乎在窗下有过约定，要各自实现彼此的愿望，虽然不知道这是什么用意，但她还是想了一圈后，道："那就给我讲个故事吧，就讲爷爷留下的那本手札里的故事，好不好？"

"行。"付朗尘唇角一勾，爽快应下。

孟蝉看得心头一动，赶紧脸红地去拿那本手札了。

蝉梦馆里一时回荡起那清朗动听的声音，气氛如梦如幻，窗外烟花漫天，桌上的年夜饭散发着温馨的味道。孟蝉一边吃着，一边听着那些奇妙的故事，冬夜里似乎流淌着一股说不出来的暖意。

特别的除夕，特别的人，万家灯火，凡尘恬淡，脉脉温情。

夜空中灿烂的烟花映在孟蝉脸上，她不知不觉就望着付朗尘出了神，曾经站在人群中高高仰望，触不可及的幻影，如今就坐在她眼前，为她低吟着故事，陪她一同静静守岁。

孟蝉眼中含着光芒，忽然就感受到了一种久违的滋味，自从爷爷离开后，那种久违了的……家的滋味。

等到一番故事说完，年夜饭也吃了一半，远处传来依稀的鞭炮声，已经有人家早早出来迎新岁了，孟蝉担心付朗尘身子吃不消，犹疑着问他要不要先上榻休息。

付朗尘摆摆手，目视孟蝉："今夜烛火通明，我与你守更待岁，怎么会累？"

孟蝉听了如饮蜜糖："是啊，我们一起守岁。"

付朗尘轻咳两声，故作不经意道："好了，你的愿望我已经帮你实现了，那现在，轮到我的愿望了吧？"

他面上如常，心里却早已如擂鼓般跳动起来，正要开口将那打了无数遍的腹稿，用一种不留痕迹的方式抛出来时，孟蝉却一下站起身来，指向窗外——

"雪，下雪了！"

这场雪来得悄无声息，毫无预兆，令人又意外又惊喜。

孟蝉奔进了院里，夜风拂过她的衣袂发梢，她仰头伸手去接那漫天雪花，开心得不知如何是好。

付朗尘倚在门边，好笑摇头，心念却一动："瑞雪应景年，这是老天给的好兆头吗？"

他抬头望了望烟花璀璨的长空，又看向院里那道纤秀清丽的身影，她在漫天飞雪下，欢快得像一个孩子，感染得他也不由得弯起唇角，目光一时柔和起来。

"喂，孟蝉，我的新年愿望是——"付朗尘大声喊道。

孟蝉在风雪中回眸，他扬唇一笑，正要说出那句心心念念的话时，腹部却忽然剧烈一痛，红光骤闪。

这痛来得汹涌如潮，与以往任何一次都不同，付朗尘几乎在刹那间就猜到什么，脸色一变："不会吧，早不来晚不来，居然这个时候来！"

　　孟蝉眼见不对劲，也赶紧跑了过来："付大人，付大人，你怎么了？"

　　才短短瞬间，付朗尘就已经出了满头冷汗，孟蝉福至心灵，陡然明白过来，急切地就想将他扶进里间，却被他一把按住手臂，那张俊秀惨白的脸像从水里捞出来一样，直直地望着她艰难开口："孟蝉，我……我有话对你说……"

　　"有什么话以后再说！"孟蝉干脆打断，这一刻犹如铮铮丈夫，一家之主附身，双目灼灼，"先把孩子生下来！"

【官方 QQ 群：555047509 】

每周丰富多彩的群活动，好礼不停送！
作者编辑齐驾到，访谈八卦聊不停！

扫一扫看更多图书番外，作者专访

后记／归梦如夏蝉

　　大二那一年，我开始码字，正式给杂志投稿。

　　很幸运的是，第一篇就通过了杂志的终审，发表的刊物至今还记得，叫作《新蕾》。虽然现在停刊了，但仍是我写文道路上的一段美好回忆。

　　从那一天起，我一头扎进了另一个世界，那里有千山万水、有市井江湖、有帝王红颜、有百鬼欢歌……我沉浸在其间，像做尽了一场场白云苍狗、不尽浮生的梦。

　　长篇与短篇不同之处在于，这场梦会更长久，更让你全身心投入进去，会是一个持续不间断的状态，不是三五天，不是七八天，也不是几周半个月。

　　《山神蝉梦》写了很久，因为是第一部正式动笔的长篇，所以有太多不自信，太多怀疑否认，最开始拿着初写完的前三万字，给身边几个朋友看，心里忐忑不安，所幸得到朋友们的支持与鼓励，这才坚定信心继续往下写。

　　长篇对我来说，像打开了新世界的大门，那段时间经常一个人自言自语，有时候写到凌晨一两点，轻手轻脚地去洗漱时，脑袋还沉浸在另外一个世界当中，会想着那些人物情节、台词对话。

　　有几次吃饭，在饭桌上也忽然冒出几句台词，爸妈开始还会用奇怪的眼神看着我，后面就习以为常了。可能我的思想总是不着边际，小时候看电视也会在旁边瞎嘀咕，一不留神就把后面的情节猜个七七八八，这么多年下来，他们应该早就习惯了，哈哈！

可以说，写文改变了我太多，每天睁开眼都会有所期待，打开文档就是一个新世界。

但同时，写文也是一件很寂寞的事情，读者的书评就是救命良药，每次都能治好寂寞，让我续命一段时间。

所以在闷头码长篇的过程中，几个陪伴我的朋友真心太重要了，每次写完一章都会让她们先看一看，告诉我感想，与我讨论故事情节，我经常在电脑前手舞足蹈，兴奋得像个孩子一样。

某种意义上，我其实是个非常简单纯粹的人，没有太大的欲望和追求，最希望得到的就是一种精神上的满足感。

坦白地说，我写文就是想和大家分享我的故事，想让更多人看到文里那些喜怒哀乐，想贪心地得到很多很多很多……书评，这就是我最大的动力了！

再说回文章本身，孟蝉也是个很纯粹的姑娘，有句歌词是"我喜欢的样子你都有"，如果放到孟蝉对付大人身上，应该是"你的样子我都喜欢"。

十二岁被付朗尘救下时，她喜欢马上衣袂飞扬、意气风发、翩翩少年的他；

跑去溯世堂偷看他时，她喜欢声音动听、为人排忧解难、聪敏灵慧的他；

在人群中仰望他的马车穿街而过时，她喜欢站在骄阳底下、顶着东穆第一祈音师名号、身上带着万丈光芒的他……

一直到他的"尸体"被送到蝉梦馆，匪夷所思地怀上山神后，她依旧默默地喜欢着他。即使他是个脾气不太好的"孕父"，偶尔傲娇又毒舌，每天都要她费心照顾，但她依然很开心，为他做着诸多事情，喜欢着每一个样子的他。

孟蝉算是我比较喜欢的一类女主，我向来都喜欢写温柔一些的女主，她们可以有坚强、聪慧、明朗、逗比、执拗、孤僻等多种不同性格与特征，但骨子里一定是平和柔软的，不会有太尖酸刻薄的一面。因为我们所处的这个纷杂世界，已经戾气很重了，经常会让人感到疲惫不堪，那么笔下的天地，当然要温柔一些了，不是吗？

　　去年，我开始做自己的微信公众平台（公众号：wuyu658），在上面陆续放一些过去的文章，得到了不少读者的热烈反馈，我很开心，也更加坚定了执笔写文的信念。未来那么长，我还要写更多的好故事送给大家，也欢迎大家来我的公众平台作客，多多留下书评，说不定会有一些意想不到的小番外惊喜哟！

　　PS：《山神蝉梦》第二部应该也很快就要跟大家见面了，在这里就不剧透了，只能说比第一部更精彩，喜欢的朋友一定不要错过了哟。

　　从大二走到现在，这场夏日蝉梦，这条洒满斑驳阳光的道路，我走得酣畅淋漓，沉浸其间，无怨无悔。未来很长，我还将一直前行，也谢谢你们的陪伴，咱们下一本书见？

吾玉
2017.4.1

微博：吾玉 wy
微信公众号：wuyu658
读者群：342872388
贴吧：吾玉吧

除夕夜，蝉梦馆里，付朗尘总算生下了小"赤焰星君"，孟蝉为其取名"初一"。一家三口过了一段其乐融融的日子，付朗尘也彻底表明心迹，与孟蝉定下终身。

他重回付家，再登高台，又变回那个光芒万丈的东穆第一祈音师，但接踵而来的却是一系列意外，袁沁芳想再次夺回表哥付朗尘，各番阴谋诡计下，孟蝉将如何招架？

苏醒的山神之魂，坎坷的渡劫之路，情爱纠葛，前尘往事，几人命运何去何从？

赤妖出世，人间大乱，宴秋山真正的山神……究竟能顺利归位吗？

《山神蝉梦·完结篇》现已上市
不甜不腻不结局